Jan Zweyer

Als der Himmel verschwand

Kriminalroman

Bibliografische Information der Deutschen Nationalbibliothek: Die
Deutsche Nationalbibliothek verzeichnet diese Publikation in der
Deutschen Nationalbibliografie; detaillierte bibliografische Daten sind
im Internet über http://dnb.dnb.de abrufbar.

Herstellung und Verlag:
BoD – Books on Demand, Norderstedt

ISBN: 978-3-752-67344-9

Covergestaltung: Jan Zweyer

Der Autor

Jan Zweyer wurde 1953 in Frankfurt am Main geboren. Mitte der Siebzigerjahre zog er ins Ruhrgebiet, studierte erst Architektur, dann Sozialwissenschaften und schrieb als ständiger freier Mitarbeiter für die Westdeutsche Allgemeine Zeitung. Er war viele Jahre für verschiedene Industrieunternehmen tätig. Heute arbeitet Zweyer als freier Schriftsteller in Herne. Nach zahlreichen zeitgenössischen Kriminalromanen hat er sich mit der Goldstein-Trilogie (Franzosenliebchen, Goldfasan, Persilschein) das erste Mal historischen Themen zugewandt. Es folgte die fünfbändige Linden-Saga, eine historische Familiengeschichte aus dem Ruhrgebiet, ein Thriller zur Flüchtlingsproblematik (Starkstrom) und 2020 ein Ökothriller (Der vierte Spatz).

In der **Reihe Wiederaufgelegter Bücher** werden verlagsseitig vergriffen Texte von Jan Zweyer als Buch und eBook neu veröffentlicht. Der Originaltext unterliegt jetzt den neue Rechtschreibregeln. Inhaltliche Veränderungen wurden nur in Ausnahmefällen vorgenommen.

*Wenn das Gestirn der Plejaden, der Atlastöchter,
heraufsteigt,
Fanget die Ernte an; die Saat dann, wenn sie
hinabgehn.
Sie sind vierzig Nächt' und vierzig Tage zusammen.
Nimmer gesehen; dann wieder im rollenden Laufe des
Jahres.
Treten sie vor zum Lichte, sobald man schärfet das
Eisen.*

Hesiod, *Werke und Tage* (etwa 700 v. Chr.)

*Der Unternehmensberater ist ein Mann, der siebenund-
dreißig Liebesstellungen, aber keine Frau kennt.*

Volksmund

Prolog

Bei Nebra, etwa 1600 Jahre vor unserer Zeitrechnung:

Der weise Mann blieb schwer atmend im stürmischen Wind stehen. Sein Herz schlug ihm bis zum Hals. Aber er durfte sich nicht lange ausruhen. Es war nicht mehr weit bis zu seinem Ziel. An den drei stämmigen Eichen vorbei, die eben in seinem Blickfeld aufgetaucht waren, dann um den magischen Stein herum. Von dort waren es nur noch wenige Schritte bis zum höchsten Punkt des Hügels. Trotzdem, er wusste, ihm blieb nicht mehr viel Zeit.

Der Alte sah vom Hügel durch das Unterholz hinab in die Talsenke. Die vier lang gestreckten Häuser, die seiner Gemeinschaft bisher Heimat gewesen waren und Sicherheit geboten hatten, brannten lichterloh. Obwohl sein Augenlicht nicht mehr das beste war, erkannte er neben den Häusern einige Mitglieder seiner Sippe: Sie lagen regungslos auf dem schlammigen Lehmboden. Von hier oben sahen sie aus wie braune, schmutzige Bündel. Er wusste mit Bestimmtheit, dass die Bündel dort liegen bleiben würden, bis sie von Wildtieren gefressen wurden. Die Knochen, die nicht zur Nahrung taugten, würden in der Sonne bleichen, schließlich zu Staub zerfallen und ein Opfer des Windes werden. Mit Bedauern machte sich der Weise klar, dass niemand den alten Ritus ausführen und die Gefährten den Geistern übergeben konnte, so wie es die Überlieferungen der Ahnen verlangten.

Er hetzte weiter durch das Unterholz. Zweige schlugen in sein Gesicht. Verstümmelte Rufe und Stimmfetzen drangen zu ihm. Seine Verfolger waren vielleicht noch zwei-, vielleicht dreihundert Schritte von ihm entfernt. Er lief, so schnell er konnte, und klemmte den Beutel, den er trug, fester unter den rechten Arm. Die Gaben der Götter mussten im geweihten Versteck sein, bevor die Häscher ihn erreichten. Er war der Bewahrer. Und die Männer, die nicht zu seiner Sippe gehörten, durften die Göttergeschenke nicht finden. Vielleicht hatte ja doch jemand das Gemetzel überlebt und konnte mit dem Wissen, das der Weise an langen Winterabenden versucht hatte, an seine Gefährten weiterzugeben, eine neue Gemeinschaft gründen. Vielleicht. Sie hatten ihr Blut für diese Gabe gegeben. Immer wieder. Sie musste geschützt werden. Auch mit seinem Leben. Das war sein Auftrag. Er war der Bewahrer.

Der Alte blieb wieder stehen. Angestrengt lauschte er. Für einen Moment schöpfte er Hoffnung. Hinter ihm blieb alles ruhig. Hatten sie seine Spur verloren? Aber als der Wind plötzlich drehte, waren auch die Rufe wieder zu hören. Er musste sich beeilen.

Früh am Morgen war die Horde aus Richtung der aufgehenden Sonne gekommen und hatte sie überrascht. Seine Gefährten und er wussten nicht, warum sie angegriffen wurden. Aber der Grund war auch unwichtig. Die fremden Krieger waren über sie gekommen und hatten den Tod gebracht. Seine Sippe hatte versucht, sich zu verteidigen, aber ihre Beile und Äxte aus Stein und Horn taugten zur Arbeit auf den Äckern und zum Bau von Häusern, waren aber, um als Waffen zu dienen, zu schwer und unhandlich. Mit den Speeren, die sie zur Jagd benutzten, wehrten sie sich, so gut sie konnten, unterlagen aber schnell der Übermacht. Ihre Gegner schwangen Schlagwaffen aus dem gleichen Material, aus dem die Göttergaben gemacht waren. Der weise Mann hatte schon von solchen Waffen gehört. Besucher, die von weit her gekommen waren, hatten davon berichtet. Scharf sollten diese Waffen und Werkzeuge sein, unzerbrechlich. Aber nur wenige verfügten über das Wissen, um sie herzustellen. Und dieses Wissen kam direkt von den Göttern. Woher sonst? Die Angreifer hatten diese Waffen. Und setzten sie todbringend ein. Die Götter zürnten seiner Sippe.

Seine Gefährten hatten bis zuletzt versucht, ihn zu beschützen. So war ihm die Flucht gelungen. Ihm und damit dem, was er bei sich trug. Aber jetzt kamen die Rufe der Verfolger wieder näher. Schnell, schnell! Sonst war es zu spät.

Kurz darauf hatte der weise Mann sein Ziel erreicht. Hastig murmelte er die notwendige Beschwörungsformel. Dann fegte er mit der Hand das Laub beiseite, welches die geflochtene Weidenplatte verdeckte. Er hob die Platte, die als Deckel diente, und schob den Beutel in die mit Steinen ausgekleidete Grube. Anschließend verschloss er die Öffnung wieder und verteilte das Laub über dem Deckel. Ein letzter prüfender Blick. Er war zufrieden. Einem flüchtigen Beobachter würde das Erdloch nicht auffallen.

Ächzend erhob sich der Alte, um sich so weit als möglich vom Versteck zu entfernen, so wie es die Enten taten, wenn ihre Brut durch Räuber gefährdet war.

Er wandte sich nach links und lief den Abhang hinunter. Dabei achtete er nicht mehr darauf, ob ihn das Brechen von Zweigen verriet. Eine Entenmutter, die ihr Nest beschützte, tat genau das Gleiche. Sie täuschte eine Verletzung vor, spielte die leichte Beute und lockte so den Räuber immer weiter von ihren Jungen fort. War der Feind weit genug davon entfernt, flog sie davon. Das allerdings blieb ihm verwehrt. Er wusste, was ihn erwartete, wenn die Fremden ihn erreichten.

Die Rufe und das Geschrei hinter ihm wurden lauter. Er stürzte über eine hochstehende Wurzel, fiel, rollte einige Meter den Abhang hinunter und blieb schließlich an einem Wacholderstrauch hängen. Ehe er sich wieder aufrappeln konnte, waren sie über ihm. Der Alte drehte sich langsam auf den Rücken. Er sah in das bärtige Gesicht eines der Männer, die ihn gestellt hatten. Dessen Gesichtsausdruck war seltsam gleichgültig. Keine Wut, kein Triumph war in seinen Zügen auszumachen. Der Gefallene unter ihm war ein Opfer, eine Jagdbeute, sonst nichts. Der Bärtige hob beide Arme.

Für einen Moment brach ein Sonnenstrahl durch die Wolken. Etwas in den Händen des Kriegers über ihm blitzte. Der Alte erkannte, was ihn töten würde. Eine Waffe aus dem Stoff, den die Götter erschaffen hatten. Etwas, das die gleiche Beschaffenheit hatte wie das, was nun sicher in seinem Versteck verborgen lag. Der Bewahrer schloss die Augen und lächelte. Nun war es so weit. Dann sollte es wohl so sein. Der Weise würde durch die Hand der Götter sterben. Aber die Gabe war sicher. Er hatte seinen Auftrag erfüllt.

Erster Teil

Toskana

1

Die Hügel der Toskana sind an einem nebeligen Novembertag bei leichtem Nieselregen auch nicht sehr viel attraktiver als, sagen wir, die Berge bei Olpe. Nur der Rotwein ist hier besser. Im Chianti, nicht im Sauerland natürlich. Und wer schon einmal in der Trattoria Montagliari zwischen Greve und Panzano ein Bistecca Fiorentina mit einem Glas Rotwein genossen hat, weiß, warum die halbe Welt in diesen Landstrich, nicht aber nach Sundern fährt.

Das war mein fünfter Besuch in der Toskana. Bei den vorherigen war allerdings das Wetter besser gewesen. Aber ich war dieses Mal nicht hier, um Ferien zu machen. Ganz im Gegenteil: Die hatte ich gerade unterbrochen.

Dermöllers Anruf hatte mich vor zwei Tagen auf der Insel Juist erreicht. Ich liebe die Nordsee im Winter. Kaum Touristen. Man hat die ursprüngliche Natur zu dieser Jahreszeit quasi für sich allein.

Heinz Dermöller, der höchste Chef aller Schadensregulierer der *Versicherung AG*, hatte mich in dem Gespräch für den nächsten Morgen nach Italien beordert, wo er sich auf einer Dienstreise befand. Da seine Gesellschaft mir die meisten meiner Aufträge übertrug, hatte ich schweren Herzens der Urlaubsunterbrechung zugestimmt. Wie heißt es doch so schön: Wes Brot ich ess, des Lied ich sing.

An den meisten Wintertagen gibt es nur eine Fährverbindung von Juist zum Festland. Und zum Zeitpunkt von Dermöllers Anruf war die Fähre schon auf dem Rückweg nach Norddeich. Der Novembernebel verhinderte, dass Flugzeuge auf dem kleinen Flugplatz der Insel landen konnten. Kurz: Ich konnte den Termin nicht einhalten, sondern saß bis zum nächsten Tag auf Juist fest. Nicht dass mir das etwas ausgemacht hätte. Aber Dermöller war über diese Verspätung mehr als ungehalten und verlangte, dass ich mich so bald wie möglich in seinem Hotel in Montecatini Terme einfand.

Ich nahm also am Morgen die Fähre, fuhr mit meinem Wagen, den ich in Norddeich abgestellt hatte, zurück zu meiner Wohnung nach Herne, ersetzte die schmutzige Wäsche durch saubere und saß bereits am frühen Nachmittag im Flieger nach München, wo ich in die Maschine nach Florenz umsteigen musste. Wegen eines technischen Defektes verzögerte sich der Abflug in der bayerischen Landeshauptstadt jedoch um zwei Stunden. So kam ich erst sehr spät in dem Hotel an, in dem Dermöller wohnte und in dem sein Büro auch für mich ein Zimmer reserviert hatte.

An der Rezeption wurde mir eine Nachricht übergeben. *Warten Sie ab zehn auf mich in der Hotelbar. Dermöller.* So war sein Stil. Knapp, unmissverständlich und keinen Widerspruch ertragend. Ich fügte mich. Allerdings würde sich dieser Befehlston für die *Versicherung AG* ungünstig auf meine nächste Rechnung auswirken, das stand fest.

Der Jugendstilbau an einem Hang oberhalb des Stadtkerns erinnerte an einen der Paläste, wie ihn schwerreiche italienische Adelige oder Industrielle im ausgehenden neunzehnten Jahrhundert bewohnt hatten.

Die Lobby des Hotels glänzte in schwarzem Marmor, von den etwa fünf Meter hohen Decken spendeten pompöse Kristallleuchter warmes Licht. Weiche, großzügig angeordnete Polstergruppen bildeten kleine Inseln der

Ruhe am Rande der Geschäftigkeit des Eingangsbereichs.

Mein Hotelzimmer war von fast quadratischem Grundriss. Da die Höhe der Wände die der Seitenlängen überstieg, hatte ich den Eindruck, einen Turm zu betreten. Auch die Zimmertüren waren mindestens einen halben Meter höher als gewöhnlich, sodass die gesamte Anordnung überdimensioniert wirkte und ich mich angesichts des Gigantismus meiner Umgebung ein wenig klein und unbedeutend fühlte. Architektur als subtiles Herrschaftsinstrument.

Der Blick vom Balkon auf die Stadt entschädigte für das so einschüchternde Ambiente und die eher rustikale Ausstattung des Raumes.

Um kurz vor zehn suchte ich die Hotelbar auf, um bei einem Espresso und einem Brandy auf Dermöller zu warten. Als mein Auftraggeber um halb elf noch nicht erschienen war, orderte ich eine Flasche Vernaccio di San Giminiano, fest entschlossen, damit das Spesenkonto der *Versicherung AG* zu belasten.

Um kurz nach elf Uhr fuhr Dermöller in einem Taxi vor. Ich beobachtete ihn durch die großen Fenster der Lobby. Er betrat die Hotelhalle, sah sich einen Moment suchend um, nickte mir zu, als er mich erkannte, und ging zur Rezeption, an der er seinen Zimmerschlüssel in Empfang nahm. Dann kam er an meinen Tisch und ließ sich grußlos in einen der Sessel fallen.

»Ich habe mich verspätet. Wie Sie auch«, setzte er hinzu. Das klang nicht gerade nach einer Entschuldigung. »Wie war Ihr Flug?«

»Leidlich. Ich besteige Maschinen, bei denen kurz vor dem Abflug noch wichtige Aggregate ausgetauscht werden müssen, immer mit einem unguten Gefühl. Und fliege erst recht nicht besonders gern propellergetrieben über die Alpen. Eigentlich benutze ich Flugzeuge nur in Notfällen.«

»Aha. Da Sie hier sind, kann ich wohl davon ausgehen, dass Sie mich als einen solchen Notfall betrachten?«

»Zweifelsohne. Oder haben Sie mich etwa nicht aus einem wichtigen Grund von Juist in die Toskana beordert?«

Dermöller schwieg. Dann zeigte er auf die halb volle Weißweinflasche. »Laden Sie mich ein?«

»Selbstverständlich.« Ich winkte einem Kellner und bestellte ein zweites Glas.

»Von Weinen verstehen Sie etwas«, bemerkte mein Gesprächspartner, nachdem er den Vernaccio probiert hatte. »Ohne Zweifel.«

»Danke.«

Der Direktor nahm noch einen Schluck. »Haben Sie eigentlich abgenommen?«

Normalerweise fühle ich mich geschmeichelt, wenn jemand bemerkt, dass ich etwas abgespeckt habe. Dermöllers Bemerkung hörte sich aber eher wie Kritik und nicht wie ein Lob an. Wie auch immer. Ein befreundeter Arzt hatte mir vor knapp einem Jahr lachend die simple Rechnung aufgemacht: Ein Mensch wird nur dicker, wenn er mehr Kilokalorien zuführt, als er verbraucht. Also gebe es zwei Möglichkeiten, um abzunehmen. Weniger essen oder mehr bewegen. Ich hatte mich für die zweite Variante entschieden. Nun jogge ich morgens und abends je dreißig Minuten. Und das mit Erfolg.

»Ja. Etwa zehn Kilo im letzten Jahr.«

»Sie hatten es auch nötig.«

Die Rechnung an die *Versicherung AG* würde noch etwas höher werden.

»Sagt Ihnen die Himmelsscheibe von Nebra etwas?«, beendete er unvermittelt unseren Smalltalk.

»Nein«, antwortete ich wahrheitsgemäß.

»Sollte Ihnen aber. Wegen der sind Sie nämlich hier.«

»Tatsächlich?« Ich war wenig beeindruckt.

Er ignorierte meinen leichten Spott. »Ja. Die Himmelsscheibe wurde vom *Landesmuseum für Vorgeschichte* in Halle an das Florentiner *Museo Archeologico* für eine Ausstellung über frühgermanische Astrologie ausgeliehen und vor einigen Tagen aus dem Museum gestohlen.«

»Ich vermute, diese Scheibe ist wertvoll? Sonst hätten Sie mich ja wohl nicht aus dem Urlaub geholt.«

»Davon können Sie ausgehen.«

»Und wie wertvoll?«

»Keine Ahnung. Wie wollen Sie den Wert eines Unikates bestimmen, für das es keinen Käufer gibt?«

»Aber Ihr Unternehmen hat diese Scheibe versichert?«, vergewisserte ich mich.

»So ist es.«

»Und für wie viel?«

»Zwanzig Millionen.«

Ich pfiff durch die Zähne.

»Eben.« Dermöller griff zum Weinglas.

»Sie sagten eben, es gebe keinen Käufer für das Stück?«, fragte ich weiter.

»Das glauben wir.«

»Wieso?«

»Erfahrung, Intuition, was immer Sie wollen.«

»Also Artnapping.«

Dermöller nickte.

Diese Variante des Kunstdiebstahls kam in letzter Zeit immer häufiger vor. Durchgeknallte Sammler, die zum Beispiel den Diebstahl eines Renoirs in Auftrag geben, um sich dann bei Kunstlicht allein in einem versteckten Safe an dem Anblick des Gemäldes zu berauschen, sterben langsam aus. Stattdessen treten mehr und mehr organisierte Banden auf den Plan. Sie entwenden ein wertvolles Kunstwerk und bieten es den bestohlenen Museen oder auch den Versicherungsunternehmen zum Rückkauf an. Im Vergleich zum ›echten‹ Kidnapping birgt der Raub von Kunstgegenständen weniger Risiken. Bilder wehren sich nicht, lassen sich leichter verstecken und können nicht als Zeugen aussagen. Vor allem aber ist das Strafmaß für Kunstdiebstahl deutlich geringer als das für erpresserische Entführung. Um nicht ermutigend zu wirken, bestreiten betroffene Versicherungen allerdings vehement, Zahlungen für gestohlene Kunstgegenstände zu leisten.

»Sie haben Prokura bis zwei Millionen. Jeder Betrag, der darunterliegt, erhöht Ihre Provision um zehn Prozent des eingesparten Betrages.«

»In Ordnung. Zuzüglich fünf Prozent der zwei Millionen. Fixum dreihundert am Tag. Plus Spesen.«

»Sie sind nicht billig«, stöhnte Dermöller.

»Nein«, grinste ich. »Aber gut.«

Der Direktor griff in seine Jackentasche und schob mir eine Visitenkarte zu. »Diese junge Dame hier wird Ihnen alles über die Himmelsscheibe und die geplante Ausstellung erzählen. Sie hat in Archäologie promoviert und spricht ausgezeichnet Deutsch. Ich habe für Sie morgen einen Termin organisiert. Um zehn im Museum.« Dermöller schob mir einen Zettel zu. »Und hier ist die Anschrift unserer Repräsentanz in Florenz und der

Name Ihres Ansprechpartners. Er weiß Bescheid und wird Ihnen bei Bedarf behilflich sein.« Er stand auf. »Sie entschuldigen mich bitte. Ich habe morgen einen schweren Tag.«

»Herr Dermöller ...«

»Ihren Vertrag, meinen Sie? Kommt. Schickt Ihnen mein Sekretariat zu. War es das?«

Er wartete meine Antwort nicht mehr ab, sondern verschwand in Richtung Fahrstuhl.

Ich goss den restlichen Wein in mein Glas und griff nach der Visitenkarte. *Dr. Gianna Rossi*, las ich da. Und dann den Namen und die Adresse des Museums.

2

Es war sieben Uhr, als mich mein Wecker aus dem Schlaf riss. Für meine Verhältnisse zu früh, vor neun Uhr bin ich einfach ungenießbar. Aber was sein muss, muss sein.

Ich hatte mich noch gestern Abend an der Rezeption erkundigt, wie weit es von Montecatini Terme nach Florenz sei. Die Hotelangestellte hatte daraufhin mit einem entschuldigenden Lächeln doziert, dass sich fast alle Auto fahrenden Italiener als Anarchisten fühlten und deshalb Ver- und Gebote im Straßenverkehr allenfalls als unverbindliche Hinweise auffassen würden. Das führe üblicherweise zu leicht chaotischen Straßenverhältnissen. Deshalb sollte ich sicherheitshalber ein wenig mehr Zeit für die fünfzig Kilometer einplanen, als ich es aus Deutschland gewohnt sei. Etwa neunzig Minuten im morgendlichen Berufsverkehr dürften vermutlich reichen, meinte sie. Am einfachsten sei es, ein Taxi zu nehmen. Das würde mir nicht nur die Anpassung an die italienische Fahrweise, sondern auch die lästige und ziemlich aufwändige Suche nach einem Parkplatz in der Florentiner Innenstadt ersparen. Ich hatte beschlossen, ihrem Rat zu folgen.

Da ich um halb acht noch nicht in der Lage bin, mir den Magen voll zu schlagen, beschränkte sich mein Frühstück auf einen starken Kaffee und einen Toast. Anschließend griff ich zum Handy, um Marlene anzurufen. Meine übliche Joggingtour musste heute ausfallen.

Mit Marlene Schneider, Oberstaatsanwältin in Dortmund, teile ich manchmal Tisch und Bett. Marlene und ich hatten uns sehr nahe gestanden, bis wir uns vor etwas mehr als vier Wochen einen ziemlich heftigen Streit lieferten. Seitdem war zwischen uns eine gewisse Funkstille eingetreten.

Eigentlich war unsere Auseinandersetzung vorhersehbar gewesen. Wir hatten den Versuch unternommen, gemeinsam in einer Wohnung, genauer: in Marlenes Wohnung, zu leben. Es sollte eine Art Generalprobe für eine zukünftige ständige Zweisamkeit sein. Und wie so häufig ging diese Probe aufs Exempel gründlich schief. Es waren die alltäglichen Kleinigkeiten, die nicht miteinander vereinbar waren: Ich hielt es für schlampig, wenn wir nicht sofort nach dem Essen die Küche aufräumten, sie für gemütlich. Sie störte, dass ich ständig das Radio im Hintergrund als Geräuschkulisse vor sich hin dudeln ließ, mich beruhigte das. Nach einer Woche hatte es fast zwangsläufig krachen müssen.

Menschen, die jahrelang allein gewohnt haben, sind eben nicht so ohne Weiteres kompatibel. Was im Urlaub funktioniert, muss nicht automatisch auch im Alltag klappen. Das zumindest war uns klar geworden.

Natürlich redeten wir noch miteinander. Wir sind schließlich erwachsene Menschen. Unsere Gespräche hatten im Moment jedoch nur noch den Charakter eines unverbindlichen Geplauders und nicht den einer wirklichen Auseinandersetzung mit den Ansichten des anderen.

Marlene nahm nicht ab. Achselzuckend verstaute ich das Handy in meiner Jackentasche, schnappte mir meine Lederjacke und verließ das Zimmer.

Italienisch radebrechend und mit Händen und Füßen versuchte ich, dem Taxifahrer zu erklären, wo ich hinwollte. Er quittierte meine Versuche mit einem mitleidigen Gesichtsausdruck und gab mir in grammatikalisch zwar nicht ganz korrektem, aber gut verständlichem Deutsch zur Antwort, dass er einige Jahre bei Ford in Köln am Band gearbeitet habe und deshalb durchaus meine Muttersprache verstünde. Dann gab er Gas.

Kurz vor Florenz, auf einer zweispurigen Schnellstraße, erkundigte ich mich bei ihm, wie eine promovierte Wissenschaftlerin im Italienischen richtig angesprochen wurde. Ich hatte schon häufiger die Erfahrung gemacht, dass die fehlerfreie Aussprache von Titel und Namen einen guten Eindruck machte und einem manche Tür öffnen konnte.

Der Fahrer erklärte es mir.

»Und der Name?«, fragte ich. »Wie wird der ausgesprochen?«

»Haben Sie Visitenkarte?«

Ich reichte sie ihm nach vorn.

Er warf nur einen flüchtigen Blick darauf, setzte den Blinker und überholte vor einer Kurve hupend einen langsameren Wagen, etwa so, als ob er sich als Testfahrer bei Ferrari bewerben wollte. Ich rutschte tiefer in meinen Sitz und beobachtete mit Sorge die Geschwindigkeitsanzeige, deren Zeiger sich zügig auf die einhundertundvierzig zubewegte. Auch die unübersichtliche Kurve kam schnell näher. Anscheinend waren die Warnungen der Hotelangestellten vor der Fahrweise ihrer Landsleute berechtigt gewesen. Der Taxifahrer blieb auf der linken Spur und beschleunigte weiter, um den nächsten Lkw zu überholen. Mit links hielt er das Lenkrad, mit rechts die Visitenkarte, drehte sich schließlich halb zu mir um, sah mir ins Gesicht und erläuterte mit einem verträumten Lächeln: »Name ist wie Musik. Dottoressa Gianna Rossi.«

Er wedelte mit der Karte durch die Luft. Wir waren noch immer auf der linken Spur.

Aus der Kurve schoss ein anderes Fahrzeug und kam uns, wie ich meinte, mit sehr hoher Geschwindigkeit entgegen. Ich atmete tief ein und hielt die Luft an.

Mein Kutscher schaute glücklicherweise wieder nach vorn auf die Straße und gab noch mehr Gas. Die Tachonadel zitterte. Mit quietschenden Reifen lenkte er das Taxi unmittelbar vor den Lkw und vermied so in letzter Sekunde einen Frontalzusammenstoß. Rasselnd entwich die Luft aus meinen Lungen. Mein Chauffeur trat kräftig auf die Bremse, um mit geringerer Geschwindigkeit endlich selbst die Kurve zu nehmen. Der Sicherheitsgurt schnitt schmerzhaft in meinen Oberkörper.

Sowohl der Kontrahent auf der Gegenspur als auch der hinter uns fahrende Brummi zeigten wenig Verständnis für dieses gewagte Fahrmanöver und der Lkw-Fahrer schickte uns wütende Hupsignale und Lichtblitze hinterher.

Der Taxifahrer hingegen hatte für diese berechtigte Empörung nur eine verächtliche Handbewegung übrig.

»Stupido«, war sein Kommentar.

Dann hatte er die Kurve passiert und trat wieder aufs Gaspedal. Ich ergab mich in mein Schicksal.

Auch die verbleibende Strecke legten wir in Rekordzeit zurück. Als ich bezahlt hatte und aussteigen wollte, drückte mir der Fahrer eine Visitenkarte in die Hand. »Wenn Sie brauchen Taxi«, meinte er grinsend.

Das Archäologische Museum befand sich in der Innenstadt, ganz in der Nähe der Universität und nur zwei Querstraßen vom Dom entfernt. Die Leitung des Museums war jedoch nicht im ehemaligen *Palazzo della Crocetta* an der Via della Colonna untergebracht, sondern in einem Nebengebäude in der Via Laura.

Der dortige Pförtner sprach Englisch. Ich trug ihm mein Anliegen vor, er griff zum Telefonhörer und kurze Zeit später begrüßte mich die Frau mit dem Namen wie Musik im Eingangsbereich.

Ich weiß nicht genau warum, aber ich war davon ausgegangen, dass Archäologinnen und Archäologen eine gewisse Ähnlichkeit mit den Gegenständen ihrer Forschungen aufweisen würden. Ich hatte mir die Wissenschaftlerin als jenseits der fünfzig vorgestellt, in Ehren ergraut und leicht verstaubt.

Dottoressa Gianna Rossi war das genaue Gegenteil: höchstens fünfunddreißig, hoch gewachsen, schlank. Lange dunkle Haare umrahmten ihr Gesicht, welches die typischen Züge einer stolzen Italienerin trug, die sich ihrer Wirkung auf die vorzugsweise männliche Umgebung sehr wohl bewusst ist. Sie schenkte mir ein bezauberndes Lächeln. Keine Frage, Dottoressa Gianna Rossi war atemberaubend schön.

»Guten Morgen. Herr Büsing, nehme ich an?« Sie sprach Deutsch mit einem leichten Akzent, der ein wenig an einen bayerischen Dialekt erinnerte.

Ich war so überrascht, dass ich mich prompt verhaspelte. »Dorotessa ... Äh ... Entschuldigen Sie, ich ...«

Sie streckte mir strahlend ihre Hand entgegen. »Vergessen Sie doch bitte den Titel. Belassen wir es bei den Vornamen, wenn Sie einverstanden sind. Ich bin Gianna. Und Sie heißen ...«

»Jean-Paul«, beeilte ich mich zu erwidern.

»Schön, Sie kennen zu lernen, Jean-Paul. Wollen wir in mein Büro gehen?«

Ich nickte folgsam.

Ihr Büro lag im vierten Stock des Gebäudes, direkt unter dem Dach. Es gab keinen Fahrstuhl. Auf dem Weg nach oben erhielt ich Gelegenheit, unbemerkt ihre perfekte Figur zu bewundern. Sie trug enge Jeans und einen dunkelblauen Pullover, der ihre Reize betonte.

»Wo haben Sie meine Sprache so gut sprechen gelernt?«, erkundigte ich mich etwas außer Atem, als wir die oberste Etage erreicht hatten. Einmal mehr musste ich feststellen, dass ich mit Ende vierzig nicht mehr der Jüngste war.

»In Deutschland natürlich. Meine Eltern und ich sind Ende der Siebzigerjahre dorthin gezogen. Da war ich acht. Mein Vater hat von einem Cousin eine Pizzeria in Passau übernommen. Später habe ich in Regensburg studiert. In Italien lebe ich erst wieder seit etwa sieben Jahren.«

Das erklärte alles. Wir blieben vor einer kleinen Tür stehen.

Sie öffnete und ließ mich eintreten. »Hier, bitte.«

In ihrem Büro herrschte das blanke Chaos. Auf dem Schreibtisch waren Papierhaufen zu eindrucksvollen Gebirgen aufgetürmt, die so aussahen, als ob sie jeden Augenblick in sich zusammenfallen würden. Auf dem Boden stapelten sich Bücher und Zeitschriften, die Regale an den Wänden bogen sich unter der Last dutzender Aktenordner. Nur der Inhalt einer Glasvitrine hinter dem Arbeitsplatz sah so aus, als ob er von Zeit zu Zeit einer Inventur unterzogen wurde.

Gianna Rossi registrierte meinen überraschten Blick und räumte mit einem herzlichen Lächeln mehrere Bücher zur Seite, die auf dem einzigen Besucherstuhl lagen, den ich auf die Schnelle in dem Raum ausmachen konnte.

»Vielleicht sollte ich bei Gelegenheit mal etwas Ordnung schaffen«, meinte sie immer noch lachend und zauberte aus den Tiefen des Raumes ein Tablett mit Kanne, Tassen, Milch und Zucker hervor, das sie mir in die Hände drückte.

»Halten Sie es bitte einen Moment?«

Sie schob zwei der Papierberge auf dem Schreibtisch zur Seite und schaffte so Platz für das Tablett. »Dorthin bitte.« Geschickt steuerte sie ihren Schreibtischstuhl auf seinen Rollen um die Buchbarrieren herum und bugsierte ihn neben die andere Sitzgelegenheit.

»Nehmen Sie doch Platz. Kaffee?«

Wir setzten uns. Ohne meine Antwort abzuwarten, griff sie zur Kanne, schenkte ein und reichte mir die Tasse. Ich nickte dankend und nahm einen Schluck. Der Kaffee war ausgezeichnet. Wie fast überall in Italien.

»Sie sehen gar nicht aus wie ein Detektiv«, stellte Gianna Rossi fest. »Sie wirken so, wie soll ich sagen, seriös.«

»Danke, falls es ein Kompliment sein sollte. Aber wie sieht denn Ihrer Meinung nach ein Detektiv aus?«

»Wie Roger Moore«, platzte es aus ihr heraus.

Ich grinste schief. Mit James Bond konnte ich mich tatsächlich nicht messen. »Kein Wunder, dass ich bei diesem Vergleich schlecht abschneide. Ich mag nämlich keine Martinis. Egal ob gerührt oder geschüttelt. Außerdem arbeite ich für Versicherungsgesellschaften. Da geht es üblicherweise um Betrug. Die Rettung der Welt ist nicht mein Metier.«

Sie machte ein erschrockenes Gesicht. »Habe ich Sie mit meiner dummen Bemerkung etwa verletzt?«

Ich hob abwehrend die Hände. »Ach was.«

»Wirklich nicht?«

»Nein, bestimmt nicht.«

Sie wirkte beruhigt. »Gut. Erzählen Sie mir, was Sie genau tun?«

Ich berichtete ihr, dass ich dann engagiert werde, wenn es zum einen um hohe Versicherungssummen geht und zum anderen die Polizei nicht eingeschaltet werden soll oder aber ihre Ermittlungen bereits eingestellt hat.

»Deshalb besitze ich auch keine Schusswaffe«, schloss ich meine kurzen Erläuterungen. »Wirtschaftskriminelle, und um die Klientel handelt es sich fast immer in meinen Fällen, arbeiten in der Regel mit Handy und Computer und nicht mit einer Pistole.«

»Das hört sich interessant an.« Sie nippte am Kaffee und schwieg für einige Sekunden. Dann fuhr sie fort: »Soweit ich weiß, ermittelt die hiesige Polizei noch. Der

Grund dafür, dass die Versicherungsgesellschaft einen eigenen Detektiv beauftragt, ist vermutlich die hohe Versicherungssumme?«

Ich nickte.

»Das heißt, Ihre Auftraggeber glauben, dass Sie mehr über das Verschwinden der Scheibe herausbekommen können als die offiziellen Stellen, oder?«

»Lassen Sie es mich so formulieren: Ich kann die Bestimmungen des Gesetzbuches vermutlich etwas weniger restriktiv als ein Polizeibeamter auslegen.«

Sie lachte schallend. »Da kennen Sie aber meine Landsleute schlecht. Im kreativen Umgang mit Vorschriften aller Art sind wir kaum zu schlagen. Das gilt auch für Beamte. Oder gerade für diese«, schmunzelte sie. »Hohe Repräsentanten des Staates eingeschlossen. Aber lassen wir das. Wie kann ich Ihnen helfen?« Gianna Rossi sah mich aufmerksam an.

»Fangen wir mit dem Objekt an. Was habe ich mir unter der Himmelsscheibe von Nebra genau vorzustellen?«

»Haben Sie sie schon einmal gesehen?«, fragte sie zurück.

»Nicht dass ich wüsste.«

Die Archäologin stand auf, trat hinter ihren Schreibtisch und kramte in einem der Papierstapel. »Wir haben uns aus Halle Abbildungen der Scheibe schicken lassen, um den Ausstellungskatalog vorbereiten zu können. Warten Sie, ich finde die Bilder sofort. Ja, hier sind sie.« Sie zog ein Foto aus einer Klarsichthülle und kehrte zu mir zurück. »Bitte. Das ist sie.«

Ich nahm die Fotografie. Abgebildet war eine runde, fleckig grüne Scheibe. Gut zwei Dutzend goldgelber Punkte bildeten unregelmäßige, helle Sprenkel, in der

Mitte der Scheibe befand sich ein Kreis. Er war ebenfalls golden, allerdings schien ein Teil der Beschichtung abgeplatzt. Drei goldene Sicheln am Rand der Scheibe vervollständigten die Darstellung. Ich konnte mich erinnern, in einer Illustrierten schon einmal ein solches Bild gesehen zu haben.

»Ist diese Abbildung maßstabgetreu?«, erkundigte ich mich.

»Nein. Die Scheibe misst zweiunddreißig Zentimeter im Durchmesser und wiegt etwa zwei Kilogramm.«

»Aha.« Also war es für denjenigen, der sich des Artefaktes bemächtigt hatte, kein Problem gewesen, das Teil unauffällig zu transportieren. »Aus welchem Material besteht das Ding?«

Sie rutschte etwas näher zu mir heran. Ich nahm ihr Parfüm wahr. Dezent und frisch.

»Die Scheibe selbst ist aus Kupfer. Oxydiert. Die Patina ist …« Sie suchte nach dem richtigen Wort.

»Grünspan«, beeilte ich mich, ihr zu helfen.

»Ja, genau. Das Metall stammt vermutlich aus den Ostalpen. Die Sterne, die Horizontbögen und die Mond- oder Sonnenscheibe sind aus Gold, welches möglicherweise seinen Ursprung in Siebenbürgen hat. Darauf deuten jedenfalls Goldfunde gleichen Alters hin, die in dieser Gegend gemacht wurden.«

»Und wie alt ist die Scheibe?«

»Sie wurde um 1600 vor Christus in mehreren Phasen gefertigt. In der frühen Bronzezeit.«

»Und in Deutschland gefunden?«

»Ja. In einem Waldgebiet auf dem Mittelberg in der Nähe von Nebra. Das liegt in Sachsen-Anhalt im Grenzgebiet der Landkreise Merseburg-Querfurt und dem Burgenlandkreis. Dort befindet sich eine ringförmige

Wallanlage. Ausgegraben wurde die Scheibe übrigens von Amateuren, nicht von Archäologen. Von Raubgräbern, um genau zu sein.«

»Raubgräbern?«

»Ja. Im Juli 1999 haben zwei Amateurschatzsucher den Mittelberg mit einer Metallsonde abgesucht und sind auf die Scheibe gestoßen. Die Raubgräber haben sie später für etwa fünfzehntausend Euro an einen Hehler verkauft. Über die Schweiz kehrte die Scheibe dann nach Deutschland zurück, wo sie unter anderem auch der Ruhr-Universität in Bochum zum Kauf angeboten worden ist. Bei ihrer illegalen Ausgrabung haben die Täter noch andere Gegenstände gefunden. Schwerter, Beile, Meißel und Armringe. Bedauerlicherweise sind die beiden nicht professionell vorgegangen und haben aus Unkenntnis vieles von dem zerstört, was uns Archäologen einen Hinweis darauf hätte geben können, ob die Himmelsscheibe und die anderen Fundstücke dort nur zufällig gelegen haben oder aber einem bestimmten Zweck dienten.«

»Welchem Zweck?«

»Möglicherweise handelt es sich bei der Scheibe um einen astronomischen Kalender. Sehen Sie«, Gianna Rossi deutete auf eine Ansammlung von sieben Punkten im oberen Teil der Scheibe. »Das könnte eine Abbildung des Siebengestirns sein, der Plejaden. Die am Rand aufgetragenen Horizontalbögen stellen möglicherweise Auf- und Untergangspunkte der Sonne sowie den realen Horizont dar.« Die Begeisterung in ihrer Stimme war nicht zu überhören. »An den Tagen der Tag-und-Nacht-Gleiche, das sind der 21. März und der 21. September, gehen die Plejaden unter beziehungsweise auf und sie sind für etwa drei Monate die ganze Nacht hindurch sichtbar. In diesem Fall stehen sie der Sonne gegenüber. Dagegen sind sie im Winter und Sommer nachts nur vor oder nach Mitternacht zu beobachten. Sie können also als Jahreszeitenanzeiger für Frühling und Herbst verwendet werden. Das waren für die damaligen Kulturen wichtige Daten, denn sie markierten den Beginn der Saat und der Ernte. Besonders interessant ist, dass die Sternengruppe die Vorhersage einer Mondfinsternis ermöglicht. Wenn der zunehmende Halbmond etwa alle achtzehn Jahre die Plejaden verdeckt, kommt es beim nächsten Vollmond zu einer Mondfinsternis. Auch das lässt sich vermutlich aus der Anordnung der Sterne auf der Himmelsscheibe herauslesen. Und schließlich …«

Ihr Monolog wurde durch ein Klopfen unterbrochen. Unmittelbar darauf streckte ein Mann seinen Kopf durch den Türspalt, nickte mir kurz zu und redete mit der Dottoressa auf Italienisch. Dann wurde die Tür wieder geschlossen.

»Das war mein Kollege Paolo Meozzi. Er hat sich mit mir zum Essen verabredet. Ich habe ihm gesagt, dass Sie uns begleiten. Das ist Ihnen doch recht, oder?«

»Natürlich.«

Das Telefon klingelte. Die Archäologin stand auf, beugte sich vor und nahm ab. »Pronto?«

Danach sagte sie nur noch »Sì« und »No«. Nach höchstens einer Minute legte Gianna Rossi wieder auf. Als sie sich setzte, war ihr Gesicht aschfahl. Die Mimik waren starr und die Augen blickten ins Leere. Dann ging ein Ruck durch ihren Körper und die Wissenschaftlerin hatte sich augenscheinlich wieder im Griff.

»Schön. Wo waren wir stehen geblieben?«, sagte sie.

Ich glaubte nicht, dass mir die archäologisch korrekte Einordnung der Himmelsscheibe bei der Suche nach dem oder den Tätern weiterhelfen würde. Andererseits wollte ich die junge Archäologin auch nicht kränken. Deshalb antwortete ich so diplomatisch wie möglich. »Sie sollten mir später mehr von der Bedeutung dieses Fundes erzählen. Im Moment interessieren mich vor allem einige praktische Fragen, wenn Sie erlauben.«

Dottoressa Gianna Rossi antwortete nicht. Sie schien mit ihren Gedanken weit weg zu sein.

»Dottoressa?«

»Ja?«, schreckte sie hoch. »Natürlich. Entschuldigen Sie, wenn ich Sie gelangweilt habe.«

»Nein, im Gegenteil«, beeilte ich mich zu versichern. »Das ist alles sehr interessant. Wirklich.« Ich hatte nicht den Eindruck, dass sie mir glaubte. »Können Sie mir etwas über diese Ausstellung erzählen, für die die Scheibe ausgeliehen wurde?«

»Selbstverständlich. Wir planen seit etwa zwei Jahren eine Präsentation von astronomischen Gegenständen der Kulturen, die in der Bronzezeit und danach in Mitteleuropa ansässig waren. Bis hin zu den Germanen. Als wir von dem sensationellen Fund in Sachsen-Anhalt hörten, waren wir natürlich sofort daran interessiert, die Scheibe auch unserem Publikum vorzustellen. Die Verhandlungen zogen sich über Monate hin. Sie waren nicht einfach, wie Sie sich denken können. Strittig blieb bis zum Schluss die Höhe der Versicherungssumme.«

»Zwanzig Millionen, ich weiß.«

»Ein symbolischer Betrag. Der Wert der Himmelsscheibe von Nebra ist unschätzbar.«

Das wusste ich ja schon von Dermöller. »Wie wird eine solche Ausleihe abgewickelt?«

»Meinen Sie die praktische Durchführung oder die rechtliche Dimension?«

»Beides.«

»Die rechtliche Seite ist schnell erklärt: Der Verleiher bestimmt die Ausleihbedingungen, der Entleiher stimmt zu, zahlt und haftet für mögliche Schäden an dem ausgeliehenen Objekt.«

»Was zahlt der Entleiher?«

»Alles. Versicherung, Transport, eventuelle Restaurierung, manchmal eine Leihgebühr …«

»Ist die hoch?«

»Das hängt vom Wert des ausgeliehenen Stückes ab.«

»Musste Ihr Museum Leihgebühr bezahlen?«

»Nein. Glücklicherweise nicht. Vermutlich hätten wir uns sonst eine Ausstellung der Scheibe nicht leisten können.«

»Und wie läuft das Verfahren praktisch ab? Wer wusste davon, dass Sie sich die Scheibe ausleihen wollten?«

»Da das Objekt noch wissenschaftlich untersucht wurde, konnte die Öffentlichkeit nichts von der Leihgabe wissen. Informiert waren in unserem Haus selbstverständlich die Museumsleitung, die Mitarbeiter, die die Ausstellung konzipiert haben …«

»Wer ist das?«, unterbrach ich sie.

»Paolo Meozzi und ich.«

Fragend sah ich zu einem Block, der auf dem Schreibtisch lag. Wie so häufig, hatte ich meine Schreibutensilien vergessen.

»Bedienen Sie sich.«

Ich notierte, was mir Frau Rossi über das Ausleihverfahren gesagt hatte, und schrieb auch den Namen auf. »Sonst wusste keiner davon?«

»Nein ... Halt, natürlich auch die Mitarbeiterin, die für uns die Schreibarbeiten erledigt. Aber sie ist über jeden Verdacht erhaben.«

»Verraten Sie mir trotzdem, wie sie heißt?«

Gianna Rossi zog die Augenbrauen hoch. »Luisa Meozzi. Sie ist die Schwester von Paolo.«

»Noch jemand?«

»Unser Lagerverwalter. Renaldo Schreiber.«

Die Archäologin sprach den Nachnamen deutsch aus. Als sie meinen fragenden Blick bemerkte, erklärte sie: »Sein Vater ist ein Landsmann von Ihnen.«

»Und sonst?«

»Keiner aus unserem Haus, soweit ich weiß. Wer von den Kollegen in Halle allerdings informiert war ...?« Sie hob die Schultern.

»Wie wurde der Transport organisiert?«

»Genau so, wie es von den deutschen Behörden, dem Museum in Halle und der Versicherung AG verlangt wird. Eine Sicherheitsfirma brachte die Scheibe unter Polizeischutz im gepanzerten Fahrzeug zum Flughafen in Leipzig. Von da ging es per Flugzeug via München nach Florenz. Dort hat ein Wagen der hiesigen Niederlassung dieser Sicherheitsfirma die Himmelsscheibe entgegengenommen und bewacht zu uns ins Museum gebracht. Der Code für das Zahlenschloss, mit dem das Behältnis verplombt war, war uns zwei Tage vorher per Bote überbracht worden. Das ist alles.«

»Wussten die Mitarbeiter der Sicherheitsfirma, was sie transportierten?«

»Ich glaube nicht. Natürlich war in den Papieren vermerkt, dass es sich um wertvolle Fracht handelte, aber das lag für die Fahrer der Wagen ja wohl eh auf der

Hand. Warum sonst hätten wir die Dienste ihres Unternehmens in Anspruch nehmen sollen?«

»Und die Scheibe ist bei Ihnen wie vorgesehen abgeliefert worden?«

»Ja. Ich selbst habe sie in Empfang genommen und den Eingang quittiert. Paolo, Herr Schreiber und ich haben dann die Einlagerung in unserem Lager überwacht. Die Mitarbeiter der Sicherheitsfirma standen vor der Tür, als ich den Zahlencode eingegeben, die Stahlkiste geöffnet und die Scheibe geprüft habe. Sie war unversehrt.«

»Woher wussten Sie, dass es keine Fälschung war?«, kam mir plötzlich in den Sinn. »Sie hatten die Himmelsscheibe doch nie zuvor gesehen. Oder doch?«

Gianna Rossi sah mich verblüfft an. »Wie kommen Sie darauf, dass uns jemand eine Kopie untergeschoben haben könnte?«

»War nur so eine Idee.«

»Es war das Original. Da war kein Zweifel möglich. Alle Dokumente waren vollständig, jedes Detail stimmte.« Sie wirkte ungehalten.

»Ich wollte Ihre Kompetenz nicht infrage stellen«, entschuldigte ich mich rasch.

»Dann tun Sie das bitte auch nicht«, antwortete sie spitz. »Jedenfalls habe ich die Scheibe in den hinteren Lagerraum geschafft, die Tür verriegelt und erst dann haben wir den Männern des Sicherheitsdienstes wieder gestattet, den ersten Raum zu betreten und die leere Stahlkiste an sich zu neh-men. Die beiden Fahrer haben das Objekt in keinem Moment zu Gesicht bekommen. Zwei Tage später war die Himmelsscheibe verschwunden.«

»Wie genau haben Sie den Verlust bemerkt?«

»Paolo und ich wollten sie in den Ausstellungsraum schaffen. Dort sollte sie in einer speziell gesicherten Glasvitrine präsentiert werden. Die Scheibe wurde in einem gepolsterten Metallbehälter aufbewahrt. Als wir ihn öffneten, war er leer.«

»Hatte dieser Behälter ein Schloss?«

»Nein.«

»Aber der Lagerraum war verschlossen?«

»Selbstverständlich.«

»Wer hatte den Schlüssel?«

»Wie ich eben erwähnte, handelt es sich um zwei Räume. Einen größeren, der zum Lagern aller möglichen Artefakte dient, und dahinter ein kleinerer, in dem die wertvollen Stücke aufbewahrt werden. Dieser Raum ist als Feuerschutzraum konzipiert und mit einer schweren Stahltür versehen. Die Tür war definitiv verschlossen und nicht beschädigt. Um nun Ihre Frage zu beantworten: Nur Paolo und ich haben für diesen Raum einen Schlüssel. Der vordere hingegen lässt sich auch mit dem Generalschlüssel öffnen, über den mehrere Mitarbeiter verfügen.«

Ich machte mir eine Notiz. »Kann ich mir die Räumlichkeiten ansehen?«

»Warum nicht. Selbstverständlich hat die Polizei die Lagerräume ebenfalls untersucht. Sie haben keinen Hinweis darauf gefunden, dass jemand unbefugt eingedrungen ist.«

»Also keine Einbruchsspuren?«

»Nein. Ich weiß, worauf Sie hinauswollen. Ich habe der Polizei schon alle Fragen in dieser Richtung beantwortet. Ja, der Dieb muss über einen Schlüssel verfügt haben. Und Paolos kann es nicht gewesen sein.«

»Warum nicht?«

Sie zögerte keine Sekunde. »Weil ich seinen Schlüssel hatte.«

Als sie meinen fragenden Blick bemerkte, lachte sie hell auf. »So ähnlich hat mich Commissario Rotolo auch angesehen, als ich ihm die Geschichte erzählt habe. Wie ich schon erwähnt habe, bin ich in Passau aufgewachsen. Meine Mutter ist nach dem Tod meines Vaters zurück in ihre Heimatstadt gezogen, zu unseren Verwandten. Sie lebt heute in Bergamo, das ist in der Nähe von Mailand. Ich besuche sie dort von Zeit zu Zeit. Und bei meinem letzten Besuch habe ich meinen Schlüsselbund liegen gelassen. Bemerkt habe ich das leider erst, als ich wieder in Florenz war und vor meiner Wohnung stand. Der Schlüsseldienst, der die Tür für mich geöffnet hat, hat ein kleines Vermögen verlangt. Ich habe sofort bei meiner Mutter angerufen. Der Bund lag auf dem Wohnzimmertisch. Sie hat ihn in Verwahrung genommen. Das war vor knapp drei Wochen. Seitdem bin ich nicht mehr bei ihr gewesen. Um aber trotzdem freien Zugang zum Lagerraum zu haben, hatte mir Paolo seinen Schlüssel geliehen. Und ich habe ihn gehütet wie meinen Augapfel, das können Sie mir glauben.«

Mir kam ein Gedanke. »Wann haben Sie die Zusage aus Halle erhalten?«

Sie lachte wieder. »Ob Polizist oder Detektiv – die Überlegungen gehen in die gleiche Richtung. Erst vor zwei Wochen haben wir den Leihvertrag in Halle unterschrieben. Bis zum letzten Moment war nicht klar, ob wir die Himmelsscheibe von Nebra in Florenz zeigen können, da gleichzeitig eine Ausstellung im Europäischen Parlament in Straßburg geplant war. Doch die ist dann zum Glück abgesagt worden. Mein Bund lag zum Zeitpunkt der Vertragsunterzeichnung schon seit einer

Woche bei meiner Mutter im Küchenschrank.« Sie blickte mich ernst an. »Ich bin mir darüber im Klaren, dass ich damit die Hauptverdächtige bin ...«

»Nicht unbedingt. Denkbar ist ja auch, dass jemand einen Nachschlüssel hat anfertigen lassen, um damit ...«

Gianna Rossi lächelte. »Das ist sehr nett von Ihnen. Trotzdem ...«

Paolo Meozzi beendete unsere Unterhaltung, indem er erneut seinen Kopf durch den Türspalt schob.

Die Wissenschaftlerin sah auf die Uhr. »Oh, schon eins. Ich glaube, es ist Zeit für das Mittagessen.«

3

Wir gingen zu Fuß. Die unscheinbare Trattoria lag nur einen Steinwurf vom Dom entfernt in einer kleinen Nebenstraße, von der Touristen normalerweise keine Notiz nehmen. Nur wenige Gäste befanden sich in dem Lokal, das überwiegend von den Mitarbeitern der Universität und dem Archäologischen Museum besucht wurde, wie mir Gianna Rossi erklärte. »Paolo gehört schon zum Inventar«, scherzte sie. »Er verbringt hier mehr Zeit als im Büro oder seiner Wohnung.«

Auf ihre Empfehlung bestellte ich eine Saltimbocca alla Romana, dazu einen Pinot Grigio.

»Der Inhaber kocht selbst«, erzählte die Wissenschaftlerin. »Und das schon in der dritten Generation.«

Wie sich herausstellte, sprach auch Giannas Kollege etwas Deutsch, sodass wir uns in meiner Muttersprache unterhalten konnten. Na ja, eine Unterhaltung war es eigentlich nicht, mehr ein nicht enden wollender Monolog Gianna Rossis. Die Worte sprudelten nur so aus ihr heraus. Sie sprach über die Faszination, die die Himmelsscheibe auf sie ausübte, über den unersetzlichen Verlust, den die Wissenschaft erlitten habe, über die Vorwürfe, die sie sich machte, da anscheinend die getroffenen Sicherheitsvorkehrungen nicht ausgereicht hatten, und die Hoffnungen, die sie in die Polizei und nun auch in mich setzte. Dabei versprühte sie einen Optimismus, der ansteckend war. Nachdem ich ihr fünf Minuten zugehört hatte, war ich davon überzeugt, den Fall in wenigen Tagen lösen zu können.

Sie strahlte mich an. »Nicht wahr, Jean-Paul, Sie bringen uns die Scheibe zurück?«

Das Essen wurde aufgetragen und ersparte mir eine Antwort.

Auch den Service übernahm der Wirt persönlich und präsentierte die Speisen mit einem stolzen Gesichtsausdruck, der jede Diskussion über deren Qualität schon im Keim ersticken ließ. Bei mir, meinte ich in seiner Mimik zu lesen, essen Sie nicht, Sie speisen. Und das außergewöhnlich gut. Aber er hatte Recht. Das Kalbfleisch war wirklich exzellent. Dazu gab es Gnocchi, mit etwas Olivenöl und Knoblauch verfeinert, und frisches Gemüse, bissfest auf den Punkt gegart. Ein Genuss.

Nach dem Espresso beglich ich trotz des Protestes von Paolo Meozzi die Rechnung. Er verabschiedete sich von uns nur wenig später. Leider habe er noch einen Termin bei seiner Bank, meinte er. Unaufschiebbar.

Auf dem Rückweg zum Museum hakte sich Gianna bei mir unter und wir schlenderten durch die Straßen. Sie machte mich hier auf ein künstlerisches Detail an einer Häuserfassade aufmerksam, erläuterte mir an anderer Stelle, welche berühmte Familie in dem Gemäuer gelebt hatte und wer heute in dem Stein gewordenen Denkmal residierte.

Kurz bevor wir unser Ziel erreichten, fing es an zu regnen. Gianna schob sich enger an mich heran, so als ob ich ihr Schutz vor den Tropfen bieten konnte. Trotz der Winterkleidung meinte ich, ihren Körper zu spüren. Mein Herz begann, heftiger zu schlagen. Viel zu schnell erreichten wir ihre Arbeitsstätte.

»Möchten Sie jetzt die Lagerräume sehen, Jean-Paul?«, fragte sie fröhlich, als wir wieder vor der Pförtnerloge standen.

»Ja. Gern.«

Meine Begleiterin ließ sich vom Pförtner einen Schlüssel aushändigen und führte ein kurzes Telefonat. Dann gingen wir einen langen Flur entlang, an dessen Ende sich eine Tür befand, die in ein Treppenhaus führte.

»Das hier ist der einzige direkte Zugang von unserer Verwaltung zum Museum«, erklärte mir Gianna Rossi, während wir die Treppe hinunterstiegen. Sie wirkte plötzlich wieder sehr traurig. Als würde sie etwas sehr belasten.

Unten angekommen, schloss die Wissenschaftlerin eine schwere Stahltür auf. »Wir sind hier etwa zehn Meter unter der Erdoberfläche«, sagte sie mit völlig normaler Stimme.

Vielleicht hatte ich mich eben auch geirrt.

»Dieser Gang wurde schon vor einigen hundert Jahren gegraben und verbindet die beiden Kellergeschosse der Gebäude. So können wir den Weg über die Straße vermeiden. Das ist besonders praktisch bei einem Wetter wie heute.«

Als sie die Tür öffnete, schlug uns kalter Modergeruch entgegen. Neonröhren spendeten kühles Licht. Wir gingen an Regalen vorbei, die an weiß gekalkten Wänden standen und in denen zahlreiche Aktenordner deponiert waren.

»Ein Teil unseres Archivs. Allerdings können hier nur Unterlagen aufbewahrt werden, die zum einen nicht besonders wichtig sind, zum anderen aber auch nicht sehr lange gelagert werden müssen. Nach zwei, drei Jahren in dieser feuchten Luft löst sich jedes Papierdokument in seine Bestandteile auf.«

Je weiter wir uns vom Treppenhaus entfernten, desto ungemütlicher wurde es. Ich fröstelte. Als wir an der nächsten Ecke rechts abbogen, warf ich einen Blick in den links abgehenden Gang, der nicht beleuchtet war. Für einen Moment verlangsamte sich mein Schritt.

Gianna Rossi, die schon zwei Meter vor mir war, blieb stehen und drehte sich zu mir um.

»Und wohin geht es da?«, erkundigte ich mich und zeigte in das Dunkel.

»Ein toter Gang. Er endet nach wenigen Metern unter den Fundamenten des Nachbargebäudes. Vielleicht ein Überbleibsel der Medici.«

Ich sah sie fragend an.

»Lorenzo de' Medici hat an dieser Stelle ein berühmtes Freudenhaus errichtet. Daher wurde die Straße nach ihm benannt: Via Laurenziana, abgekürzt Via Laura. Möglicherweise hat er diesen Gang bauen lassen – wofür auch immer. Wer weiß, wer alles diese Gänge benutzt hat, um unerkannt zu bleiben, oder auch …«, sie drehte ihren Kopf in Richtung des unfertigen Ganges, »… später benutzen wollte. Na ja. Ursprünglich sollte er jedenfalls weitergeführt werden, aber die späteren Bewohner des Hauses haben den Bau dann gestoppt. Es gibt Vermutungen, dass das statische Gründe gehabt hat.«

Ich warf einen besorgten Blick zur Decke.

»Keine Angst«, beruhigte Gianna mich mit einem Lächeln. »Das hat hunderte Jahre gehalten, da wird es auch noch etwas länger Bestand haben. Wir sind gleich da.«

Tatsächlich erreichten wir nach etwa fünfzig Metern eine weitere Stahltür.

Die Wissenschaftlerin benutzte auch hier ihren Schlüssel und öffnete. Warme Luft drang in den Gang. Vor uns lag ein heller, etwa zwanzig Quadratmeter großer Raum. In der hinteren linken Ecke befand sich eine Wendeltreppe, direkt daneben der Eingang zu einem Fahrstuhl. Überall standen große Holz- und Pappkisten herum.

»Eines der Ausweichlager des Museums«, erläuterte meine Begleiterin. »Aber hier heben wir nur Verpackungsmaterial auf. Kommen Sie. Möchten Sie im Aufzug fahren oder laufen?«

Ich warf einen Blick auf die enge Stahltreppe. »Ich würde den Aufzug vorziehen.«

Sie grinste. »Ich auch.«

Gianna Rossi drückte den Knopf und mit einem Summen setzte sich die Maschinerie in Bewegung. Einen Moment später signalisierten uns ein metallisches Knarren und das Aufleuchten einer Signallampe, dass wir den Aufzug nun benutzen konnten. Die Kabine war geräumiger, als es von außen den Anschein gehabt hatte.

Gianna Rossi bemerkte mein Erstaunen. »Das ist der Lastenaufzug. Er trägt bis zu zwei Tonnen und ist groß genug, um auch sperrige Ausstellungsstücke in die obere Etage zu transportieren. Dort ist unsere etruskische Sammlung untergebracht.«

Drei Minuten später standen wir vor den Lagerräumen, in denen die Himmelsscheibe bis zu ihrem Verschwinden aufbewahrt worden war. Die Eingangstür befand sich am Ende eines Flures. Die Tür stand weit offen. Wir betraten den Raum. Mit dem Rücken zu uns hockte ein Mann vor einem Regal und hantierte mit irgendwelchen Papieren. Gianna Rossi sprach ihn auf Deutsch an.

»Herr Schreiber, ich möchte Ihnen Herrn Büsing vorstellen.«

Der Lagerverwalter schreckte hoch. Er war groß – ich schätzte ihn auf fast zwei Meter –, abgemagert bis auf die Knochen und trug einen grauen, verschmutzten Kittel, darunter eine fast gleichfarbige, mit Flecken übersäte Stoffhose. Seine aschblonden Haare waren strähnig und fettig und fielen ihm fast bis auf die Schultern.

Er grinste schief, zeigte seine Zahnlücken, streckte mir seine Hand entgegen, die er vorher unbeholfen am Kittel abgewischt hatte, und antwortete mit einer piepsigen Stimme und einem leichten italienischen Akzent: »Freut mich, Sie kennen zu lernen.«

Seine Handfläche fühlte sich trotz der Reinigungsprozedur feucht an. Schreiber sah mir bei der Begrüßung nicht in die Augen, sondern fixierte einen imaginären Punkt neben mir. Er roch nach Knoblauch und Schweiß. Ich murmelte meinerseits eine Begrüßung und zog mich sofort aus seinem Dunstkreis zurück.

Die Archäologin bemerkte meine Abneigung und ich vermutete, Schreiber auch. Aber das war mir egal. Ich konnte den Mann im wahrsten Sinne des Wortes nicht riechen.

»Ich habe Herrn Schreiber gebeten, zu uns zu stoßen. Es wäre ja möglich, dass Sie Fragen an ihn haben«, versuchte Gianna, die Situation zu retten.

»Danke. Vielleicht später«, antwortete ich und sah mich um. Alles war so, wie es mir die Archäologin am Vormittag beschrieben hatte.

»Da hinten geht es zu dem Raum, in dem Sie die Scheibe aufbewahrt haben?«, fragte ich und zeigte zu einer Tür in einer Wand.

Gianna Rossi nickte.

»Der Raum ist auch jetzt verschlossen?«

»Versuchen Sie es.«

Die Tür war tatsächlich verriegelt. Die Archäologin öffnete und ich sah in das brandgeschützte Lager. Es enthielt Gemälde, die in speziellen Vorrichtungen gestapelt wurden, einige vorrömische Plastiken, die in Klarsichtfolie eingeschlagen waren, und leere Kisten.

»War in einer von denen das gestohlene Objekt untergebracht?«, fragte ich.

»Nein. Die Polizei hat das gesamte Verpackungsmaterial der Scheibe mit ins kriminaltechnische Labor genommen.«

»Verstehe. Gibt es schon Ergebnisse?«

Sie zuckte nur mit den Schultern. Ich musste unbedingt Kontakt zu den zuständigen Polizeibeamten aufnehmen. Vielleicht würden sie mich an ihren Erkenntnissen teilhaben lassen.

»Ich glaube, ich habe genug gesehen«, sagte ich. »Nur noch eine Frage: Wie kommt man von hier aus am schnellsten nach draußen?«

»Einen Moment. Ich zeige es Ihnen.«

Erst als wir wieder den breiten Kellerflur betraten, fiel mir die kleine Videokamera auf, die drei Meter über uns hinter einer Deckenstütze nur dann zu entdecken war, wenn man das Lager verließ. Für jemanden, der es betrat, war sie nicht auszumachen.

Ich zeigte nach oben. »Ist das eine Attrappe?«

»Nein. Wie kommen Sie darauf?«

»Nur so ein Gedanke. War die Anlage in Betrieb, als die Himmelsscheibe eintraf?«

»Soweit ich weiß, ja. Auf jeden Fall haben die Ermittler die Videobänder an sich genommen.«

»Lässt sich die Kamera ausschalten?«

Erneutes Schulterzucken. »Da bin ich überfragt. Das Ding ist nur eine von vielen im Museum. Die Aufzeichnungseinrichtungen befinden sich in einem gesonderten Raum hinter der Pförtnerloge. Sie sind mir nicht zugänglich. Das gehört zum Aufgabenbereich von Paolo. Er müsste es wissen. Aber Sie wissen ja, er ist heute nicht mehr erreichbar.«

Ich nickte.

»Möchten Sie jetzt den Weg zum Ausgang sehen?«, wollte Gianna wissen.

»Natürlich.«

Es waren nur wenige Meter, bis wir vor einer zweiflügeligen Stahltür standen.

»Sie führt auf die Via della Pergola, genau genommen zu einer Rampe, die dann zur Straße geht«, erfuhr ich. »Die Rampe lässt sich mit einem kleinen Gabelstapler befahren. Wir können so schwere Ausstellungsstücke ins Haus schaffen. Ich verstehe, warum Sie sich dafür interessieren. Aber diese Tür ist elektronisch gesichert. Auch ich habe für sie keinen Schlüssel. Nur Paolo kann diese Sicherung unterbrechen. Wird die Tür unbefugt oder gar gewaltsam geöffnet, löst die Elektronik sofort Alarm aus. Außerdem befindet sich außen an der Gebäudefront eine weitere Überwachungskamera.«

Meine Uhr zeigte kurz nach drei. Höchste Zeit, Commissario Rotolo aufzusuchen. Wer weiß, wann hiesige Kriminalbeamte Feierabend machten.

»Vielen Dank. Ich glaube, ich habe Ihre Zeit nun lange genug in Anspruch genommen.«

Gianna Rossi winkte ab. »Ach was. Es war mir ein Vergnügen.«

Ich bildete mir ein, dass die Worte mehr bedeuteten als eine höfliche Floskel. »Mir auch.« Ich drückte ihr meine Visitenkarte in die Hand. »Sie können mich jederzeit anrufen.«

Als ich mich im Eingangsbereich des Museums von Gianna Rossi verabschiedete, fragte sie mich: »Wohnen Sie in Florenz?«

»Nein, in Montecatini Terme.«

»Und wo da?«

Ich erklärte es ihr.

»Keine schlechte Wahl«, bemerkte sie, reichte mir ihre Hand und sah mir in die Augen. In diesem Blick hätte ich ertrinken mögen.

Erst als ich auf der Straße stand und mich der leichten Nieselregen wieder auf die Erde zurückholte, fiel mir mein Versäumnis ein. Ich hatte vergessen zu fragen, wo sich das Polizeipräsidium befand. Einen Moment erwog ich zurückzugehen, entschied mich dann aber doch anders, suchte in meiner Jackentasche die Visitenkarte des Deutsch sprechenden Taxifahrers und wählte seine Nummer.

Ich hatte Glück. Kurz darauf saß ich in seinem Wagen und noch vor Erreichen des Präsidiums waren Marcello, so hieß der Kutscher, und ich uns handelseinig geworden: Während der nächsten Tage würde er mein Chauffeur sein.

4

Es dauerte, bis die Beamten einen englischsprachigen Kollegen aufgetrieben hatten, dem ich mein Anliegen vortragen konnte.

Zwei gründliche Sicherheitschecks mit Ausweiskontrolle und Abtasten später saß ich in einem kargen Raum Commissario Silvio Rotolo gegenüber, der die Ermittlungen leitete. Der Polizist war in meinem Alter, also fast fünfzig, und von kleiner, untersetzter Statur. Sein Schädel war bar jeden Haares und unterhalb der Glatze blitzten mich wache Augen an.

Gleich zu Beginn unserer Unterhaltung eröffnete er mir, dass er mit meinem Erscheinen gerechnet habe. Ein Schreiben des stellvertretenden Büroleiters des Staatssekretärs des Inneren hätte mich avisiert und die Polizeibehörden um Kooperation gebeten. Rotolo sah nicht so aus, als ob er sich besonders über diese Einmischung freute.

»Ihre Beziehungen scheinen wirklich exzellent zu sein«, schloss er seine Einführung.

Das sind nicht meine Kontakte, dachte ich, sondern Dermöllers. Ich wunderte mich nicht zum ersten Mal, über welchen Einfluss eine große, international tätige Versicherungsgesellschaft verfügte. Vermutlich standen in jedem Land, in der die *Versicherung AG* ihrem Geschäft nachging, gut bezahlte Lobbyisten und Berater bereit, um Kontakte herzustellen und Türen zu öffnen. So wie jetzt in Italien.

»Lassen Sie mich die wichtigsten Ermittlungsergebnisse zusammenfassen. Eindeutig identifizierbare Fingerabdrücke auf dem Transportbehältnis, den Türen und in den Räumlichkeiten haben wir nur von den Angestellten des Museums und der Sicherheitsfirma sichern können. Es gibt keine Anhaltspunkte für ein gewaltsames Aufbrechen der Türen.«

»Was ist mit den Überwachungskameras?«

»Einen Moment. Dazu komme ich später. Unterstellen wir, dass die Täter einen Schlüssel hatten. Für den hinteren der beiden Räume existieren nur zwei, die …«

»Ich weiß«, unterbrach ich ihn.

Er sah mich ungehalten an. »Wenn Sie keinen Wert auf meine Ausführungen legen, sagen Sie es ruhig. Ich wäre Ihnen sogar dankbar dafür. Ich lege nämlich auch keinen besonderen Wert darauf, hier zu sitzen und Ihnen Einblick in unsere Arbeit zu geben. Noch dazu, wo der Fall noch nicht abgeschlossen ist.«

Daran hatte ich nicht den geringsten Zweifel. »Entschuldigen Sie. Bitte fahren Sie fort.«

Er verfiel sofort wieder in die gleichmütige, fast monoton wirkende Tonlage, mit der er seine bisherigen Erklärungen abgegeben hatte. »Die Schlüssel gehören Paolo Meozzi und Gianna Rossi, die ihren nach eigenen Angaben lange vor dem Diebstahl der Himmelsscheibe bei ihrer Mutter vergessen hat und danach den von Herrn Meozzi benutzte. Natürlich haben wir das überprüft. Der Schlüssel befindet sich tatsächlich bei der Mutter in Bergamo. Allerdings bewahrt die alte Frau Rossi das Bund einfach in ihrem Schrank auf. Es ist also zumindest denkbar, dass dieser Schlüssel in einem unbeaufsichtigten Moment hat entwendet werden können, um zum Beispiel einen Abdruck zur Herstellung eines Duplikats zu machen. Da Dottoressa Gianna Rossi aber nach unserem Eindruck, wie soll ich es ausdrücken, nicht sehr ordnungsliebend ist, ist es ebenso möglich, dass ihr Herrn Meozzis Schlüssel für kurze Zeit gestohlen wurde.«

Angesichts des Chaos in ihrem Büro leuchtete mir dieser Gedanke ein.

»Wie auch immer. Ein Nachschlüssel ist die eine Alternative. Die andere ...«, er zögerte einen Moment, »Dottoressa Rossi, Herr Meozzi oder ein anderer Angestellter des Museums sind in den Diebstahl verwickelt.«

Auch dieser Gedanke war mir nicht neu.

»Natürlich stellt sich sofort die Frage nach dem Motiv. Und da kommen Sie ins Spiel. Gehe ich recht in der Annahme, dass Sie und Ihre Auftraggeber Artnapping vermuten?«

Mein Nicken reichte ihm als Bestätigung.

»Das dachte ich mir. Selbstverständlich haben wir die finanziellen Lebensumstände von Dottoressa Rossi und Herrn Meozzi überprüft. Sie sind beide nicht gerade reich, haben aber keine Schulden, im Gegenteil. Ihre Bankkonten sind recht ansehnlich. Für viele der Wünsche, deren Realisierung man sich erkaufen kann, dürften die Ersparnisse der beiden reichen. Auf den ersten Blick scheiden also finanzielle Schwierigkeiten als Motiv aus. Und ein anderes vermag ich für die Museumsmitarbeiter nicht zu erkennen. Sie?«, schoss er unvermittelt eine Frage ab.

»Nein«, antwortete ich wahrheitsgemäß.

»Eben. Wie gesagt, die Türen zu den Lagerräumen wurden nicht aufgebrochen. Das gilt im Übrigen auch für die, die vom Keller nach außen führt. Vermutlich haben Sie sie schon gesehen?«

»Ja.«

»Dann wissen Sie wahrscheinlich auch, dass diese wie auch alle anderen Außentüren des Museums elektronisch gesichert sind. Solange die Überwachungssysteme funktionsfähig waren, wurde nichts Auffälliges registriert. Und das war noch vierundzwanzig Stunden, bevor die Scheibe angeliefert wurde, der Fall. An diesem Tag wurden zur Sicherheit nämlich die Systeme gewartet. Ihre Gesellschaft bestand darüber hinaus auf einen zweiten Sicherheitscheck der Anlage. Dieser erfolgte an dem Abend, als die Scheibe im Museum abgeliefert worden war.«

Ich zog die Augenbrauen hoch. »Während die Systeme funktionstüchtig waren?«

»Sie werden das gleich verstehen. Kommen wir nun zu den Kameras.« Rotolo beugte sich zur Seite und griff nach unten, um einen Laptop auf den Tisch zu befördern. »Wir haben die Videobänder der Überwachungskamera, die sich vor den Lagerräumen befindet, kopiert und auf eine DVD gebrannt. Ich werde Ihnen jetzt einen Ausschnitt daraus vorführen.« Rotolo startete den Rechner, legte eine Silberscheibe in das Laufwerk und gab den Befehl zur Wiedergabe.

Gestochen scharf erschien der Kellerflur vor den Lagerräumen auf dem Bildschirm.

»Wie Sie an der Datumsangabe unten am Bildrand erkennen können, wurde diese Aufnahme am Mittwoch, dem 12. November um 13.04 Uhr gemacht.«

Zwei Männer und eine Frau erschienen im Aufnahmebereich der Kamera und blieben vor der Tür zum Lager stehen. Sie drehten sich um und ihre Gesichter waren zu erkennen. Es waren: Gianna Rossi, Meozzi und Schreiber. Ihnen folgten zwei uniformierte Männer, von denen einer eine Kiste trug. Die Gruppe verschwand im ersten Raum und damit aus dem Blickwinkel der Videokamera.

»Die Himmelsscheibe wird übergeben«, erklärte der Kommissar.

Fünf Minuten später verließen die Angestellten der Sicherheitsfirma mit der Stahlkiste wieder den Raum. »Die Scheibe wurde unter Zeugen aus der Transportkiste genommen und in ein anderes Behältnis umgebettet. Dabei wurden die Angestellten des Sicherheitsdienstes in den vorderen Raum geschickt. Dort haben sie gewartet, bis ihnen die Museumsmitarbeiter die Transportkiste wieder aushändigten. Jetzt verlassen die Sicherheitsleute das Lager.«

»War das Behältnis, in das Dottoressa Rossi die Scheibe gepackt hat, besonders gesichert?«, fragte ich.

»Nein. Warum auch? Der Lagerraum ist ja hermetisch abgeriegelt. Achten Sie auf das Folgende.«

Um 13.29 Uhr verließen auch die Museumsangestellten den Raum. Es war deutlich auszumachen, dass Schreiber die Tür zum Lager sorgfältig abschloss.

»Interessant wird es erst wieder am nächsten Morgen. Passen Sie auf.«

Er ließ die Aufnahme vorlaufen und stoppte am 13. November um 8.07 Uhr. Erst war wieder der Gang zu erkennen. Dann flackerte unvermittelt Schwärze über den Bildschirm.

»Für sieben Minuten war die Kamera tot. Aber nicht nur sie. Ein Stromausfall hat sämtliche Überwachungssysteme lahm gelegt. Das ereignete sich in den folgenden neunzig Minuten noch genau vier Mal. Der kürzeste Ausfall betrug drei Minuten und zwanzig Sekunden, der längste fast zehn Minuten.« Rotolo deutete ein Lächeln an. »Ich sehe schon, Sie ziehen die falschen Schlüsse. Der Stromausfall hat fast die gesamte Stadt betroffen. Im Umspannwerk, das Florenz mit Energie versorgt, wurden Wartungsarbeiten durchgeführt. Dabei ist es durch den Fehler eines der Monteure zu einem Kurzschluss gekommen, der nicht so schnell zu beheben war und immer wieder zu Sicherheitsabschaltungen im Leitungsnetz geführt hat. Erst nach anderthalb Stunden ist es den Fachleuten gelungen, den Schaden zu beheben.«

»Also keine geplante Abschaltung?«

Rotolo schüttelte den Kopf. »Nein. Das war nicht vorhersehbar. Keine der insgesamt fünf Unterbrechungen. Die Ausfälle der Kamera sind zeitlich absolut identisch mit denen des Stromausfalls. An der Überwachungseinrichtung wurde definitiv nicht manipuliert. Das haben wir sorgfältig geprüft. Der Stromausfall war ein dummer Zufall, mehr nicht. Trotzdem haben wir die Zeit ermittelt, die ein Dieb mit einem Nachschlüssel benötigen würde, beide Türen zu öffnen, die Räume zu durchqueren, die Scheibe an sich zu nehmen und den Tatort wieder zu verlassen. Von dem Moment, wo ihn die Kamera vor der Tür erfasst, bis zu dem Zeitpunkt, an dem ein möglicher Täter den Aufnahmebereich wieder verlässt, braucht er nicht ganz drei Minuten. Rein theoretisch wäre also während jeder der Stromausfälle der Diebstahl möglich gewesen. Nur: Niemand konnte wissen, zu welchem Zeitpunkt die Überwachungseinrichtung außer Betrieb sein und vor allem wie lange der Black-out andauern würde.«

Rotolo ließ die Aufnahme weiterlaufen. Die Datumsangabe zeigte immer noch Donnerstag, 13. November. Jetzt war es aber nachmittags um kurz vor vier.

Gianna Rossi betrat das Lager. Ich identifizierte sie an ihren langen Haaren und dem Mantel, den sie auch heute Mittag getragen hatte. Sie hielt etwas in ihrer rechten Hand, öffnete die Tür und verschwand in dem dahinter liegenden Raum. Vier Minuten später betrat sie wieder den Flur. Nun war sie gut zu erkennen. Sie hatte nichts mehr bei sich.

»Frau Rossi hat eine Skulptur aus ihrem Büro in das Lager geschafft«, erklärte der Kommissar. »Und das war es schon. Sonst ist bis zur Entdeckung des Diebstahls am nächsten Morgen auf den Bändern nichts Besonderes zu sehen. Etwas enttäuschend, finden Sie nicht auch?«

Nachdenklich nickte ich.

Rotolo stand auf. »Mit mehr Informationen kann ich Ihnen nicht dienen. Ich muss ja nicht extra betonen, dass alles, was Sie hier gesehen und gehört haben, vertraulich ist?«

Ich reichte ihm die Hand. »Selbstverständlich nicht.«

»Gut. Und noch etwas, Herr Büsing.«

»Ja?«

»Bitte vergessen Sie nicht, dass Sie in Italien unser Gast sind. Bitte verhalten Sie sich auch so. Sie sind kein Polizist. Ich führe die Ermittlungen. Sonst keiner. Habe ich mich deutlich genug ausgedrückt?«

Das Einzige, das mich an Rotolos Bemerkung wunderte, war, dass er so lange damit gewartet hatte, sie fallen zu lassen. Solche Sätze gehören zum Standardrepertoire eines jeden Polizisten, der mit privaten Ermittlern konfrontiert wird.

»Natürlich. Sie brauchen sich keine Sorgen zu machen.«

Seinem Gesichtsausdruck sah ich an, dass er mir meine Beteuerung nicht abnahm.

Auf dem Weg zurück nach Montecatini Terme wählte ich die Nummer der Niederlassung der *Versicherung AG*, die mir Dermöller am Vorabend gegeben hatte, und bat darum, mit Andreas Kumpmann verbunden zu werden. Kumpmann kannte ich noch aus den Zeiten, in denen er als Sachbearbeiter in der Buchhaltung des Versicherungskonzerns gearbeitet hatte und wir einen ständigen Kleinkrieg über meine Spesenabrechnungen geführt hatten. Er war ein Pfennigfuchser und hatte mich mit seiner pingeligen Art regelmäßig zur Weißglut getrieben. Vermutlich hatten ihn die in unseren Auseinandersetzungen erworbenen Fähigkeiten dazu qualifiziert, als Niederlassungsleiter für seine Gesellschaft in Florenz tätig zu sein. Oder er war schlicht abgeschoben worden.

»Schön, von Ihnen zu hören, Herr Büsing«, erwiderte er, nachdem ich meinen Namen genannt hatte. »Herr Direktor Dermöller hat mich bereits davon in Kenntnis gesetzt, dass Sie vermutlich mit uns Verbindung aufnehmen würden. Was kann ich für Sie tun?«

Kumpmann drückte sich immer noch so aus, als ob er sich als Butler im Hause Hohenzollern bewerben wollte.

»Sie wissen, warum ich in Florenz bin?«, erkundigte ich mich vorsichtig. Ich hatte keine Ahnung, was Dermöller seinen Mitarbeitern über den Grund meines Aufenthalts verraten hatte.

»Natürlich. Sie beabsichtigen, den Verbleib der Himmelsscheibe von Nebra aufzuklären.«

Der Kerl ging mir schon nach zwei Sätzen auf den Wecker. »Stimmt. Gibt es etwas, was ich wissen sollte?«

»Wie darf ich das verstehen?«

Ich atmete tief ein. »Hat sich jemand bei Ihnen gemeldet, der etwas mit dem Verschwinden der Scheibe zu tun haben könnte?«

»Sie meinen, einer der Artnapper?«

»Genau das.«

»Nein.«

»Okay.« Ich dachte einen Moment nach. »Dann greifen Sie jetzt bitte zum Bleistift. Ich möchte Ihnen etwas diktieren.«

»Warten Sie, ich muss eben den Hörer beiseite legen.« Es raschelte im Hintergrund. Kurz darauf war der Niederlassungsleiter wieder am Apparat. »Ich bin so weit.«

»Gut. Bitte schreiben Sie: *Wertvolle Scheibe aus der Bronzezeit verloren gegangen. Großzügige Belohnung bei Wiederbeschaffung wird zugesichert. Diskretion ist selbstverständlich. Kontaktaufnahme unter Telefonnummer* ... Haben Sie meine Handynummer?«

»Nein.«

Ich nannte sie ihm. »Lassen Sie den Text ins Italienische übersetzen und schalten Sie ihn morgen als Anzeige in allen Tageszeitungen in Florenz und in den überregionalen Blättern. Aber bitte groß genug. Ich möchte nicht, dass die Anzeigen übersehen werden können.«

»Das geht nicht so einfach.«

Ich glaubte, mich verhört zu haben. »Wie bitte?«

»Wir haben zurzeit einen, wie soll ich mich ausdrücken, personellen Engpass. In unserem Hause treibt sich ein Unternehmensberater herum. Wie Sie vielleicht gehört haben, restrukturiert die Versicherung AG derzeit ihr Filialnetz, um Synergien nutzen zu können. Und nun sind diese Consultants bei uns in Florenz. Sie stellen alles auf den Kopf. Jede Menge Meetings, Fragen –

Sie kennen das ja. Als ob wir nichts anderes zu tun hätten.«

»Nein, ich kenne das nicht. Aber es ist mir auch egal. Entweder Sie tun, um was ich Sie bitte, oder ich setze mich mit Dermöller in Verbindung. Ich kann mir beim besten Willen nicht vorstellen, dass er sehr erbaut über Ihre nicht sehr ausgeprägte Kooperationsbereitschaft sein wird.«

Kumpmann schluckte hörbar. »So wollte ich meine Bemerkung nicht verstanden wissen.«

»Na prima.« Mir kam ein weiterer Gedanke. »Schalten Sie die Anzeigen auch in den großen deutschen Zeitungen. FAZ, Süddeutsche und so.«

»Auch auf Italienisch?«

»Nein. Auf Suaheli. Noch Fragen?«

»Ihre letzte Bemerkung wäre nicht nötig gewesen, Herr Büsing.«

Das sah ich anders, hatte aber keine Lust, darüber zu diskutieren. »Guten Abend, Herr Kumpmann«, erwiderte ich und beendete das Telefonat.

Einen Moment lang stellte ich mir Commissario Rotolos Gesicht vor, wenn er die Anzeige lesen würde. Seine Begeisterung dürfte sich in Grenzen halten.

5

Es war nach sechs, als mich Marcello endlich vor meinem Hotel absetzte. Wir verabredeten, dass er mich am nächsten Morgen um zehn abholen sollte. Eigentlich war ich ja noch im Urlaub und wollte ausschlafen. Danach hatte ich vor, Kumpmann persönlich aufzusuchen, um ihn über die Seriosität der Sicherheitsfirma zu befragen, die den Transport der Himmelsscheibe durchgeführt hatte. Außerdem beabsichtigte ich, bei der Museumsleitung Auskünfte über Renaldo Schreiber einzuholen. Möglicherweise konnte mir aber auch schon Kumpmann in dieser Frage weiterhelfen. Versicherungen kooperieren häufig enger als erlaubt mit Banken. Und Letztere wiederum wissen sehr viel über ihre Kunden. So zum Beispiel, ob diese Schulden haben. Mit Sicherheit war auch Schreiber Kunde bei irgendeiner Bank. Ich musste sein Geldinstitut nur finden.

Der Regen hatte aufgehört. Frischer Wind war von Westen aufgekommen und hatte die Wolken weiter ins Landesinnere getrieben. Vereinzelt waren Sterne zu sehen. Es war merklich kälter geworden. Ich schlug den Kragen meiner Lederjacke hoch und betrat die Hotelhalle.

Leise Klaviermusik erklang aus der Bar – der erste Satz von Tschaikowskys Klavierkonzert Nr. 1. In einer exzellenten Interpretation. Ich beschloss, das Abendessen ausfallen zu lassen und es durch eine Flasche eines der besten Rotweine Italiens zu ersetzen. Tschaikowsky und ein Annus Mirabillis Chianti Classico DOCG. Edel und sehr teuer. Nicht die schlechteste Art, den Tag abzuschließen.

Es befanden sich kaum Gäste in der Bar. Drei in geschäftsmäßiges Dunkelblau gekleidete Männer unterhielten sich gedämpft an einem der hinteren Tische, Papierstapel vor sich liegend, in denen zwei von ihnen blätterten, während der dritte gestikulierend auf die anderen einredete. Offensichtlich hatten sie für Tschaikowsky kein Ohr übrig.

So waren der Barkeeper und ich die einzigen Zuhörer des Pianisten. Ich warf die Lederjacke über die Lehne des Sessels, ließ mich in die tiefen Polster fallen und orderte den Wein. Der Kellner gab mir zu verstehen, dass auch in ihrem Haus ein solcher Tropfen nur selten verlangt wurde, und begab sich zum Telefon, um Verfügbarkeit und Preis abzufragen. Wenig später erschien der Ober wieder. Zu meiner Freude hatte das Hotel den Mirabillis tatsächlich im Keller. Allerdings nur noch wenige Flaschen des Jahrgangs 1997. Für mich mehr als ausreichend. Der Preis von über hundertzwanzig Euro schreckte mich nicht besonders. Dermöller würde zahlen.

Das Handy meldete sich, als ich mir gerade das zweite Glas einschenken ließ.

Dem Display entnahm ich, dass mich Bastian sprechen wollte. Mein Sohn war mittlerweile fast einundzwanzig Jahre alt, hatte mit Müh und Not sein Abitur bestanden und studierte nun schon im dritten Semester Philosophie und Kunst an der Ruhr-Universität Bochum. Ein Master-Studiengang! Weder ich noch meine Exfrau, mit der ich ausnahmsweise in dieser Frage von Bastians Erziehung einer Meinung war, hatten ihn umstimmen können.

Nachdem seine vor einigen Jahren geäußerten Pläne, sich in der Internetbranche selbstständig zu machen, gemeinsam mit dieser und den Aktienkursen den Bach hinuntergegangen waren, hatte ich gehofft, er würde eine technische oder naturwissenschaftliche Studienlaufbahn einschlagen. Er hatte uns lange in diesem Glauben gelassen. Erst etwa zwei Monate nach seiner Einschreibung war seiner Mutter Claudia aufgefallen, dass sich auf seinem Schreibtisch keine Bücher über Mathematik oder Physik stapelten, sondern dass darauf eine Einführung in das philosophische Denken und eine

Abhandlung mit dem überaus spannenden Titel: Was ist Kunst? lagen. Also Philosophie und Kunst. Vermutlich der direkte Weg in die Arbeitslosigkeit. Mit viel Glück konnte Bastian allenfalls in den Räumen einer Lokalredaktion oder in dem Lektorat eines kleinen Verlages landen.

Das war nicht das, was ich mir für meinen Sohn vorgestellt hatte. Aber was sollte ich machen? Meine Einwände hatte er mit dem nicht ganz von der Hand zu weisenden Argument beiseite gewischt, dass er mit einer Punktzahl, die gerade dem Notendurchschnitt vier entsprach, keine Chance auf einen Studienplatz in Biologie oder Medizin hatte – es sei denn, er nahm so um die zehn Jahre Wartezeit in Kauf. Ein Lehramtsstudium lehnte er als Alternativ- und Kompromissangebot meinerseits kategorisch ab. Schließlich wisse er am besten, was ihn als Lehrer erwarten würde, habe er doch zu den Schülern gehört, die mehrmals nur knapp einem Schulverweis entgangen seien. Was war mit Rechtswissenschaft? Kam nicht infrage: trocken, langweilig, öde.

»Hallo, Bastian.«

»Hei. Störe ich?«

»Eigentlich nicht.«

»Was heißt ›eigentlich‹?«

Ich seufzte. »Du störst nicht, okay?«

»Alles klar. Kannst du mir zweitausend Euro leihen?«

Bastians Art war es noch nie gewesen, unangenehme Fragen erst nach längerem freundlichem Smalltalk zu stellen. Ich antwortete nicht sofort.

»Ich zahle die Kohle auch zurück.«

»Das tut man für gewöhnlich mit Geld, welches man sich leiht. Insofern war dieser Hinweis deinem Anliegen nicht gerade förderlich.«

»Verstehe ich nicht. Was willst du damit sagen?«

»Es macht mich misstrauisch, wenn du so dezidiert betonst, dass du deine Schulden zurückzahlen willst. Aber lassen wir das. Zwei Fragen. Erstens: Wofür brauchst du das Geld? Zweitens: Wann zahlst du es denn zurück?«

Bastian war notorisch klamm. Obwohl er nach wie vor bei seiner Mutter und deren Ehemann Ronnie lebte – und keinen Cent zum gemeinsamen Haushalt beisteuern musste –, reichte ihm die monatliche Überweisung von fünfhundert Euro, die er von mir erhielt, in der Regel nicht.

»Ich werde zwischen den Jahren jobben. Inventur machen. In Kaufhäusern und so. Dann bekommst du die Knete zurück.«

Ich war nicht überzeugt. »Das war die Antwort auf die zweite Frage. Wichtiger ist mir eigentlich die auf die erste.«

Für einige Sekunden war es still in der Leitung. »Du sagst es nicht Mutti?«

Bei mir klingelten alle Alarmglocken. »Bastian! Raus damit! Wofür brauchst du zweitausend Euro?«

»Versprich mir, dass du mich nicht verpfeifst.«

Vor meinem geistigen Auge tauchten Gerichtsvollzieher auf, die mit Strafbefehlen winkten, und muskelbepackte Schlägertypen, die Spielschulden eintreiben wollten. »Ich verspreche dir, dass du, wenn du meine Frage nicht beantwortest, jemand anderen anpumpen musst.«

»Du kennst doch Ronnies Galauniform?«

Bastians Stiefvater war vor Kurzem zum Oberst befördert worden. Da ihm die normale Ausgehuniform zur Feier dieses Ereignisses nicht angemessen genug erschienen war, hatte er sich von einem darauf spezialisierten Schneider eine sündhaft teure Kluft anfertigen lassen – auf eigene Kosten. Allerdings hatte ich nicht die geringste Ahnung, was Bastians Geldwunsch mit Ronnies Uniform zu tun haben könnte.

»Ja, und?«, fragte ich vorsichtig.

»Ronnie ist für vier Wochen auf Fortbildung in den USA.«

»Tatsächlich? Und?«, erkundigte ich mich erneut.

»Er hat seine neue Uniform nicht mitgenommen.«

»Bastian, du sprichst in Rätseln.«

Mein Sohn atmete hörbar durch. »Ich habe mir das Teil ausgeliehen. Vorgestern. Ein paar Freunde haben eine Fete veranstaltet. Du weißt schon, so eine Verkleidungsparty. Das Motto hieß: Der Krieg im Irak. Ich bin als Oberst der Bundeswehr gegangen. Drei Saddams waren da und zwei Bin Ladens. War eine tolle Party. Leider war das Ölfass, dass der Typ mitgebracht hatte, der als George Bush gekommen war, nicht richtig verschlossen und ich ...«

»Ein Ölfass?«, wunderte ich mich.

»Na ja, kein richtiges Fass. Nur ein Kanister mit Schmieröl. Ist ja auch egal. Jedenfalls habe ich den halben Kanister über Ronnies Jacke gekippt. Und das Blöde ist, das Zeug geht nicht mehr raus. Auch in der chemischen Reinigung nicht. Außerdem stinkt es. Und jetzt muss ich eine neue Jacke in Auftrag geben, bevor Mutti oder Ronnie etwas merkt.«

»Kostet so eine Jacke zweitausend?«

Bastian druckste herum.

»Raus mit der Sprache.«

»Nein. Etwa eintausend Euro. Aber ich dachte ...« Er schluckte.

»Was dachtest du?«

»Ich wollte mit Vicki in den Urlaub fahren. Ski laufen. Dazu fehlen mir noch etwa eintausend. Und wenn du mir ohnehin die Knete leihst ...«

»Wer ist Vicki?«

»Meine Freundin.«

»Ich dachte, die heißt Anne?«

»Mit der ist es aus.«

»Aha.« Ich musste über seine Unverschämtheit grinsen, obwohl sie mich ärgerte. Deshalb war ich für einen Moment auch versucht, Bastians Wunsch abzuschlagen. Zu gern hätte ich Ronnies Gesicht gesehen, wenn er seine ölverdreckte Galauniform aus dem Schrank gezogen hätte. Verschmiert mit dem Öl, für das seine amerikanischen Waffenbrüder in den Krieg gezogen waren. Aber das hätte für Bastian jede Menge Ärger bedeutet. Deshalb sagte ich: »Okay. Eintausend. Urlaub auf meine Kosten fällt aus. Ich rufe morgen meine Bank an und lasse dir das Geld überweisen. Aber spätestens im Januar zahlst du es mir zurück, verstanden? Sonst sperre ich dir zwei Monate dein Taschengeld.«

»Geht klar. Danke, Paps. Bis dann.«

Der Pianist hatte aufgehört, Tschaikowsky zu spielen, und war zu moderneren Stücken übergegangen. Ich widmete mich wieder dem Rotwein, hörte *As time goes by* und dachte an Marlene.

Unvermittelt sprach mich eine mir bekannte Stimme von der Seite an: »Jean-Paul, darf ich mich zu Ihnen setzen?«

Ich schreckte auf und schaute hoch. Vor mir stand Gianna Rossi.

Mit ihr hatte ich nun wirklich nicht gerechnet. Entsprechend verdattert fiel meine Antwort aus: »Äh ... Gianna ... Ja, natürlich.«

Ich erhob mich, half ihr aus dem Mantel und blickte mich nach der Garderobe um. Sie schüttelte den Kopf, nahm mir das Bekleidungsstück aus der Hand und ließ es über die Lehne des Sessels fallen, auf dem auch ich meine Jacke deponiert hatte. »Ich stand schon einige Minuten an der Bar. Aber ich wollte Sie nicht beim Telefonieren stören.«

»Das war mein Sohn Bastian«, erklärte ich überflüssigerweise. »Er hat ein paar Probleme.«

Sie machte ein bestürztes Gesicht. »Hoffentlich nichts Ernstes. Wenn Sie lieber allein bleiben möchten ...« Gianna Rossi machte Anstalten, aufzustehen.

Das war das Letzte, was ich wollte. Ich legte meine Hand auf ihren Unterarm. »Nein, bitte bleiben Sie.«

Erst jetzt kam ich dazu, sie genauer anzuschauen. Sie hatte ihr Haar zu einem Knoten hochgebunden, sodass ihre Gesichtszüge noch stolzer, fast ein wenig herrisch wirkten. Sie trug wieder Jeans, aber der eng anliegende Rollkragenpullover war nun grau. Auf der schlichten Kleidung hob sich eine schwere, goldene Kette auffällig ab. Der Anhänger war rund, von etwa einem Zentimeter Durchmesser und hatte eine gewisse Ähnlichkeit mit einer stilisierten Erdkugel.

Gianna Rossi bemerkte meinen Blick, hob die Kugel zwischen Daumen und Zeigefinger in meine Richtung und bestätigte meine Vermutung: »Mutter Erde. Oder Gaja, wenn Sie wollen. Leider nicht massiv. Nur vergoldet.« Sie lachte. »Ich habe das Schmuckstück auf einem Basar in der Türkei entdeckt und vermutlich viel zu viel Geld dafür bezahlt. Aber was soll's. Mir gefällt es.«

»Ja, es ist wirklich hübsch.«

»Danke.«

Für einige Sekunden schwiegen wir. Dann versuchte ich, die aufkommende Befangenheit zu verscheuchen. »Möchten Sie etwas trinken? Der Wein ist exzellent.«

Sie nickte und ich gab dem Kellner ein Zeichen, ein weiteres Glas zu bringen. Wenig später prosteten wir uns zu.

»Ich war zufällig in der Gegend«, nahm sie die Unterhaltung wieder auf. »Eine Freundin von mir wohnt nicht weit von hier, aber sie war nicht zu Hause. Da dachte ich, ich schaue auf einen Sprung in Ihrem Hotel vorbei. Es lag quasi auf dem Weg.«

»Das war eine tolle Idee und eine reizende Überraschung«, versuchte ich mich in Süßholzraspeln.

Sie nippte am Wein. »Außerdem interessiert mich natürlich, was Ihre Recherchen bei der Polizei ergeben haben.«

Für einen Moment war ich verblüfft. Ich konnte mich nicht erinnern, mit Gianna Rossi über meine Absichten gesprochen zu haben. Aber ich musste mich irren. Woher sonst sollte sie von meiner Unterhaltung mit dem Commissario wissen?

Gianna Rossi bemerkte meine Verunsicherung. »Eigentlich ist das nur einer der Gründe, warum ich hier bin.« Sie zögerte etwas. »Ich habe noch nie mit einem echten Detektiv zu tun gehabt. Ich finde Sie, ehrlich gesagt, ziemlich interessant. So, jetzt ist es raus. Ich hoffe, Sie sind nicht zu sehr schockiert? Ich möchte Sie einfach näher kennen lernen.«

Schockiert? Das genaue Gegenteil traf zu. Ich fühlte mich geschmeichelt. Um ehrlich zu sein, sehr sogar.

Und plötzlich war der Smalltalk kein Problem mehr. Wir unterhielten uns über Gott und die Welt und natürlich die Sehenswürdigkeiten der Toskana. Beide hatten es uns besonders die so genannten Geschlechtertürme in San Gimignano angetan, dem Manhattan des Mittelalters. Errichtet von den reichen Adelsfamilien der Stadt, waren diese Türme so etwas wie die Burg in einer Burg gewesen. Sie hatten die einzelnen Familien nicht nur vor von außerhalb kommenden Feinden geschützt, sondern auch vor den eigenen Nachbarn innerhalb der Stadtmauern. Diese Bauwerke sind nicht nur architektonisch interessant. Für Gianna Rossi standen die Türme symbolhaft für die Bedeutung des Familienzusammenhaltes, der heute – so ihre Auffassung – leider kaum noch eine Rolle spielte. Unter anderem deshalb gebe es so viele Menschen, die sich nach Wärme und Geborgenheit oder abstrakter: nach Empathie und Solidarität sehnen würden. Werte, die in einer globalisierten Welt immer mehr an Bedeutung verlören. Ein interessanter Aspekt, wie ich fand.

Eine Hotelangestellte unterbrach unsere Diskussion. Sie teilte mir mit, dass sie eben erst auf meinem Zimmer eine wichtige Nachricht hinterlegt habe. Da mein Schlüssel noch in der Rezeption hing, habe sie angenommen, dass ich noch nicht im Hotel sei. Zufällig habe sie mich jedoch nun hier in der Bar bemerkt. Ob sie die Nachricht für mich von meinem Zimmer holen solle?

Ich lehnte dankend ab, stand auf und bat Gianna, mich einen Moment zu entschuldigen. Die Störung schien ihr zu missfallen. Kurz erwog ich, doch zu bleiben und mir die Nachricht bringen zu lassen. Da ich aber ohnehin einem menschlichen Bedürfnis nachkommen wollte, schnappte ich meine Jacke, um sie bei dieser Gelegenheit gleich mit aufs Zimmer zu nehmen.

»Es dauert wirklich nicht lange«, versprach ich, als ich ihr enttäuschtes Gesicht sah.

»Das hoffe ich wirklich«, antwortete sie mit einem sanften Lächeln.

Mein Herz machte einen Sprung.

Die Nachricht stammte von Kumpmann. Sie war knapp und unmissverständlich:

Anzeigen aufgegeben. La Repubblica, *La* Stampa, *Il* Tempo *und* Corriere della Sera *bringen sie voraussichtlich schon morgen. In den deutschen Blättern erscheint sie frühestens am Freitag oder Samstag. Ich hoffe, Sie sind zufrieden.*
Gez. Kumpmann.

Man konnte von dem Kerl halten, was man wollte. Aber zuverlässig war er, das stand fest.

Ich warf die Nachricht in den Papierkorb und verließ das Zimmer.

Als ich mich wieder setzte, strahlte mich Gianna an. »Schön, dass Sie zurück sind.«

»Ich hoffe, ich habe Sie nicht zu lange warten lassen.«

Natürlich nicht. Meine Abwesenheit hatte nicht mehr als zehn Minuten gedauert. Warum erzählte ich eigentlich so einen Blödsinn?

Sie legte ihre Hand auf meine und sah mir tief in die Augen. Dieser Blick!

»Ach was. Ich habe noch eine Flasche Wein bestellt. Das ist Ihnen doch recht, oder?«

Mir was alles recht, was diese Frau an meinem Tisch und in meiner Gegenwart hielt. Und ich bekam mehr und mehr den Eindruck, dass sie das sehr wohl wusste. Was hatte Marcello gesagt? *Gianna Rossi. Name ist wie Musik.* Nicht nur der Name, die ganze Frau war wie Musik. Musik, die in mir Empfindungen weckte, wie ich sie schon lange nicht mehr gespürt hatte.

Der Kellner brachte die Flasche, ließ mich probieren und schenkte nach. Wir waren mittlerweile die einzigen Gäste in der Bar. Der Pianist war nach einem Ausflug zu Mozart wieder bei den modernen Klassikern angekommen und spielte Beatles-Kompositionen.

»Wollen wir tanzen?«, fragte Gianna.

»Gerne. Aber ich muss Sie warnen. Ich tanze miserabel. Passen Sie also auf Ihre Füße auf.«

»Das werde ich«, lachte sie.

Nach den ersten Schritten zu den Klängen von Let it be schob sie sich etwas näher an mich heran und legte ihren Kopf an meine Brust. Der Geruch ihres Haares stieg in meine Nase. Assoziationen von Meeresbrandung und Buchenwäldern drängten sich mir auf. Dann ihr Parfüm. Leicht, schwebend. Wie eine Blumenwiese im Sommer. Ich spürte ihren Körper, der sich langsam im Gleichklang mit meinem bewegte. Mein Gott, wie ich diese Frau begehrte!

Ich zog sie eng zu mir. Gianna leistete keinen Widerstand, sondern schmiegte sich an. Meine rechte Hand wanderte langsam über ihren Rücken zum Nacken. Sanft schob sie mich zurück. Einen kurzen Augenblick befürchtete ich, zu weit gegangen zu sein. Aber ihre halb geschlossenen Augen und die leicht geöffneten Lippen sandten eine andere Botschaft. Sie zog meinen Kopf herunter und küsste mich. Ich versank in einer Woge aus Emotionen.

Als die Musik endete, nahm mich Gianna bei der Hand. An unserem Tisch in der Hotelbar nahmen wir nicht mehr Platz. Den Wein brachte uns ein Page auf mein Zimmer.

Ein Geräusch ließ mich hochschrecken. Gianna lag nicht mehr neben mir. Erneut nahm ich einen gedämpften Laut war. Ich richtete mich auf.

Der Mond spendete ein wenig Licht und ich erkannte Giannas Silhouette, sie hängte gerade meine Lederjacke wieder auf die Stuhllehne.

»Was machst du da?«, fragte ich schlaftrunken.

Sie fuhr herum. »Du bist wach?«

»Nicht wirklich.« Ich sehnte mich nach ihrem warmen Körper. »Komm wieder ins Bett.«

»Sofort. Stört es dich, wenn ich einen Moment das Licht anschalte? Ich suche den Schlüssel zu meinem Büro.«

»Mitten in der Nacht?«, wunderte ich mich.

»Es hat mir keine Ruhe gelassen. Etwas hat mich geweckt. Dann fiel mir der verflixte Schlüssel ein. Ich konnte nicht mehr einschlafen. Was verlorene Schlüssel angeht, bin ich derzeit etwas empfindlich, wie du dir sicher denken kannst.«

Ich musste grinsen. »Und du suchst deinen Schlüssel in meiner Jacke?«

»Natürlich nicht. Sie ist heruntergefallen, als ich im Dunkeln in meiner Handtasche nachsehen wollte. Kann ich jetzt Licht machen?«

»Von mir aus.« Ich rollte mich wieder auf die Seite und hörte Gianna kramen.

Nach einigen Sekunden flüsterte sie erleichtert: »Da ist er ja.«

Sie löschte das Licht, schlüpfte wieder unter die Decke und kuschelte sich an mich. Ihre Fingerspitzen kreisten auf meiner Brust, verirrten sich im Bauchnabel, krochen tiefer und fanden schließlich das, was sie suchten. Mit einem lustvollen Stöhnen drehte ich mich auf den Rücken.

6

Als ich am nächsten Morgen aufwachte, war Gianna nicht mehr da. Aber sie hatte mir auf einem Zettel eine Nachricht hinterlassen:

Lieber Jean-Paul, du hast so tief geschlafen – ich wollte dich nicht wecken. Du wirst mich heute nicht in meinem Büro erreichen, da ich etwas Wichtiges zu erledigen habe. Also versuche es erst gar nicht. Ich werde dich am frühen Nachmittag anrufen. Können wir uns zum Abendessen sehen?
Gianna.

PS: Es war ein netter Abend – und eine tolle Nacht. Ciao.

Im ersten Augenblick war ich enttäuscht. Warum hatte sie sich nicht von mir verabschiedet? Warum nicht mit mir gefrühstückt? Den Tag verbracht? Aber nach kurzem Nachdenken wurde mir klar, dass ich keinen Grund hatte, ungehalten zu sein. Welches Recht hatte ich, Ansprüche zu stellen? Wegen einer gemeinsamen Nacht?

Ich war nicht der Erste gewesen und würde vermutlich auch nicht der Letzte sein. Nein, Büsing, sagte ich zu mir selbst, bleib auf dem Teppich. Du solltest dich einfach freuen, dass du trotz deines fortgeschrittenen Alters von fast fünfzig und deiner Figur anscheinend noch Chancen bei einer Frau wie Gianna Rossi hast.

An diesem Punkt meiner Überlegungen angekommen, schmiss ich mich in meinen Jogginganzug und machte mich auf, meine obligatorischen Runden zu drehen.

Eine Stunde später saß ich frisch geduscht am Frühstückstisch und plante den Tag. Zuerst würde ich die Zeitungen besorgen, die Kumpmann in seiner Notiz erwähnt hatte. Dummerweise konnte ich mich nicht genau erinnern, welche das waren. Daran war Gianna nicht ganz unschuldig. Kreisten doch meine Gedanken um die letzte Nacht. Also würde ich wohl den Zettel aus dem Papierkorb kramen müssen, um nachzusehen. Ich griff zum Handy, um im Museum anzurufen und mich bei der Leitung des Hauses anzukündigen. Die Herren seien in einer Besprechung, die mindestens den ganzen Vormittag dauern würde, teilte mir eine Sekretärin mit. Deshalb wisse sie auch nicht, ob es später am Tag noch mit einem Treffen klappen würde. Ob ich mich noch einmal melden könne? Den geplanten Besuch bei der Museumsleitung musste ich also verschieben. So hatte ich Zeit, mir endlich einmal eine der berühmtesten Gemäldesammlungen der Welt, die in den *Uffizien*, anzusehen. Bei meinen letzten Aufenthalten in Florenz war es jeweils Sommer gewesen. Zu dieser Jahreszeit war es normal, dass die Touristen in langen Schlangen stundenlang auf Einlass warteten. Jetzt, Ende November, dürfte sich der Andrang in Grenzen halten. Hoffte ich jedenfalls.

Zurück in meinem Hotelzimmer suchte ich Kumpmanns Notiz vergebens im Papierkorb. Systematisch leerte ich den Inhalt des Korbes auf den Schreibtisch. Die Nachricht war nicht da. Schließlich entdeckte ich den Zettel auf dem Fußboden. Er war hinter meine Aktentasche gerutscht, die ich neben dem Schreibtisch abgestellt hatte. Seltsam. Ich war mir sicher gewesen, die Notiz dem Papierkorb überantwortet zu haben. Aber vermutlich hatte ich mich geirrt. Letztendlich war es auch egal. Ich hatte nun die Informationen, die ich brauchte.

Marcello wartete bereits auf mich. Ich bat ihn, an einem Zeitungskiosk zu halten und mir die *La Repubblica* und die *Corriere della Sera* zu besorgen. Auf den hinteren Seiten der beiden Blätter fand ich die Anzeigen. Viertelseitig. Fett gedruckt. Mit meiner Telefonnummer. Sie waren wirklich nicht zu übersehen. Nach dem, was ich über Artnapping wusste, würden die Täter nun über kurz oder lang versuchen, mit mir oder dem Museum Kontakt aufzunehmen. Deshalb musste ich möglichst bald mit der Museumsleitung sprechen. Verhandlungen mit den Artnappern sollten nur über mich stattfinden.

Marcello war Gold wert. Er kutschierte mich durch Einbahnstraßen und über einen Marktplatz, die wütenden Proteste der Händler ignorierend, fast bis zum Piazzale de Uffizi. Ich stieg aus und wir vereinbarten, dass er mich gegen eins an der Stelle, an der er mich abgesetzt hatte, wieder abholen würde.

Die letzten Meter ging ich zu Fuß. Meine Annahme war richtig gewesen. Der Andrang vor den *Uffizien* hielt sich in Grenzen. Nach zwanzigminütiger Wartezeit konnte ich das lang gestreckte Gebäude betreten. Von den Medici in Auftrag gegeben, diente das Bauwerk ursprünglich als Verwaltungs- und Justizpalast und ging erst Mitte des achtzehnten Jahrhunderts in das Eigentum der Stadt Florenz über.

Mich interessierten vor allem die in der Ersten Galerie ausgestellten Werke von Botticelli. Um nicht gestört zu werden, schaltete ich das Mobiltelefon aus.

Besonders beeindruckte mich die *Geburt der Venus*. Ich hatte das Bild bisher nur auf Fotografien gesehen. Nun nahm mich das Kunstwerk gefangen. Die Göttin entschwebt einer Muschel, verhüllt schamhaft ihre Nacktheit und ihr goldenes Haar flattert im Wind. Obwohl voller Plastizität, erschien die Gestalt aufgrund der zarten Farbgebung fast ätherisch leicht.

Wenige Schritte weiter hing die ebenso berühmte *Allegorie des Frühlings*. Die hell gezeichneten Figuren wirkten vor dem dunklen Hintergrund des Bildes besonders intensiv.

Die Zeit verging wie im Flug. Eine Lautsprecherdurchsage in mehreren Sprachen, die auf den Souvenirshop hinwies, schreckte mich auf.

Ich sah auf die Uhr. Es war fast zwei. Marcello wartete also schon seit etwa einer Stunde auf mich.

Als ich am vereinbarten Treffpunkt ankam, war er in eine Diskussion mit einem Polizisten verwickelt, die nicht nur lautstark, sondern von Marcellos Seite auch wild gestikulierend geführt wurde. Als er mich kommen sah, zeigte er mit beiden Händen triumphierend auf mich, schimpfte noch einmal mit hochrotem Kopf und nahm mit einer abfälligen Geste ein Strafmandat entgegen. Dann riss er, immer noch halblaut schimpfend, die hintere Tür für mich auf und stieg selbst ein.

»Was war denn los?«, erkundigte ich mich, als wir anfuhren.

»Managgia! Dieser, äh ... Figlio di Puttana. Fünfzig Euro! Pah!« Wütend knüllte er den Strafzettel zusammen und warf ihn auf den Beifahrersitz.

»Das war meine Schuld. Ich werde Ihnen die Strafe natürlich erstatten. Was heißt ›Figlio di Puttana‹?«

Er grinste. »Figlio ist Sohn. Puttana Mädchen, das ihren Körper verkauft.«

»Eine Hure?«

»Si. Hurensohn.« Damit schien die Sache für ihn erledigt.

»Fahren Sie bitte zur Filiale der *Versicherung AG*. Hier ist die Adresse.«

Marcello nickte und trat aufs Gaspedal. Mit quietschenden Reifen schoss der Wagen los.

»Herr Büsing!«

Kumpmann sprang auf und fiel mir fast um den Hals.

»Gut, dass Sie da sind.« Er schüttelte meine Rechte mit beiden Händen. »Bitte setzen Sie sich doch. Möchten Sie etwas trinken? Einen Kaffee vielleicht?«

Ich konnte mich nicht erinnern, dem Filialleiter einen Grund für so viel Freundlichkeit geliefert zu haben. »Kaffee wäre nicht schlecht.«

»Sofort.« Kumpmann griff zum Telefon. Dann wandte er sich wieder an mich. »Was genau kann ich für Sie tun?«

Ich sagte es ihm.

»Ich verstehe, warum Sie das interessiert. Aber ich kann Ihnen versichern, dass es im Großraum Florenz kein Unternehmen mit besseren Referenzen gibt als das, welches wir dem Archäologischen Museum zum

Transport der Himmelsscheibe empfohlen haben. *Security Services* arbeitet seit Jahrzehnten für den italienischen Staat und ...«

»Das tun viele Mafiafirmen auch«, bemerkte ich trocken.

Für einen Moment war er irritiert. »Ja, sicher. Aber die Referenzen sind erstklassig. Kennen Sie das Gemälde *Geburt der Venus* von Botticelli?«

Ich nickte nur. Das Bild hatte ich mir ja nun erst vor einer Stunde in den *Uffizien* angesehen.

»Der Wert ist ähnlich dem der Himmelsscheibe unschätzbar. Vor einigen Jahren wurde es an den *Louvre* ausgeliehen. Die Versicherungssumme, so erzählt man sich unter Kollegen, soll noch höher als bei der Himmelsscheibe gewesen sein. Den Transport von und nach Paris erledigte *Security Services*. Und solche Beispiele gibt es viele. Bisher ist noch nie etwas passiert. Nein, für die Firma lege ich meine Hand ins Feuer.«

»Es gibt immer ein erstes Mal, Herr Kumpmann. Wer hat denn diese Firma ausgewählt? Sie?«

»Wo denken Sie hin!« Er wirkte völlig konsterniert. »So etwas fällt nicht in meine Gehaltsklasse. Diese Entscheidung ist direkt in Essen getroffen worden. Vermutlich von Dr. Dermöller persönlich. Auf jeden Fall hat er den Auftrag unterzeichnet.«

»Auf wessen Empfehlung?«

»Natürlich auf meine.«

»Verstehe.«

Egal wie die Referenzen von *Security Services* tatsächlich aussahen, Kumpmann würde immer behaupten, sie seien perfekt gewesen. Der kleinste Zweifel an der Seriosität des Unternehmens würde auf ihn zurückfallen – unabhängig davon, wer seine Unterschrift schließlich unter den Vertrag gesetzt hatte. Der Kopf des Unterzeichnenden würde erst als zweiter rollen, vorher war Kumpmanns dran. Das waren die Spielregeln in diesem Geschäft. Von Kumpmann würde ich also nie auch nur die kleinste kritische Bemerkung über Security Services hören. Ich nahm einen Schluck Espresso.

»Herr Büsing, ich habe eine Bitte«, nahm der Filialleiter nach einer kurzen Pause das Gespräch wieder auf. »Sie stehen doch sicher in ständigem Kontakt zu Herrn Dr. Dermöller?«

»Ständiger Kontakt ist etwas übertrieben«, antwortete ich ausweichend.

»Aber er ist doch bestimmt für Sie zu sprechen, oder?«, insistierte er hartnäckig.

Was wollte der Kerl von mir? Erst die überschwängliche Begrüßung, jetzt diese penetrante Fragerei? »Kommt darauf an.«

»Kann ich offen mit Ihnen sprechen?«

Dieser Satz gehört zum Standardrepertoire jedes Managers im Gespräch mit Vorgesetzten und ist ebenso überflüssig wie dämlich. Dämlich deshalb, weil der Befragte kaum etwas anderes antworten kann als: »Aber sicher. Ich bitte sogar darum.« Oder soll er sagen: »Ach wo, Sie lügen mir doch sowieso etwas vor?« Und überflüssig, weil beide Seiten wissen, dass der Frager sein Statement ohnehin ausbreiten wird, unabhängig vom Wahrheitsgehalt der Antwort.

Trotzdem tat ich ihm den Gefallen. »Natürlich.«

Andreas Kumpmann schaute fahrig nach links und rechts, als ob er sich vergewissern wollte, dass uns niemand zuhörte. »Wir haben die SS im Haus«, sagte der Filialleiter dann mit leiser Stimme.

»Sie haben was?« Ich sah ihn entgeistert an.

76

Mein Gegenüber schien für einen Moment irritiert. »Ach so, Sie dachten ... Verstehe ... Nein, nein, das ist ein Missverständnis. Wir nennen sie nur intern so. Das liegt an ihrem Auftreten.«

Er redete in Rätseln. Das sagte ich ihm auch.

»Entschuldigung. Ich dachte, wir hätten am Telefon darüber gesprochen. Die Unternehmensberater. Die Firma heißt *Sozietät Stelade*. *SoSt* abgekürzt. Aber wir bezeichnen sie als SS. Ein Spitzname sozusagen.«

»Aha.« Ich wusste immer noch nicht, was ich damit zu tun hatte.

»Wenn ich mich richtig erinnere, erwähnte ich in unserem Gespräch, dass diese Consultants von der Zentrale in Essen eingesetzt worden sind, um in der hiesigen Filiale Einsparungspotenziale zu identifizieren. Synergien heben, heißt das im Vokabular dieser Leute. Nun, seit fast einem Monat arbeitet eine sechsköpfige Gruppe bei uns. Braun gebrannte, schlanke, junge Männer. Erstklassig geschnittene Anzüge. Keiner dieser *SoSt*-Mitarbeiter ist älter als Mitte dreißig. Manche frisch von der Universität. Ohne jede Erfahrung.«

Ich musste grinsen. Kumpmann war selbst nicht wesentlich älter oder anders gekleidet. Er schien meine Reaktion nicht zu bemerken. Oder er zog es vor, sie zu ignorieren.

»Sie durchforsten unsere Kostenstrukturen, vergleichen Vertragskonditionen, bewerten von uns vorgenommene Schadensregulierungen.«

»Und?« Er begann, mich zu langweilen.

»Die ständigen Anfragen von *SoSt* binden Kapazitäten. Außerdem gehen diese Leute mit, äh, Brachialgewalt vor. Ähnlich wie die SS eben.«

»Dieser Vergleich dürfte ziemlich unpassend sein«, sagte ich nun doch.

Er zögerte etwas. »Sicher haben Sie Recht. Aber wir bekommen mehr und mehr Schwierigkeiten, unsere eigentlichen Aufgaben wahrzunehmen.«

Langsam ahnte ich, worauf mein Gesprächspartner hinauswollte. »Sie möchten, dass ich Dermöller bitte, die, wie sagten Sie, *SoSt* abzuziehen?«

»Das wird wohl nicht möglich sein. Aber Dr. Dermöller ist sicher in der Lage, den Untersuchungsumfang der Consultants einzuschränken.«

»Wie kommen Sie darauf, dass Ihr Chef ausgerechnet auf meinen Rat gewartet hat?«

»Na ja, schließlich sollen wir Sie nach Kräften bei der Wiederbeschaffung der Himmelsscheibe unterstützen. Und wenn diese Hilfe nun darunter leidet, dass wir uns mehr mit den Fragen der … äh … *SoSt* als mit Ihrer Unterstützung auseinander setzen …« Er sah mich erwartungsvoll an.

Natürlich würde ich den Teufel tun, mich als Sprachrohr für den Niederlassungsleiter zu betätigen. Ich kannte Dermöller. Der brachte es, wenn ihm danach war, ohne Zögern fertig, mir diesen lukrativen Auftrag auf der Stelle zu entziehen. Außerdem waren mir Kumpmanns Problemchen, gelinde gesagt, ziemlich egal. Aber das wollte ich ihm nun nicht in aller Deutlichkeit auf die Nase binden. Denn möglicherweise benötigte ich die Hilfe dieses Bürokraten noch. Deshalb antwortete ich: »Gut. Wenn sich die Gelegenheit ergibt, werde ich Dermöller darauf ansprechen. Mehr kann ich Ihnen allerdings nicht zusagen.«

Kumpmann sprang auf, kam auf mich zu und baute sich freudestrahlend von mir auf. »Das reicht mir doch.

Vielen Dank. Ich wusste, dass Sie mich verstehen werden.«

Mein Nicken reichte ihm als Antwort. Und ein schlechtes Gewissen über die kleine Lüge bekam ich auch nicht.

»Aber Sie können mir auch einen Gefallen tun.«

»Selbstverständlich.«

»Ich benötige Auskünfte über einen gewissen Renaldo Schreiber. Er arbeitet im Archäologischen Museum hier in Florenz.«

Der Filialleiter machte sich Notizen. »Auskünfte welcher Art genau?«

»Über seine finanzielle Situation.«

»Wie soll ich die beschaffen?«

»Banken, andere Versicherungen, was weiß ich. Seien Sie kreativ.« Mir kam ein Gedanke. »Gibt es in Italien so etwas wie die deutsche *Schufa*?«

»Wenn Sie damit eine Institution zur Durchführung einer Bonitätsprüfung meinen – ja, die gibt es.«

»Können Sie dort Auskünfte einholen?«

»Selbstverständlich.«

»Dann tun Sie das bitte.«

»In Ordnung. Aber Sie werden sich etwas gedulden müssen. Verdächtigen Sie diesen Schreiber?«

»Nicht mehr als andere.«

»Und wer sind die anderen? Oder dürfen Sie mir das nicht sagen?«

»Ich will es Ihnen nicht sagen, Herr Kumpmann.«

Er wirkte beleidigt. »Verstehe.«

»Wann kann ich mit den Informationen rechnen?«

»Es gibt in Florenz vermutlich mehr als nur einen Renaldo Schreiber. Wo wohnt er? Wann wurde er geboren?«

»Wie gesagt, er arbeitet im Archäologischen Museum. Mehr weiß ich auch nicht.«

»Das ist nicht gerade viel.«

»Stimmt. Also wann?«

»Das kann ich Ihnen nicht sagen. In einigen Tagen vielleicht.«

»Schneller geht es nicht?«

»Leider nein.«

»Schade.« Ich stand auf. »Halten Sie mich bitte auf dem Laufenden.«

»Natürlich.« Andreas Kumpmann schüttelte mir beflissen die Hand. »Und wenn Sie mit Herrn Dermöller sprechen …«

»Werde ich ihm Ihr Anliegen vortragen«, beteuerte ich.

Fünf Minuten später saß ich wieder im Taxi und sah auf die Uhr. Kurz vor drei. Da fiel mir ein: Ich hatte völlig vergessen, mein Handy einzuschalten. Gianna hatte doch anrufen wollen!

Ich tippte die PIN ein und wartete ungeduldig darauf, dass sich das Gerät in ein Netz einloggte. »Marcello, fahren wir zu einer Bar. Ich möchte etwas trinken.«

Kurz darauf meldete das Telefon, dass in meinem Postfach Nachrichten gespeichert waren. Ich wählte die Nummer der Mailbox.

Der erste Anruf war von Silvio Rotolo. In barschem Ton verlangte der Commissario meinen sofortigen Rückruf. Mit einem Tastendruck schickte ich seine Aufforderung in den elektronischen Orkus. Auch die zweite Nachricht stammte von ihm. Der Inhalt war identisch mit dem der ersten, nur der Tonfall des Polizisten war noch unfreundlicher geworden. Ich löschte auch diese Nachricht.

Dann endlich hörte ich Giannas Stimme: »Hallo, Jean-Paul. Schade, dass ich dich nicht erreiche. Ich muss dich noch vor heute Abend sehen. Es ist wirklich sehr, sehr dringend. Es war kein Zufall, dass ich dich gestern im Hotel besucht habe. Ich wollte dich bitten, mir zu helfen. Es geht um ...«

Im Hintergrund bimmelte eine Türglocke.

»Einen Moment. Es schellt. Das wird der Hausmeister sein.«

Ich vernahm sich entfernende Schritte. Gianna hatte die Verbindung nicht gekappt, sondern ihr Telefon nur beiseite gelegt. Stimmenfetzen klangen an mein Ohr. Ein Mann sagte leise etwas auf Italienisch. Gianna antwortete. Die Stimme eines zweiten Mannes, die wütend klang. Wieder Gianna. Und wieder einer der Männer. Immer noch leise, aber kalt. Ich war Zeuge eines anscheinend sehr erregten Disputs. Die junge Wissenschaftlerin, in bittendem Tonfall. Dann ein kurzer Schrei. Einen Moment war es still. Eine seltsame, fast gespenstische Stille. Plötzlich hörte ich einen lauten Knall. Ein Schuss? Kurz darauf ein Knacken. Die Verbindung war unterbrochen worden.

Ich weiß nicht genau, wie lange ich im Fond des Taxis saß, mein Mobiltelefon in der Hand. Endlich nahm ich meine Umgebung wieder wahr. Wir standen vor einer roten Ampel.

Marcello musterte mich besorgt im Rückspiegel. »Sie sehen aus wie Gespenst. Ganz weiße im Gesicht. Tutto va bene? Alles okay?«

Ich schreckte aus meinen düsteren Gedanken hoch. Nichts war in Ordnung, gar nichts. »Halten Sie bitte an«, erwiderte ich. »Sie müssen für mich dolmetschen.«

Eine Minute später reichte ich dem Fahrer das Handy. »Ich habe das Gespräch gespeichert. Würden Sie mir bitte die italienischen Passagen übersetzen?«

»Si, certo.«

Marcello lauschte, seine Gesichtszüge drückten Erstaunen aus. Ungeduldig trommelte ich mit den Fingern auf die Rückenlehne des Beifahrersitzes.

Als er mir das Telefon zurückgab, drängte ich: »Nun?«

»Seltsam. Es geht um Verrat, irgendwelche Töchter und Sender.«

»Um was?«

»Ich brauche Zettel«, antwortete Marcello. »Ich musse Notizen machen.« Er stieg ohne weitere Erklärungen aus, lief zu einem nahe gelegenen Kiosk und kehrte kurz darauf mit einem Block zurück.

Als er wieder im Wagen saß, streckte er fordernd seine Hand aus und fragte: »Wie kann ich Gespräch hören?«

Ich erklärte es ihm.

Die Warterei erschien mir endlos. Marcello hörte immer und immer wieder das aufgezeichnete Telefonat ab, murmelte Unverständliches und schrieb, strich das eben Geschriebene durch, schrieb wieder.

Endlich war er fertig.

»Strano. Wirklich seltsam«, wiederholte er. Er drehte sich zu mir um. »*Cosa volete?*, sagt Ihre Freundin. Was wollt ihr? Dann spricht ein Mann: T*u sai perché siamo qui.* Das heißt: Du weißt, warum wir hier sind. Sie sagen Nein. *No, perché?* Wieder Mann: *Hai parlato troppo.* Du, äh ... zu viel geredet. Frau Rossi antwortet: *Ma si voleva che io parlasse con lui.* Aber ihr wolltet doch, dass ich spreche ... Moment, mit ihm spreche. Dann kommt eine zweite Mann. *Tu dovevi procurarci quelle informazioni,* sagt er. Du sollst uns Informationen besorge. Und wie-

der erste: *Ci hai imbrogliato.* Du haben uns betrogen.«
Marcello sah von seinen Notizen auf. »Sie verstehen
das?«

Ich schüttelte den Kopf. »Wie geht es weiter?«

»Gianna Rossi sagt, Vorwurf falsch: *Questo non è vero.*
Jetzt kommt wirklich Eigenartiges: *Perché allora hai
spento il trasmettitore?*, fragt erste Mann. Das bedeutet:
Warum du dann den Sender ausgeschaltet?«

»Den Sender?«, wunderte ich mich. Ein unangenehmes Gefühl breitete sich in meiner Bauchgegend aus.

»Ja, den Sender. Die Signora entschuldigt sich. Sagt,
dass es Versehen war. *Quello era solo negligenza.* Der
zweite Mann droht. *Peccato. Tu sai quale sono le punizioni in caso di sbaglio?* Sehr ärgerlich. Du weißt, welche
Strafe ... äh ... Verliererinnen, äh ... bekommen. Nein,
warten Sie ... Versagerinnen erwartet?«

Mein Magen krampfte sich zusammen. Wo, zum
Teufel, war Gianna da hineingeraten?

»Jetzt sie bettelt fast: *Ma, non ho assolutamente trasgredito nessuna regola.* Ich habe Regeln nicht verletzt,
sagt sie. Die Männer glauben ihr nicht. *Questo lo dici tu.
Il conservatore è di tutt'altra opinione.* Das sagst du,
meint erste Mann. Der Bewahrer ist anderer Meinung.
Und dann hört man nur ihr – wie sagt man auf
Deutsch? – Flehen: *Prego. Prego no. Non ho tradito il figlie. Vi prego non fatemi nulla.* Bitte, bitte nicht. Ich habe
die Töchter nicht verraten. Bitte tut mir nichts. Danach
kommt Knall.«

Ich schluckte mühsam. Mein Hals war trocken und
meine Zunge fühlte sich an wie grobes Schleifpapier.
»Fahren Sie mich bitte zur Polizei«, krächzte ich.
»Schnell. Ich muss mit Rotolo reden!«

Commissario Rotolo tunkte sein Croissant in die große Tasse Milchkaffee, wartete ein wenig, bis das Gebäck nicht mehr so stark tropfte, beugte sich dann etwas vor und saugte mit geschlossenen Augen ein Stück des feuchten Hörnchen in den Mund. Er kaute kurz und an der Bewegung seines Adamsapfels konnte ich erkennen, wann er schluckte. Gelassen hörte er sich meinen Bericht an. Er stellte keine Zwischenfragen, sondern unterbrach meinen aufgeregt vorgetragenen Redeschwall allenfalls mit einem kurzen »Aha« oder »Wirklich?«.

»Jetzt hören Sie sich doch endlich das Telefonat an«, beschwerte ich mich einige Sekunden, nachdem ich geendet hatte, und streckte ihm das Handy entgegen.

Der Kommissar schob seinen Kaffeepott zur Seite, legte die Reste des Croissant auf den Teller und antwortete gedehnt: »Sie hören mich an, capice?« Er fixierte mich verärgert. »Hatten wir nicht Einverständnis darüber erzielt, dass Sie sich aus den Ermittlungen in Sachen Himmelsscheibe heraushalten?«

Meinen aufkommenden Widerspruch schnitt Rotolo mit einer Handbewegung ab, griff zu einem Stapel Zeitungen, die rechts von ihm lagen, und knallte einige davon vor mir auf den Schreibtisch. Er faltete die erste auseinander und zeigte auf die Anzeige, die Kumpmann in meinem Auftrag geschaltet hatte. »Wertvolle Scheibe aus Bronzezeit verloren gegangen«, zitierte der Commissario. »Und so weiter. Und hier: Ihre Telefonnummer. Wollen Sie mich eigentlich verarschen?«

Er sprach Englisch. Aber er sagte wirklich ›verarschen‹. Auf Deutsch.

»Zum letzten Mal: Die Ermittlungen führe ich. Nur ich, ist das klar?« Rotolo lehnte sich in seinem Stuhl zurück. »Was ist?«

Ich nickte wortlos.

»Gut. Und jetzt geben Sie mir Ihr verdammtes Telefon.«

Wenige Minuten später schob er das Handy zurück. »Signora Rossi hat Sie also gestern Abend in Ihrem Hotel besucht?«

»Ja.«

»Warum?«

»Keine Ahnung«, antwortete ich wahrheitsgemäß. Nach ihrem Geständnis, dass ihr Besuch kein Zufall gewesen sei, hatten ihre gestrigen Beteuerungen, die ich so gerne glauben wollte, erheblich an Glaubwürdigkeit verloren. Aber war ihre Zärtlichkeit, ihre Leidenschaft wirklich nur gespielt gewesen? Das konnte und wollte ich mir einfach nicht vorstellen. Obwohl – ein leiser Zweifel war vorhanden.

»Wann ist sie gegangen?«

»Ist das wichtig?«

»Beantworten Sie meine Frage!«, schnauzte Rotolo.

»Heute Morgen.«

»Wann genau?«

»Verdammt, ich weiß es nicht«, brauste ich auf. »Ich habe noch geschlafen. Was soll diese Fragerei?«

Der Polizist blickte mich spöttisch an. Ich konnte mir lebhaft vorstellen, was er dachte.

»Worüber haben Sie gesprochen?«

Ich bemühte mich, nicht die Beherrschung zu verlieren. »Jedenfalls nicht über die Himmelsscheibe oder Giannas seltsame Gäste, wenn Sie das meinen. Der Rest geht Sie nichts an. Wollen Sie nicht endlich etwas unternehmen?«

Rotolo musterte mich prüfend, antwortete aber nicht. Dann nickte er leicht, griff zum Telefonhörer und unterhielt sich einen Moment auf Italienisch. Kurz darauf wandte sich der Polizist wieder an mich. »Also gut. Wir werden die Angelegenheit untersuchen.«

»Darf ich Sie begleiten?«

Commissario Rotolo sah mich böse an. »Gar nichts werden Sie. Sie fahren zu Ihrem Hotel zurück. Wenn ich Ihnen etwas mitteilen will, rufe ich Sie an. Wenn ich will. Capice?« Er zeigte auf die Zeitungen. »Ihre Nummer habe ich schließlich.«

Sein entschlossener Tonfall und Gesichtsausdruck ließen keinen Zweifel daran aufkommen, dass jede Diskussion über seine Entscheidung zwecklos war.

Im Hotel versuchte ich, mich mit einem mehrgängigen Menü abzulenken. Erfolglos. Ich pickte mit der Gabel lustlos im Essen herum und ließ das Meiste zur Verwunderung der Kellner unangetastet zurückgehen. Selbst der Grappa schmeckte mir nicht. Und auch die Espressotasse blieb halb ausgetrunken stehen.

In meinem Zimmer zog ich die Schuhe aus, schmiss mich auf das Bett, starrte die Decke an und dachte nach.

Wer waren die Männer, die Gianna bedroht hatten? Was war passiert? Hatte der Vorfall etwas mit der Himmelsscheibe zu tun? War Gianna in den Diebstahl verwickelt? Was hatte es mit diesem Sender auf sich, von dem einer der Kerle gesprochen hatte? Wessen Töchter waren gemeint? Und von welchem Bewahrer war in dem Disput die Rede gewesen? Je mehr ich grübelte, desto weniger verstand ich.

Irgendwann musste ich eingeschlafen sein, denn das Klingeln meines Handys weckte mich.

»Ja?«

»Rotolo hier.«

Sofort war ich hellwach. »Gibt es etwas Neues? Haben Sie Gianna gefunden?«

»Nein, wir haben nichts entdeckt.«

»Was heißt das?«

»Was ich Ihnen sagte. Es gibt nicht Ungewöhnliches in der Wohnung von Signora Rossi.«

Fast war ich ein wenig enttäuscht. »Nein?«

»Nein.«

»Keine Kampfspuren, kein ...« Ich zögerte. »Kein Blut?«

»Nichts. Es gibt nicht den geringsten Anhaltspunkt für eine Gewalttat. So wie es aussieht, ist in Signora Rossis Wohnung kein Schuss abgefeuert worden. Wir haben weder ein Projektil noch eine Patronenhülse gefunden. Und, wie schon gesagt, auch kein Blut.«

»Sie muss ja nicht von ihrer Wohnung aus angerufen haben.«

»Herr Büsing, wir sind keine Anfänger. Die Türglocke, die Sie und ich deutlich gehört haben, ist ohne Zweifel die von Signora Rossis Wohnung. Ihr Handy lag auf dem Tisch und der letzte Anruf galt Ihnen. Aus den Daten Ihrer Mobilbox geht hervor, dass die Dottoressa Sie um eine Minute vor zwei Uhr angerufen hat. Gegen halb zwei hat sie den Hausmeister verständigt, dass in ihrem Badezimmer ein Wasserhahn tropft, und ihn gebeten, diesen zu reparieren. Da Herr Fiori aber noch mit einer anderen Arbeit beschäftigt war, haben die beiden sich für zwei Uhr verabredet. Der Hausmeister verspätete sich etwa um zwanzig Minuten und Signora Rossi hat trotz mehrmaligen Klingelns nicht geöffnet. Aber da sie ihm vorher erklärt hatte, dass sie spätestens um halb drei das Haus verlassen müsse, hat sich der Hausmeister darüber nicht weiter gewundert, mit seinem Zweitschlüssel die Tür geöffnet, die im Übrigen ordentlich verschlossen war, und im Bad den Wasserhahn repariert. Ihm ist in der Wohnung nichts Besonderes aufgefallen. Frau Rossi jedenfalls war um diese Zeit nicht mehr anwesend. Nein, Herr Büsing, es gibt nicht den geringsten Anhaltspunkt für ein Verbrechen.«

Erleichtert atmete ich auf. Überzeugt war ich jedoch nicht. »Aber warum ruft sie dann nicht an?«

»Hat sie doch, oder?«

»Ja, schon. Aber ...«

Der Kommissar schnitt mir das Wort ab. »Lassen wir die Spekulationen. In jedem Fall werden wir weiter ermitteln.«

»Warum?«

»Das Haus, in dem Signora Rossi wohnt, hat nur einen einzigen Eingang. Es gibt keinen Zugang vom Hof oder so etwas. Sie müssen wissen, der Hausflur wird momentan renoviert. Das umfasst auch das Streichen der Haustür, was von zwei bis drei Uhr erledigt wurde. «

»Und?«

»Die Maler benötigten eine Leiter, um die Arbeiten ausführen zu können. Und damit keiner von außen die Eingangstür öffnete, die dahinter stehende Leiter umwerfen und die Handwerker gefährden konnte, haben sie sich von Franco Fiori den Schlüssel geben lassen und die Tür verriegelt.«

Ich verstand nicht ganz, worauf der Commissario hinauswollte, und sagte ihm das.

»Die Maler waren zu zweit. Die ganze Zeit. Sie haben ausgesagt, dass niemand zwischen zwei und drei das Haus betreten oder verlassen hat. Das wäre ihnen mit Sicherheit aufgefallen, da sie ihre Arbeit unterbrechen und die Haustür hätten öffnen müssen. Die Dottoressa wird ja nun nicht gerade die Feuertreppe benutzt haben, oder? Wenn wir unterstellen, dass alle Beteiligten die Wahrheit sagen und die Handwerker ihre Arbeit tatsächlich Punkt zwei aufgenommen haben, hätte Gianna Rossi um zwanzig Minuten nach zwei eigentlich noch in ihrer Wohnung sein müssen. Aber sie war es nicht. Da es keine Anhaltspunkte für ein Verbrechen gibt, sie sich aber andererseits auch nicht in Luft auflösen kann, bleibt nur der Schluss übrig, dass sich einer der Zeugen irrt. Können Sie mir folgen?«

Ich konnte.

»Bene. Ich möchte Sie morgen im Präsidium sehen. Sagen wir um elf Uhr?«

Bevor ich antworten konnte, unterbrach er das Gespräch.

7

Nach einer unruhigen Nacht betrat ich am nächsten Morgen das Büro des Commissario. Auch dieses Mal war ich gründlich kontrolliert worden, sogar mit einem dieser elektronischen Abtastgeräte, wie sie an Flughäfen eingesetzt werden.

Rotolo hatte eine Pfeife im Mund und studierte irgendwelche Akten. Er sah kaum hoch, als ich mich vor seinem Schreibtisch aufbaute, hielt mir nur seine Rechte hin und zeigte gleichzeitig mit seiner linken Hand auf einen freien Stuhl. »Einen Moment bitte. Ich habe gleich Zeit für Sie.« Ein beliebtes Spielchen.

Ich setzte mich und beobachtete die Qualmwolken, mit denen der Polizist die Luft in seinem Büro langsam, aber sicher in Smog verwandelte.

Endlich klappte Rotolo den Ordner zu. »Vielen Dank, Herr Büsing, dass Sie meiner Einladung gefolgt sind.«

Das waren ja völlig neue Töne.

»Ich möchte Sie bitten, mir im Detail zu schildern, wie Sie Signora Rossi kennen gelernt, worüber Sie gesprochen und was Sie in den letzten Tagen gemeinsam unternommen haben.« Er zog an seiner Pfeife.

»Es war nur ein Tag«, stellte ich richtig.

»Und eine Nacht«, erwiderte der Kommissar trocken.

»Stimmt. Und eine Nacht.« Für einen Moment meinte ich, noch einmal Giannas Berührungen zu spüren, den Geruch ihres Körpers wahrzunehmen. Ich verdrängte diese Erinnerungen.

»Fangen Sie bitte mit Dienstagabend an. Das war, wenn ich richtig informiert bin, ja wohl Ihr erster Abend in Florenz.«

»In Montecatini Terme«, korrigierte ich.

»Meinetwegen«, brummte Rotolo. »Wenn Sie dann bitte so freundlich wären?«

Von einigen Nachfragen abgesehen, ließ mich der Kommissar nun ausreden. Ich berichtete wahrheitsgemäß, ohne aber Details von dem Abend und der Nacht mit Gianna zu schildern. Das war privat und würde privat bleiben, was immer auch Rotolo davon hielt.

»Ihnen ist also an Signora Rossi nichts Besonderes aufgefallen?«, fragte er, nachdem ich geendet hatte.

»Nein.«

»Hm. Haben Sie eigentlich mit ihr über Ihren ersten Besuch bei mir gesprochen?«

»Sie meinen den vom Mittwoch?«

Rotolo nickte.

»Nur ganz kurz.« Warum erkundigte sich der Kommissar gerade danach?

»Sie haben also nicht ausführlich davon erzählt?«

»Bestimmt nicht.« Mir fiel ein, wie verwundert ich gewesen war, als Gianna sich nach meinem ersten Besuch bei Rotolo erkundigte und ich mich nicht daran erinnern konnte, vorher mit ihr darüber gesprochen zu haben. Schon wieder verspürte ich ein seltsames Gefühl in der Bauchgegend. »Worauf wollen Sie hinaus?«

Bedächtig deponierte der Kommissar seine Pfeife in einem Aschenbecher und beugte sich zur Seite, um ein Schriftstück aus einem Papierstapel zu ziehen. Dann las er vor: »*Die Ausfälle der Kamera sind zeitlich absolut identisch mit denen des Stromausfalls. An der gesamten Überwachungseinrichtung wurde definitiv nicht manipuliert. Das haben unsere Experten festgestellt. Der Stromausfall war ein dummer Zufall, mehr nicht.* Kommt Ihnen das bekannt vor?«

Mein Hals wurde trocken.

»Ich sehe an Ihrer Reaktion, dass Sie wissen, wer und was hier zitiert wird. Das waren exakt meine Worte, als wir uns darüber unterhalten haben, wie die Himmelsscheibe entwendet worden sein könnte.«

»Haben Sie unsere Unterhaltung aufgezeichnet?«, fragte ich, obwohl ich seine Antwort ahnte und mich gleichzeitig davor fürchtete.

Er hielt das Blatt hoch. »Die wörtliche Wiedergabe eines Abschnitts unseres Gespräches vom Mittwoch. Aber eben nur ein Teil des Ganzen. Und um Ihre Frage zu beantworten: Nicht wir haben das Gespräch mitgeschnitten, sondern Sie. Präzise formuliert: Ihnen hat jemand einen Sender untergeschoben.«

»Völlig unmöglich«, protestierte ich, obwohl ich wusste, dass er Recht hatte. »Ihre Kollegen haben mich untersucht, bevor ich zu Ihnen gelassen wurde.«

»Stimmt. Auf Waffen. Es gibt Miniatursender, die sind kleiner als ein Eurostück. Die Dinger können Sie überall verstecken.« Er zeigte auf meine Jacke. »In der Innentasche beispielsweise.«

Unwillkürlich griff ich an meine Seite.

Rotolo lächelte. »Durch bloßes Abtasten finden Sie die nie. Aber machen Sie sich keine Sorgen. Meine Kollegen haben Sie heute gründlicher gecheckt. Sie sind sauber.«

Ich fröstelte. Gianna hatte sich untergehakt und an mich gedrängt, als wir vom Essen zurück zum Museum gingen.

»Wir haben diese Abschrift in Signora Rossis Wohnung gefunden. Das Blatt lag hinter dem Schreibtisch. So wie es aussieht, ist es vermutlich unbeabsichtigt dorthin gerutscht. Ich vermute, Sie können mir das nicht erklären?«, fragte er und griff wieder zu seiner Pfeife.

Ich schüttelte den Kopf. Giannas Kenntnis über meinen Besuch bei Rotolo, ihre Enttäuschung, als ich auf mein Zimmer ging, um Kumpmanns Nachricht zu holen, und meine Lederjacke mitnahm, ihr nächtliches Hantieren mit der Jacke und der Hinweis auf den Sender während der Unterhaltung, deren Zeuge ich ungewollt geworden war – alles ergab jetzt einen Sinn.

»Es gibt eigentlich nur eine plausible Erklärung dafür. Sie ahnen, worauf ich hinauswill.« Er machte eine Pause, die mir unendlich lang erschien. »Signora Rossi hat Ihnen den Sender untergeschoben. Aber warum hat sie das getan? Natürlich um über jeden Ihrer Schritte informiert zu sein. Und weshalb wollte sie das? Weil Signora Rossi in den Diebstahl der Himmelsscheibe verwickelt ist. Logisch, oder?« Der Commissario grinste schief. »Die Frage ist nur, was die Besucher der Dottoressa damit meinten, als sie ihr vorwarfen, den Sender ausgeschaltet zu haben. War das wirklich ein Versehen, wie Signora Rossi zu ihrer Entschuldigung vorbrachte? Oder doch Absicht? Das, Herr Büsing, ist der Grund, warum Sie hier sind. Ich will Antworten«, sagte er kalt. »Und zwar jetzt!«

Alles sprach dafür, dass Rotolo die richtigen Vermutungen anstellte. Trotzdem blieb ein Zweifel. Konnte Gianna so berechnend gewesen sein? Hatte ich mich so in ihr getäuscht? Nein, es gab etwas, was Giannas Handeln in einem anderen Licht erscheinen ließ. Das sagte mir mein Gefühl. Aber was? Ich konnte es nicht greifen. Meine Gedanken rasten. Was hatte ich übersehen? Ich versuchte, mich an jedes Detail des Gesprächs zu erinnern, das Gianna mit den beiden Männern geführt hatte. Und dann, ganz plötzlich, wusste ich die Antwort. Nicht das Gespräch war der Schlüssel, sondern ihre Bemerkung am Anfang ihrer Nachricht auf meiner Mailbox: *Es war kein Zufall, dass ich dich gestern im Hotel besucht habe. Ich wollte dich bitten, mir zu helfen.*

»Möglicherweise hat Gianna etwas mit dem Diebstahl der Himmelsscheibe zu tun«, erwiderte ich endlich mit krächzender Stimme. »Aber wenn, dann wurde sie unter Druck gesetzt. Schließlich hat sie mich um Hilfe gebeten.«

Rotolo lächelte wieder. »Tatsächlich? Auch das könnte Teil ihres Plans sein. Frauen sind in der Verfolgung ihrer Ziele häufig sehr kreativ.«

»Gianna hat mich nicht belogen«, behauptete ich.

»Wie man es nimmt. Was ist mit dem Sender?«

»Sie hat ihn schließlich abgeschaltet.«

»Wie kommen Sie darauf?«

Ich berichtete ihm von meiner nächtlichen Beobachtung.

»Möglich. Aber erst hat sie ihn Ihnen untergeschoben«, stellte er lakonisch fest.

»Das könnte auch jemand anderes getan haben. Der Kellner im Restaurant, Paolo Meozzi, was weiß ich.«

Wieder ein hintergründiges Lächeln. »Aber wir sind uns einig, dass Signora Rossi von dem Sender wusste?«

Widerstrebend stimmte ich zu.

Rotolo lehnte sich zurück, stopfte die Pfeife nach und hielt ein brennendes Streichholz über den Pfeifenkopf. Blauer Qualm stieg auf.

»Es liegt auf der Hand. Die Dottoressa wollte Sie aushorchen.«

»Und der Überfall?«

»Überfall? Ja, ja, der Glaube versetzt bekanntlich Berge. So sagt man doch bei Ihnen in Deutschland, nicht wahr? Waren Sie bei diesem Überfall dabei? Natürlich nicht. Nichts ist einfacher, als ein solches Telefonat zu fingieren. Der einzige Hinweis, dass das Telefonat wirklich von Frau Rossis Wohnung aus geführt wurde, ist der Klang der Türglocke. Aber der lässt sich mit einem Rekorder aufzeichnen und an irgendeinem anderen Ort wieder abspielen. Das kann jedes Kind.«

»Und der Schuss?«

Rotolo beugte sich nach unten und hantierte an der Schreibtischtür. Plötzlich war ein lauter Knall zu hören.

Ich zuckte zusammen.

Der Kommissar tauchte wieder auf, zwei Gläser in der einen und eine Flasche Rotwein in der anderen Hand. »Wir haben den Bandmitschnitt des Anrufs von Signora Rossi analysiert. Mit siebzigprozentiger Wahrscheinlichkeit handelt es sich bei dem Knall, der zu hören ist, nicht um einen Schuss aus einer Waffe mit einem Explosivgeschoss.«

»Was war es dann?«

»Keine Ahnung. Vielleicht der Korken einer Rotweinflasche. Möchten Sie einen Schluck?« Ohne meine Antwort abzuwarten, schenkte er ein. »Signora Rossi ist die einzige Person, die jederzeit Zugang zu dem Lagerraum hatte, in dem sich die Himmelsscheibe befand.« Er hob das Glas und trank einen Schluck. »Ich bin mir sicher, dass sie die Scheibe entwendet hat.«

»Wie soll sie das angestellt haben?«

»Sie haben doch das Überwachungsvideo gesehen. Ist Ihnen da nichts aufgefallen?«

»Nein, warum?«

»Frau Rossi trug ihren Mantel.«

»Na und? Wir haben November.«

»Sie hat eine Skulptur von ihrem Büro in das Lager geschafft. Danach ist sie nach ihrer eigenen Aussage wieder in ihr Büro zurückgekehrt. Sie blieb im Haus. Das Museum ist beheizt. Warum also hatte sie einen Mantel an?«

Ich dachte an den feuchten Kellergang. »Vielleicht war ihr schlicht dort unten kalt?«

»Die Überwachungskameras zeigen, dass sie den Kellergang nicht benutzt hat. Sie ist über die Straße gegangen.«

»Na bitte«, triumphierte ich. »Bei dem Wetter!«

»Herr Büsing, es tut mir leid, Sie enttäuschen zu müssen. Das Wetter ist erst am Montag dieser Woche umgeschlagen. Donnerstag, der 13. November, der Tag, an dem die Himmelsscheibe verschwunden ist, war einer der wärmsten Tage seit Langem. Wir hatten über zwanzig Grad. Es gab für Signora Rossi nur einen Grund, einen Mantel zu tragen: Sie wollte die Himmelsscheibe darunter verbergen!«

Mir gingen die Argumente aus. »Aber das müsste man doch sehen«, sagte ich mit matter Stimme. »Das Ding wiegt zwei Kilo.«

»Ein Rucksack unter dem Mantel, eine eingenähte Tasche oder sie hat die Scheibe mit Leukoplast am Körper befestigt – es gibt genug Möglichkeiten, die Scheibe zu transportieren, ohne dass es Auswirkungen auf den Gang hat.«

Jetzt nahm ich auch einen Schluck von dem Rotwein. »Aber falls dieser Überfall tatsächlich fingiert gewesen sein sollte. Was macht so ein Theater für einen Sinn?«

Rotolo nippte an seinem Glas. »Das würde ich auch gern wissen.«

8

Einer plötzlichen Eingebung folgend, ließ ich mich von Marcello zum Archäologischen Museum fahren. Natürlich ging ich nicht davon aus, Gianna dort zu finden, aber einen anderen Anhaltspunkt für eine Suche hatte ich nicht. Schließlich wusste ich ja noch nicht einmal, wo sie wohnte. Eigentlich waren es aber mehr meine Unruhe und dieses quälende Gefühl der Hilflosigkeit, die mich dorthin zogen. Blinder Aktionismus, dachte ich und schüttelte über mich selbst den Kopf. Trotzdem ließ ich von meinem Vorhaben nicht ab.

Der Pförtner erkannte mich wieder. Wie nicht anders zu erwarten war, verneinte er meine Frage, ob sich Dottoressa Rossi im Haus befände. Aber Signore Meozzi sei im Haus. Ob ich vielleicht ihn sprechen wolle? Ich bestätigte und der Mann griff zum Telefonhörer, um mich anzumelden.

Paolo Meozzi arbeitete auf demselben Stockwerk wie Gianna, nur ganz am Ende des Ganges. Um ihn zu erreichen, musste ich die Tür zu ihrem Büro passieren. Für einen Moment blieb ich davor stehen und musterte nachdenklich ihr schon leicht vergilbtes Namensschild. Dann klopfte ich. Als niemand reagierte, drückte ich vorsichtig die Klinke hinunter. Ich hätte es mir denken können. Das Zimmer war verschlossen.

»Sie ist nicht da.«

Ich drehte mich um. Ohne dass ich ihn bemerkt hatte, war Paolo Meozzi in den Flur getreten und lehnte am Türrahmen zu seinem Büro, eine Zigarette in der rechten Hand. Bisher war mir nicht aufgefallen, dass er rauchte.

Meozzi sprach Englisch. »Gianna ist schon seit zwei Tagen nicht zur Arbeit gekommen«, erklärte er. Seine Stimme klang matt. »Gestern war die Polizei hier. Sie haben sich nach ihr erkundigt. Ich nehme an, Ihr Besuch hat ebenfalls etwas mit Giannas plötzlichem Verschwinden zu tun?«

Als ich nickte, setzte er fort: »Ich kann Ihnen nicht helfen. Ich weiß nicht, wo sie steckt. Gianna hat mir nichts gesagt. Gar nichts! Das war früher einmal anders. Aber in letzter Zeit ...« Er ließ den Satz unvollendet und zog an seiner Zigarette. »Sie sehen, ich kann nicht helfen. Ich kann nicht, aber ich will auch nicht, Herr Büsing.«

»Warum nicht?«

»Das ist eine sehr indiskrete Frage.«

»Stimmt. Entschuldigen Sie. Können wir uns trotzdem unterhalten?«

Paolo Meozzi zögerte einen Moment, trat aber dann zur Seite. »Kommen Sie.«

Sein Büro bildete den krassen Gegensatz zu Giannas Arbeitsraum. Bei ihm lag nichts herum. Der Schreibtisch war, von einem kleineren Papierstapel, drei Karteikästen und einem Laptop abgesehen, leer. In den Regalen standen die Bücher und Aktenordner akkurat nebeneinander. Selbst die Stühle am kleinen Besprechungstisch sahen aus, als ob sie mit dem Lineal ausgerichtet worden wären. Meozzi schien ein Ordnungsfanatiker zu sein.

Der Wissenschaftler zeigte auf einen der Sitzplätze. »Bitte.«

Mir fiel der überquellende Aschenbecher auf, der auf dem Tisch stand und einen deutlichen Kontrast zu dem Gesamteindruck des Büros bildete.

Der Wissenschaftler schob sich ebenfalls einen Stuhl zurecht und drückte die erst halb gerauchte Kippe aus. »Was also wollen Sie von mir?«

Im Grunde wusste ich das selbst nicht.

»Es geht um die Himmelsscheibe«, stellte er fest. »Sie verdächtigen Gianna, nicht wahr?«

Ich dachte an Rotolos Argumentation, die einen stärkeren Eindruck bei mir hinterlassen hatte, als ich es wollte. Aber mir ging es in erster Linie gar nicht mehr um die Scheibe und den Auftrag der *Versicherung AG*, sondern um Gianna. Eigentlich nur um sie.

Paolo Meozzi interpretierte mein Zögern falsch. »Das dachte ich mir.« Er zündete sich eine neue Zigarette an und inhalierte einen tiefen Zug. Seine Hände zitterten. Die Anspannung in seinem Gesicht war nicht zu übersehen. »Ich kenne sie besser als Sie und die Polizei, glauben Sie mir. Gianna ist keine Diebin. Sie würde nie für Geld stehlen.«

Dann für etwas anderes?, schoss es mir durch den Kopf. Meozzi schien der Widerspruch, der in seinen beiden letzten Sätzen lag, nicht bewusst zu sein.

»Gianna stammt aus einer zwar nicht reichen, aber ziemlich wohlhabenden Familie«, erläuterte er weiter. »Sie ist das einzige Kind und damit Alleinerbin. Ihre Mutter besitzt in Bergamo ein großes Haus in exponierter Lage, Gianna hier in Florenz eine Eigentumswohnung, die – soweit ich weiß – bezahlt ist. Außerdem ist die Scheibe quasi unverkäuflich.«

Ich ärgerte mich. Warum erzählte Meozzi mir das? Hatte ich den Verdacht geäußert, dass Gianna aus Geldgier stehlen würde? Wenn sie etwas mit dem Verschwinden der Scheibe zu tun hatte, mussten andere Gründe dahinterstecken. Das stand für mich sowieso außer Zweifel, dazu bedurfte es nicht der Ausführungen eines Paolo Meozzi. Aber noch war ich mir keinesfalls sicher, ob Gianna überhaupt in diese Sache verwickelt war. Deshalb fiel meine Reaktion heftig aus. »Hören Sie auf mit dem Blödsinn!«, stieß ich hervor. »Die Scheibe interessiert mich im Moment einen Dreck. Ich will wissen, wo Gianna ist.«

Meozzi wirkte überrascht. Ob das an der Lautstärke oder dem Inhalt des Gesagten lag, wusste ich nicht. Aber ein Teil der Anspannung wich aus seinem Gesicht. Fast sah es so aus, als ob er sich amüsierte. Er musterte mich aufmerksam. Dann stellte er ruhig fest: »Sie haben mit ihr geschlafen.«

»Hören Sie sich das hier an.« Ich reichte ihm als Antwort das Handy mit der aufgezeichneten Nachricht Giannas.

Meozzi ignorierte das Telefon. »Haben Sie?«

»Ja, verdammt nochmal! Aber was geht Sie das an?«

»Eine Menge«, erwiderte er gelassen. »Wir sind verheiratet.«

Der Satz traf mich wie ein Faustschlag und ich schnappte im wahrsten Sinn des Wortes nach Luft. Als ich mich wieder gefangen hatte, fragte ich entgeistert: »Sie sind was?«

»Fassen Sie sich. Wir haben uns schon vor Jahren wieder getrennt. Genau genommen hat mich Gianna verlassen. Nur wegen des Kindes haben wir uns nicht scheiden lassen.«

Das war der Knock-out. »Sie ... Sie beide haben ein Kind?«

»Eine Tochter. Sie ist jetzt sieben und heißt Alessia.« Seine Stimme klang traurig. Dann brach es aus ihm heraus: »Alessia lebt seit unserer Trennung bei Giannas Mutter in Bergamo. Sie müssen wissen, Gianna war in erster Linie Wissenschaftlerin, dann Mutter und leider erst dann Ehefrau. Bis vor Kurzem habe ich unser Kind noch regelmäßig besucht. Aber in letzter Zeit war das Gianna nicht mehr recht. Sie sprach öfters von der Scheidung, die sie nun doch wolle, trotz Alessia.« Er stockte und kramte umständlich eine weitere Zigarette aus der Packung. »Ich habe meine Tochter schon länger nicht mehr gesehen. Vor etwa drei Wochen war ich das letzte Mal in Bergamo, ohne zu wissen, das auch Gianna dort war. Sie hat mich nicht ins Haus gelassen und mir gedroht, dass sie, sollte ich weiterhin ohne ihre Zustimmung versuchen, Kontakt zu Alessia aufzunehmen, unser Kind in ein Internat geben würde – im Ausland. Ich habe mich an ihr Verbot gehalten, auch wenn es mir fast das Herz gebrochen hat. Ich wollte sie beide nicht verlieren, verstehen Sie?« Er zog nervös an der Zigarette. »Gianna hat sich in den letzten Monaten verändert. Sie erzählte kaum noch von unserer Tochter, ging mir aus dem Weg. Und wenn wir uns allein trafen, gab es häufig Streit. So hart und unnahbar kannte ich sie gar nicht. Deshalb wüsste ich auch nicht, warum ausgerechnet ich Ihnen helfen sollte.«

Ich atmete tief durch. Sprach Paolo Meozzi wirklich von der Frau, mit der ich eine wunderschöne Liebesnacht verbracht hatte? Ich konnte es kaum glauben. Trotzdem hielt ich ihm erneut das Handy hin. »Sie sollten sich das wirklich anhören.«

Jetzt nahm er das Gerät entgegen.

Paolo Meozzis Gesichtsausdruck wechselte von verwundert zu erschrocken. Schließlich legte er mit einem leisen Stöhnen das Handy auf die Tischplatte und schob es mit zwei Fingern seiner linken Hand wieder zu mir zurück, so, als ob er etwas Dreckiges berührt hätte. Einige Sekunden fiel kein Wort.

Dann fragte ich in die Stille hinein: »Können Sie sich einen Reim darauf machen?«

Sein Blick war müde. Wortlos schüttelte er den Kopf.

»Welche Hilfe erwartet Gianna von mir? Wer oder was ist der Bewahrer? Um wessen Töchter geht es?«

Meozzi antwortete nicht.

»Aber Sie sind ihr Mann. Etwas muss Ihnen der Dialog doch sagen.« Hilflos steckte ich das Handy ein.

Erst jetzt brach Meozzi sein Schweigen. »Der Sender ...«

»Ja?«

»Vor einigen Tagen bin ich zufällig Zeuge eines Gesprächs zwischen ihr und Renaldo Schreiber geworden. Es ging um Minisender und ihre Leistung. Schreiber ist

Hobbyelektroniker, müssen Sie wissen. Er bastelt für alles Mögliche Schaltungen, vor allem Funksteuerungen für Flug- und Automodelle. Das halbe Museum hat er schon mit irgendwelchen elektronischen Spielereien beglückt. Gianna wollte wissen, welche Reichweite und Größe diese Minisender haben. Sie sagte, eine Freundin von ihr stehe kurz vor der Entbindung und wolle das Kinderzimmer überwachen. Da die Familie auf einem sehr weitläufigen Grundstück lebe, kämen die üblichen Geräte nicht infrage.«

»Und?«

»Schreiber gab ihr Tipps.« Er griff zu der nächsten Zigarette und steckte sie an.

»Könnte er Gianna einen solchen Sender auch besorgt haben?«

»Möglich wäre es. Aber so ganz verstehe ich nicht, warum der Sender in dem Gespräch erwähnt wird. Vor allem, warum die Männer Gianna vorwerfen, ihn abgeschaltet zu haben.« Er zögerte. »Ist das ein Schuss, der da zu hören ist?«

»Die Polizeiexperten meinen Nein.«

»Sie waren also schon bei der Polizei.«

Meine Gedanken flogen. Konnte ich dem Mann trauen? Rotolo gegenüber hatte ich noch erklärt, dass auch Meozzi mir den Sender untergeschoben haben könnte. Aber wenn ich ihn so ansah – er war augenscheinlich am Boden zerstört. Außerdem: Was hatte ich zu verlieren? Wenn er die Abhöraktion veranlasst hatte, kannte er ohnehin jedes Detail meiner Gespräche mit Rotolo und Gianna. Also berichtete ich ihm von meinem letzten Gespräch mit dem Commissario. Er hörte aufmerksam zu. Am Schluss meiner Erklärungen fragte ich ihn, einer spontanen Eingebung folgend: »Verraten Sie mir Giannas Adresse?«

»Wozu?«

»Wenn ich ehrlich bin: keine Ahnung. Um vor den Haus zu warten, mit den Nachbarn zu sprechen ...«

Meozzi nahm einen Zug. Dann fragte er: »Möchten Sie die Wohnung sehen?«

Erstaunt sah ich ihn an.

»Ich habe einen Schlüssel. Möchten Sie?«

»Selbstverständlich. Aber warum wollen Sie mir jetzt doch helfen?«

»Weil ich Angst habe, dass Gianna etwas zustoßen könnte.« Paolo Meozzi stand auf, öffnete einen Schrank und griff zu seinem Mantel. »Gehen wir?«

Wir nahmen das Taxi. Im Wagen spekulierten wir über die nahe liegende Frage, ob Gianna etwas mit dem Verschwinden der Himmelsscheibe zu tun haben könnte. Wir waren uns einig, dass das ziemlich wahrscheinlich war. Ebenso sicher erschien uns aber, dass sie unter Druck gesetzt worden war. Warum sonst hätte sie um Hilfe gebeten?

Giannas Wohnung befand in der Via dei Mortuli im westlichen Stadtteil L'Isolotto, südlich des Arno. Das Haus, in dem sie wohnte, war einer dieser Altbauten, deren Mauern sichtbar Geschichte atmeten.

»Es stammt aus dem frühen neunzehnten Jahrhundert«, erklärte Meozzi, als der Wagen anhielt. »Was meinen Sie, wird die Wohnung von der Polizei überwacht?«, fragte der Wissenschaftler besorgt.

»Möglich. Aber nicht sicher«, antwortete ich. »Das dürfte davon abhängen, wie stark der Tatverdacht gegen Gianna ist und welchen Erfolg sich die Polizei von einer

Observation verspricht. Doch selbst wenn – was macht das schon? Sie haben einen Schlüssel, sind damit autorisiert, Giannas Wohnung zu betreten, und ich begleite Sie. Wo liegt das Problem?«

Wir stiegen aus. Meozzi öffnete die Haustür und wir betraten den Flur. Der Geruch nach frischer Farbe hing in der Luft.

»Gianna wohnt im zweiten Stock.«

Das Treppenhaus war ein architektonisches Juwel: Boden und Treppenstufen in schneeweißem Marmor, ein mit Ornamenten verziertes, gusseisernes Geländer mit einem filigranen Handlauf aus fast schwarzem Teakholz als Abschluss, ausgearbeitete Stuckarbeiten an der Decke. Natürlich gab es keinen Fahrstuhl. Auf den Treppenabsätzen standen in großen Terrakottatöpfen die verschiedensten Grünpflanzen, auf die Licht durch fast raumhohe, bleiverglaste Fenster fiel.

Zwei Minuten später befanden wir uns vor Giannas Wohnungstür. Sie war nicht versiegelt. Paolo Meozzi drückte auf den Klingelknopf. Es erklang zweifellos genau dieselbe Türglocke, die auch auf meiner Mailbox zu hören war. Nachdem sich auch nach dem zweiten Läuten niemand rührte, schloss Meozzi auf.

»Gianna?«, rief er, als wir die Räumlichkeiten betreten hatten. Es kam keine Antwort.

Ich blieb in der noch offenen Tür stehen und sah mich um. Auch der Wohnungsflur wirkte großzügig und elegant. Auf dem hellem Marmor lag ein fast schwarzer, schwerer Läufer. Die Wände und Türen waren in Weiß gehalten. Neben einer Garderobe stand eine dunkle Eichenvitrine von etwa zwei Metern Höhe. Im Vorbeigehen warf ich einen Blick auf die darin zur Schau gestellten Gegenstände. Überrascht blieb ich stehen. Eingerahmt von sehr teuer aussehenden Glasskulpturen stand dort auf einem samtenen Sockel die gebeugte Figur eines unbekleideten Mannes. Auf seinem Rücken trug er eine Erdkugel: der Titan Atlas aus der griechischen Mythologie. Aber nicht die goldene Atlasstatue allein erregte meine Aufmerksamkeit, sondern die Tatsache, dass dutzende von stilisierten Erdkugeln, umgearbeitet zu Ringen, Anhängern, Ketten oder Ohrclips sorgsam auf den gläsernen Regalböden drapiert waren. Viele der Stücke ähnelten dem Kettenanhänger, den Gianna bei unserem Treffen im Hotel getragen hatte. Und immer wieder Atlas: aus Gold, Elfenbein oder Bronze. Sie hatte augenscheinlich ein Faible für diese Art von Schmuck.

Meozzi bemerkte mein Interesse. »Sie sammelt diese Dinger seit Jahren. Kurz vor unserer Trennung hat sie damit begonnen. Eine Marotte. Kommen Sie.«

Er ging voraus und wir betraten das Wohnzimmer. Der gleiche Marmor, weiß gestrichene Wände. Raumhohe Fenster mit bodenlangen, elfenbeinfarbenen Stores. Ein offener Kamin. Davor eine ebenfalls weiße Ledergarnitur, die auf einem hellen Berberteppich stand. Weiter hinten im Raum vor einer halb geöffneten Schiebetür, durch die ich Teile einer Kücheneinrichtung ausmachen konnte, ein Esstisch nebst Stühlen, Ton in Ton mit der restlichen Einrichtung. Lediglich die großformatigen Ölgemälde an den Wänden setzten farbliche Akzente. Nichts lag herum. Keine Zeitschrift, kein Buch. Jedes Möbel, jeder Gegenstand wirkte mit Bedacht gestellt. Mich erinnerte das durchgestylte Ambiente nicht nur wegen der Farbgestaltung ein wenig an den Operationssaal eines Krankenhauses. Die Ordnung, die hier herrschte, bildete einen erstaunlichen Gegensatz zum sympathischen Chaos in Giannas Büro. Sie schien zwei Leben zu leben.

»Hier ist ihr Handy.« Meozzi zeigte auf den Esstisch.

»Rotolo hat Recht«, stellte ich fest. »Keine Anzeichen für einen Überfall. Wenngleich …«

»Ja?« Meozzi sah mich aufmerksam an.

Ich dachte laut. »Der Marmor lässt sich leicht reinigen. Blutspuren sind vielleicht nicht auf den ersten Blick sichtbar. Wenn die Täter nun durch das Läuten des Hausmeisters gestört wurden? Möglicherweise blieb ihnen nach dem ersten Klopfen bis zum Öffnen der Tür genug Zeit, sich und Gianna zu verstecken. Dann warteten sie in aller Ruhe ab und schafften Gianna erst nach drei aus dem Haus. So wären sie auch den Handwerkern nicht begegnet. Außerdem hätten sie genug Zeit gehabt, den Tatort gründlich zu säubern.«

»Warum ist Rotolo nicht darauf gekommen? Das scheint doch nahe liegend zu sein«, bemerkte Meozzi.

»Nur dann, wenn man davon ausgeht, dass wir tatsächlich einen Schuss gehört haben. Außerdem: Vielleicht hat mir Rotolo nicht alles gesagt, was er weiß. Wäre doch möglich, oder?« Eigentlich sogar wahrscheinlich, dachte ich. »Darf ich einen Blick in die anderen Zimmer werfen?«

Mein Begleiter nickte und wir gingen in das gegenüberliegende Schlafzimmer. Auch hier war alles akkurat aufgeräumt. Für einen Moment blieben wir unschlüssig stehen. Meozzi fühlte sich augenscheinlich ebenso unwohl wie ich. Kein Wunder. Ein Schlafzimmer stand wie kein anderer Raum für die Intimsphäre eines Menschen.

Abrupt drehte ich mich um. »Arbeitete Gianna auch zu Hause?«

»Natürlich.« Er schien erleichtert, dass ich wieder hinausging.

Das Arbeitszimmer wirkte nicht ganz so aufgeräumt, unterschied sich aber dennoch erheblich von Giannas Büro im Museum. Es stand oder lag nichts auf dem Boden herum, die Bücher in den Regalen schienen nach Themenschwerpunkten sortiert, lediglich auf dem Schreibtisch fanden sich einige kleinere Papierstapel, die darauf hindeuteten, dass hier tatsächlich jemand gearbeitet hatte. Der Laptop war ausgeschaltet und nicht im Stand-by-Modus, wie ich nach einem Druck auf die Tastatur leicht feststellen konnte. Ich widerstand der Versuchung, den Rechner hochzufahren. Möglicherweise war er mit einem Passwort geschützt. Außerdem vermutete ich, dass Meozzi eine solche Aktion missbilligen würde, und ich wollte keinen weiteren Konflikt provozieren.

So schaute ich mir die Gegenstände auf dem Schreibtisch nur flüchtig an. Artikel auf Italienisch, die ich nicht verstand, ein aufgeschlagenes Buch mit Farbabbildungen berühmter archäologischer Funde, wie ich den in Englisch verfassten Bildunterzeilen entnehmen konnte.

Meozzi war im Türrahmen stehen geblieben. »Möchten Sie noch einen Blick ins Kinderzimmer werfen? Dann haben Sie alle Räume gesehen und wir können gehen.«

Ich wollte seiner Aufforderung gerade Folge leisten, als mein Blick auf eine Art Werbeprospekt fiel, der in einem Ablagekörbchen lag. Es war nicht der deutsche Text, der meine Aufmerksamkeit erregte, sondern der Name der Firma, für die da geworben wurde: Sozietät Stelade stand in großen, schwarzen Lettern auf dem Flyer. Und darunter, etwas kleiner:

Kundenorientierung, Qualität, Zuverlässigkeit, Fairness und Lösungsorientierung. Das sind die Werte, denen wir uns verpflichtet fühlen. Wir bieten übliche Branchenlösungen oder auf Ihr Unternehmen maßgeschneiderte Alternativen. Darüber hinaus sind wir für Sie da, wenn Sie mit Personalproblemen zu kämpfen haben. Coaching, Outplacementberatung oder Seminarorganisation. Wir sind Ihr kompetenter und innovativer Partner. Fragen Sie uns. Wir haben die Antworten.
Ihre Societaet Dr. H. Stelade.

Meine Gedanken überschlugen sich. Was, zum Teufel, suchte eine Werbebroschüre ausgerechnet der Unternehmensberatung, die zurzeit die Florentiner Filiale der Versicherung AG aufmischte, auf dem Schreibtisch Gianna Rossis? Ein Zufall war zwar nicht auszuschließen, aber so recht wollte ich nicht daran glauben. Und warum diese unterschiedlichen Schreibweisen des Wortes ›Sozietät‹? Ich sah zur Tür. Meozzi war mit seiner Zigarettenschachtel beschäftigt. Schnell nahm ich den Flyer aus dem Körbchen und steckte ihn ein.

»Darf ich mir das Bad ansehen?« Ich hatte noch nie von einem Entführungsopfer gehört, das seine Zahnbürste einpacken durfte.

Meozzi nickte.

Zahnbürste und Reinigungspaste befanden sich in einem Wasserglas, ein Kamm lag auf dem Waschtisch, daneben standen zahlreiche kleine Behälter, gefüllt mit Salben und Cremes. Auch einen Parfümzerstäuber konnte ich entdecken. Und in einem Regal fand sich ein Kulturbeutel. Das alles sprach dafür, dass Gianna nicht vorgehabt hatte, die Wohnung für längere Zeit zu verlassen.

»Suchen Sie etwas Bestimmtes?«, wollte Meozzi wissen.

Ich sprach meine Vermutung aus.

»Ich muss Sie enttäuschen«, antwortete Meozzi. »Das ist leider kein Beweis. Gianna hatte immer eine komplett gepackte Reisetasche mit Wäsche, frischen Jeans und Bluse im Kofferraum ihres Wagens. Natürlich inklusive einer zweiten Zahnbürste und ihrem Lieblingsparfüm. Sie fuhr oft direkt vom Museum für ein, zwei Tage fort. Sie ist eben ein vorausschauender Mensch, der keine Zeit verlieren will.« Er lächelte gequält.

Mir kam ein Gedanke. »Wo bewahrt sie ihren Autoschlüssel auf?«

»An ihrem Schlüsselbund.«

Was hatte Rotolo gesagt? Die Tür war ordentlich verschlossen worden. Also hatten entweder Gianna oder die Entführer die Schlüssel an sich genommen.

»Und wo parkt sie ihren Wagen üblicherweise?«

»Keine Ahnung. Sie sprach einmal von einer privaten Tiefgarage in der Nähe ihrer Wohnung, aber ich weiß nicht, wo die ist.«

Den Wagen konnte ich damit vergessen. Nach einem Fahrzeug zu suchen, das in irgendeiner unbekannten Garage abgestellt war, glich der berühmten Suche nach der Nadel im Heuhaufen. Ich drehte mich wieder zu Meozzi um. »Das Kinderzimmer befindet sich gegenüber?«

Auch dieser Raum wirkte seltsam unbewohnt. Zwar lagen viele Stofftiere herum und an den Wänden hingen Kinderzeichnungen, aber alles wirkte wie sorgfältig hingestellt. Leblos und tot. Ich sprach laut aus, was ich dachte.

»Sie haben Recht«, antwortete Paolo Meozzi. »Ich sagte Ihnen ja bereits, dass Alessia bei ihrer Großmutter lebt. Dieses Zimmer wird nur genutzt, wenn sie ihre Mutter besucht. Aber auch das ist selten geworden in letzter Zeit.« Er kämpfte sichtbar mit seinen Gefühlen. »Bitte, lassen Sie uns gehen. Ich ... Wir hätten nicht hierher kommen sollen. Es war nicht richtig.«

Im Treppenhaus hatte eine Frau mittleren Alters begonnen, die Fenster zu putzen. Sie stellte Leiter und Putzeimer beiseite, damit wir passieren konnten. Trotzdem musste ich einen der offen stehenden, breiten Fensterflügel ein wenig schließen. Nur deshalb konnte ich das Metallrost ausmachen, welches unterhalb des Fensters verlief. Ich beugte mich nach draußen und sah nach oben. Auf jeder Etage befand sich eines dieser Roste von etwa einem halben Meter Breite und drei Metern Länge. Gehalten wurden die Gitter durch vier Säulen, die vom Erdboden bis zur obersten Etage des Hauses reichten. Jedes dieser direkt unter den Flurfenstern angebrachte Roste führte zu einer Wendeltreppe, die sich ebenfalls über die ganze Höhe des Hauses erstreckte. Die Feuerschutztreppe, die Rotolo erwähnt hatte. Darüber konnte man ungesehen das Haus verlassen. Nachdenklich ging ich weiter. Die potenziellen Täter hätten, sofern Gianna noch in der Lage gewesen war zu gehen, mit ihr ganz leicht über die Fluchttreppe verschwinden können. Den Handwerkern, die die Eingangstür gestrichen hatten, wäre das vermutlich nicht aufgefallen. Und auch die andere Möglichkeit, sich in der Wohnung zu verstecken und einfach abzuwarten, war ja denkbar. Auf jeden Fall war Rotolos Beweisführung, dass Gianna keine Besucher gehabt haben konnte, nicht ohne Mängel. Plötzlich schoss mir ein weiterer Gedanke durch den Kopf. Was hatte der Kommissar gesagt? *Wenn wir unterstellen, dass alle Beteiligten die Wahrheit gesagt haben.* Und wenn nicht? Ich nahm mir vor, mit dem Hausmeister zu sprechen.

»Rotolo sprach von dem Hausmeister, einem gewissen Fiori. Kennen Sie den Mann?«

»Nein.«

»Wohnt er ebenfalls in diesem Haus?«

»Ich habe keine Ahnung. Schauen Sie auf die Klingelknöpfe.«

Wie sich herausstellte, lebte Fiori in einer Wohnung im Parterre. Es öffnete jedoch niemand. Diesen Besuch würde ich also wiederholen müssen.

Als Marcello wieder vor dem Museum hielt, war es später Nachmittag. Auf meine Frage erwiderte mir Meozzi leicht verwundert, dass von der Museumsleitung niemand mehr anwesend sei. Auch Schreiber sei mit Sicherheit nicht mehr da. Es sei schließlich Freitag. Bis Montag würde in der Verwaltung nicht gearbeitet. In Deutschland hätten die Mitarbeiter solcher Institutionen doch an den Wochenenden bestimmt auch frei, oder?

Ich antwortete nicht, sondern dachte darüber nach, dass ich an einem toten Punkt angekommen war. Eine Reaktion auf die Zeitungsanzeigen dürfte erst in einigen Tagen erfolgen. Das sagte mir meine Erfahrung. Schließlich hatte ich schon ein paarmal mit ähnlichen Fällen zu tun gehabt.

Commissario Rotolo würde mir zum gegenwärtigen Zeitpunkt keine weiteren Informationen geben, da war ich mir sicher. So gut konnten Dermöllers Kontakte zur hiesigen Justizadministration gar nicht sein, als dass mich die an der Fahndung nach Gianna teilnehmen lassen würde. Wenn sie denn überhaupt nach ihr suchten.

Auch Kumpmann dürfte bei den Banken und Versicherungen noch nichts erfahren haben, sonst hätte er sich gemeldet. Und die italienische *Schufa* arbeitete bestimmt nicht an Wochenenden.

Meozzi stieg aus und beugte sich noch einmal ins Wageninnere. »Wenn Sie etwas von Gianna hören sollten …«

»Gebe ich Ihnen Bescheid, natürlich.« Endlich fiel mir etwas ein. »Sie haben doch sicher auch die Adresse von Giannas Mutter?«

»Si.«

»Würden Sie sie mir geben?«

Meozzi schüttelte den Kopf.

Ich konnte ihn sogar verstehen. »Und die von Renaldo Schreiber?«

»Die weiß ich nicht«, sagte er brüsk und wandte sich ohne Abschied zum Gehen.

»Trotzdem ein schönes Wochenende«, murmelte ich. Aber der Wissenschaftler hörte mich nicht mehr.

Ich sah ihm nach, bis er im Museumsgebäude verschwunden war. »Fahren Sie mich bitte ins Hotel, Marcello. Vor Montag brauche ich Sie nicht mehr.«

Mir blieb nur Hoffen und Warten. Hoffen auf einen Anruf Giannas, der alles aufklärte. Warten auf eine Kontaktaufnahme seitens der Artnapper, auf das Ergebnis von Kumpmanns Recherchen, auf den kommenden Montag. Vor mir lagen mehr als sechzig lange Stunden.

Eine schwarzhaarige Schönheit an der Rezeption reichte mir den Schlüssel. »Herr Büsing, heute Mittag wollte Sie jemand sprechen«, sagte sie.

Für einen Moment stand mein Herz still. Gianna! »Hat die Dame etwas für mich hinterlassen?«

Die Hotelangestellte schaute mich irritiert an. »Das war keine Dame. Ein Herr war hier. Ich habe ihm erklärt, dass Sie unterwegs seien. Ich habe ihn nach seinem Namen gefragt. Daraufhin sagte er nur, er würde sich wieder melden.«

Wer, zum Teufel, kannte meine Hoteladresse? Dermöller, klar. Dann Rotolo. Und Gianna natürlich. Möglicherweise Kumpmann, der sie von meinem Auftraggeber erfahren haben könnte. Aber sonst? Es fiel mir niemand ein. Deshalb fragte ich: »Können Sie den Herrn beschreiben?«

Die Angestellte dachte nach. »Er war …« Sie suchte nach Worten. »Er war sehr groß. Und dünn. Wirklich sehr dünn. Wie ein Skelett sah er aus. Lange, blonde Haare. Und …« Sie zögerte wieder. »Ich möchte wirklich nicht schlecht über Ihren Besuch sprechen, aber …«

»Ja?«

»Er hat nicht besonders gut gerochen.«

Das Bild eines großen, abgemagerten Mannes mit schulterlangem Haar in einem grauen Kittel drängte sich mir auf. Ein Mann, der nach Schweiß stank und den ich vor zwei Tagen im Keller des Archäologischen Museums gesehen hatte. Die Beschreibung passte zu hundert Prozent auf den Lagerverwalter Renaldo Schreiber. Warum wollte der Mann mich sprechen?

»Um welche Uhrzeit war der Herr denn hier?«, erkundigte ich mich.

Sie sah auf ihren Notizblock. »Es war kurz nach zwei.«

113

Ich bedankte mich und ging Richtung Bar. Wie an den Vortagen waren auch heute nur wenige Gäste anwesend. Ich bestellte ein großes Bier, zog den Flyer, den ich aus Giannas Wohnung mitgenommen hatte, aus der Tasche und las. Bei dem Prospekt handelte es sich um eine dieser typischen Werbebroschüren, in denen auf vier knappen Seiten die Arbeitsschwerpunkte eines Unternehmens dargestellt wurden. In diesem Fall die der Unternehmensberatung *Sozietät Stelade*. Wie viele der kleineren Beratungsfirmen versuchte sich auch die *Sozietät Stelade* auf verschiedenen Gebieten und bot ihre Dienste nicht nur einer bestimmten Branche an. Die Firma hatte ihren Stammsitz in Regensburg, war aber nach eigenen Angaben weltweit tätig. Glaubte man den Werbeaussagen, arbeiteten natürlich nur ausgewiesene Experten für die Firma, Fachleute mit vielen Jahren Berufserfahrung. Ich musste grinsen, da ich schon anderes über solche Consultants gehört hatte. Da tummelten sich Theologen, Pädagogen oder Juristen neben Betriebs-, Volkswirten und Naturwissenschaftlern, vorwiegend junge Leute ohne jede Berufserfahrung, die zum Teil direkt von der Universität weg engagiert wurden. Ich trank einen großen Schluck. Gab es einen Zusammenhang zwischen den Aktivitäten der *Sozietät Stelade* in der Filiale der *Versicherung AG*, dem Diebstahl der Himmelsscheibe und dem Verschwinden Giannas?

Obwohl ich mir drei weitere Gläser lang das Gehirn zermarterte, fiel mir keine überzeugende Antwort ein. Gianna hatte in Regensburg studiert, das wusste ich aus ihren Erzählungen. Vielleicht arbeitete einer ihrer Bekannten oder Freunde aus ihrer Regensburger Zeit für die Unternehmensberatung? Möglicherweise war sie so an den Flyer gekommen.

Das Klingeln des Handys riss mich aus meinen Überlegungen. »Hallo?«

»Spreche ich mit Herrn Büsing?«, fragte eine hohe Stimme, die mir bekannt vorkam.

»Ja.«

»Schreiber hier. Sie waren so freundlich, Ihre Telefonnummer in der Tageszeitung zu veröffentlichen.«

»Was wollen Sie?« Ich war wie elektrisiert. Gehörte Schreiber zu den Artnappern? War das der erste Kontakt?

»Sind Sie immer noch an der Himmelsscheibe interessiert?«

»Selbstverständlich.«

»Fein. Dann sollten wir uns treffen.«

»Wann immer Sie wollen. Kommen Sie in mein Hotel.«

»Ich glaube nicht, dass das eine besonders gute Idee ist.«

»Warum nicht? Wenn ich mich nicht irre, waren Sie doch bereits hier.«

»Richtig. Ich wollte mich etwas umsehen. Dabei ist mir einiges aufgefallen. Möglicherweise sind Sie nicht allein.«

»Wie soll ich das verstehen?«

»Vielleicht täusche ich mich, aber ich bilde mir ein, vor Ihrem Hotel einen Schatten gesehen zu haben.«

Ich verstand, was er meinte. Wahrscheinlich wurde ich von der Polizei überwacht. Ich hätte es mir eigentlich denken können. Rotolo wollte über mich an die Verbrecher herankommen. »Dann ist es auch möglich, dass unser momentanes freundliches Geplauder nicht unter uns bleibt.«

Er kicherte. »Das könnte gut sein. Deshalb sollten wir uns kurz fassen. An der Rezeption liegt eine Nachricht für Sie. Befolgen Sie die Instruktionen. Aber beeilen Sie sich. Wenn meine Vermutung korrekt ist, dürfte sich auch Ihr Schatten für meine Botschaft interessieren. Seien Sie vorsichtig.«

»Schreiber, wo ist Gianna?«

Es knackte. Er hatte das Gespräch unterbrochen. Etwas verwundert steckte ich das Handy weg. Vor wem wollte Schreiber mich warnen? Tatsächlich vor der Polizei? Ein etwas seltsames Verhalten für einen Verbrecher.

Auf dem Weg zur Rezeption kam mir die Schwarzhaarige bereits entgegen. Sie hielt einen Briefumschlag in der Hand. »Das ist vor fünf Minuten für Sie abgegeben worden.«

»Von dem Mann, der sich bereits nach mir erkundigt hat?«

»Nein. Von einem Taxifahrer.« Sie reichte mir den Umschlag.

Ich ging zurück in die Bar, bestellte noch ein Bier und riss das Kuvert auf. Darin lag ein maschinengeschriebener Zettel.

Morgen. Zehn Uhr vormittags. Dom in Florenz. Hauptaltar. Sie werden angesprochen. Schreiber.

Das war unmissverständlich.

Der ungewohnte Bierkonsum und der Verzicht auf eine warme Mahlzeit forderten ihren Tribut. Ich war zwar noch nicht betrunken, aber auch nicht mehr ganz nüchtern. Ein weiteres Bier und der Abend war gelaufen. Vielleicht sollte ich etwas essen gehen. Das erneute Piepsen meines Handys nahm mir die Entscheidung ab. Es war Kumpmann.

»Ich habe die Informationen, um die Sie mich baten«, stieß er hervor, nachdem wir uns begrüßt hatten.

»Tatsächlich? Damit habe ich so schnell gar nicht gerechnet. Sie sagten doch, dass Sie länger brauchen würden.«

»Ja. Das dachte ich auch. Aber dann war alles ganz einfach.«

»Prima. Lassen Sie hören.«

»Es gibt nichts zu berichten.«

»Was?« Ich fühlte mich auf den Arm genommen. Verärgert antwortete ich: »Aber Sie sagten doch gerade …«

»Ja, ja.« Kumpmann unterbrach mich hastig. »Ich meine etwas anderes. Renaldo Schreiber existiert nicht.«

»Wie soll ich das verstehen?«

»Natürlich gibt es eine Person, die im Museum arbeitet und sich Renaldo Schreiber nennt. Sie haben sie ja kennen gelernt. Aber dieser Renaldo Schreiber hat keinen Versicherungsvertrag, kein Bankkonto, keine Schulden, keinen Pkw, keine Rentenversicherung. Einfach nichts. Er ist in den Datenbanken, über die wir Informationen einholen wollten, einfach nicht existent. Verstehen Sie, den Mann gibt es eigentlich gar nicht.«

Das war in der Tat merkwürdig. Jeder lebende Mensch – und manchmal auch tote – hinterlässt einen Datenschatten in den elektronischen Netzen. Niemand, der einer geregelten Arbeit nachgeht, staatliche Leistungen bezieht oder Versicherungen in Anspruch nimmt, kann nicht existieren – egal ob ein Name falsch oder richtig ist. Das ist einfach unmöglich. Zumindest hatte ich das bis heute geglaubt. Renaldo Schreiber schien eine Ausnahme zu sein.

»Es gibt keinen Zweifel?«

»Nicht den geringsten.« Der Triumph in Kumpmanns Stimme war nicht zu überhören.

Noch einmal: Schreiber war doch im Museum angestellt. Dafür bekam er Gehalt, war kranken- und rentenversichert. Also musste er eine Spur in irgendwelchen Dateien hinterlassen haben. Kumpmann musste sich irren!

Ich verzichtete darauf, dieses Thema mit dem Filialleiter zu vertiefen. Vielleicht würde mir ein Gespräch mit der Museumleitung weiterhelfen.

»Eine andere Frage. Seit wann ist die Unternehmensberatung in Ihrem Haus?«

»Warten Sie, ich muss nachdenken. Seit drei, nein, vier Wochen.«

»Hat sie ihre Arbeit vor oder nach dem Abschluss des Versicherungsvertrages mit dem Archäologischen Museum aufgenommen?«

»Danach.«

Ich dachte daran, dass mir Gianna erzählt hatte, die Zusage des Museums in Halle sei erst vor etwa zwei Wochen erfolgt. Das passte nicht mit dem Zeitpunkt des Vertragsabschlusses zusammen. Ich fragte Kumpmann danach.

»Stimmt. Der Vertrag war unter dem Vorbehalt der Zustimmung aus Halle geschlossen worden. Wenn Sie so wollen, auf Vorrat.«

»Aha. Ist der Auftrag an den Unternehmensberater ausgeschrieben worden?«

»Ja. Es gab einen weltweiten Beauty-Contest.«

»Einen was?«

»Ein Auswahlverfahren, in dem die ihre Dienste anbietenden Unternehmensberater sich und ihre Strategie vorstellen. Das hat natürlich die Zentrale in Essen veranlasst. Die SoSt war mit Abstand der billigste Anbieter. Wir haben uns gefragt, wie die Firma bei den Preisen überhaupt ihre Kosten decken kann. Na ja, nicht unser Problem. Das extrem günstige Angebot war, soweit ich weiß, der entscheidende Grund für die Beauftragung.«

»Haben die Berater Kenntnis von den Versicherungsverträgen?«

»Die haben selbstverständlich Zugang zu allen Verträgen. Sie sollen schließlich auch unsere Geschäftskonditionen überprüfen. Das ist Bestandteil ihres Auftrages.«

»Verstehe. Dann kennen die Consultants auch die Vereinbarungen mit der Sicherheitsfirma?«

»Vermutlich.«

9

Wie schon bei meinem letzten Besuch vor einigen Jahren musste ich anstehen, um in den Dom gelangen zu können. Je weiter ich in Richtung Eingang vordrang, desto stärker wurde das Geschiebe. Die Porta del Campanile war ein regelrechtes Nadelöhr.

In dem Gemäuer war es dagegen vergleichsweise leer. Nur vor den Kunstwerken und dem Hauptaltar stauten sich Besuchergruppen um ihre jeweiligen Fremdenführer. Ein babylonisches Sprachgewirr erfüllte das Kirchenschiff.

Ich ging langsam zum Altar und beobachtete meine Umgebung. Schreiber war nicht zu entdecken. Ich sah auf die Uhr. Es war Punkt zehn. Unschlüssig blieb ich in der Nähe der Alten Sakristei stehen. Von hier konnte ich den hinteren Innenraum des Doms gut überblicken. Eine junge Frau in engen Jeans und mit einem Reiseführer in der Hand stand etwa zwei Meter von mir entfernt und schaute konzentriert in ihr Buch, dann wieder zum Altar. Sie machte zwei, drei Seitwärtsschritte und befand sich nun, den Rücken zu mir gewandt, weniger als eine Armlänge von mir entfernt.

»Wenn ich den Dom verlasse, folgen Sie mir«, sprach sie mich zu meiner Überraschung leise auf Deutsch an. »Wir gehen etwas spazieren. Halten Sie auf der Straße einen Abstand von etwa zwanzig Metern. Wenn wir sicher sind, dass Ihnen niemand folgt, wird Herr Schreiber Kontakt zu Ihnen aufnehmen. Und jetzt los.«

Mit schnellem Schritt ging sie zum Ausgang. Ich wartete einen Moment und befolgte dann ihre Anweisungen.

Etwa eine halbe Stunde marschierten wir kreuz und quer durch die Altstadt. Die junge Frau sah sich nicht nach mir um. Einige Stellen passierten wir zwei Mal, vermutlich damit verborgene Beobachter etwaige Verfolger besser ausmachen konnten. Schließlich erreichten wir den Piazzale Donatello in der Nähe der Universität. Der Straßenverkehr wurde in je zwei Spuren um den so genannten Friedhof der Protestanten, den *Cimitero degli Inglesi*, herumgeführt. Halb Florenz schien an diesem Samstagmorgen unterwegs zu sein. Bremsen kreischten, genervte Fahrer lieferten sich Hupduelle. Meine Führerin blieb stehen, griff zu ihrem Handy, sagte etwas, drehte sich dann zur Seite und gab mir durch eine Kopfbewegung zu verstehen, dass wir am Ziel unserer Wanderung angelangt waren. Dann verschwand sie im Menschengewühl.

Ich sah mich um. Am Rand des Friedhofs, etwa zwanzig Meter von mir entfernt, stand Renaldo Schreiber. Der Lagerverwalter war wie aus dem Nichts aufgetaucht. Er hob kurz die Hand und zeigte auf ein Café auf der anderen Straßenseite. Ich nickte und versuchte, durch den dichten Autoverkehr erst zur Platzmitte, dann weiter zu dem Café zu gelangen.

Schreiber lief vor mir und hatte gemeinsam mit anderen Passanten die Straße etwa zur Hälfte passiert, als ein dunkler Wagen mit quietschenden Reifen aus einer Seitenstraße um die Ecke schoss und auf die Stelle zuraste, an der sich die Gruppe gerade befand. Alles ging blitzschnell. Eine Frau schrie auf, Menschen sprangen zur Seite. Ein dumpfer Schlagwar zu hören. Entsetzt wurde ich Zeuge, wie der Wagen Schreiber erfasste. Die große Gestalt wurde hochgeschleudert, prallte erst gegen die Windschutzscheibe des Wagens, rutschte über das Autodach, schlug hart auf den Asphalt auf, überschlug sich mehrmals und blieb dann mit grotesk verrenkten Gliedern liegen. Der Unfallwagen dagegen raste mit unverminderter Geschwindigkeit weiter.

In Windeseile bildete sich ein Pulk Schaulustiger und der Verkehr kam zum Erliegen. Während ich mich nach vorn drängelte, nahm ich ein am Straßenrand liegendes Mädchen wahr, über das sich ein junger Mann beugte. Auch sie schien Opfer des Unfalls geworden zu sein.

Schreiber lag auf dem Rücken in einer Blutlache. Sein rechter Arm war nach hinten weggedreht. Das linke Bein war angezogen, aber vom Knie an abwärts aufgerissen. Blut schoss in kleinen, rhythmischen Fontänen aus der Wunde. Der rechte Oberschenkelknochen lag frei und stand in einem Winkel von etwa fünfundvierzig Grad ab. Das Bein wurde anscheinend nur noch durch Muskeln und Sehnen gehalten. Aber Schreiber lebte. Seine Augen waren weit aufgerissen. Aus dem Mundwinkel tropfte Blut. Sein Brustkorb hob und senkte sich in schneller Folge. Als ich die vordere Reihe der Gaffer durchbrochen hatte, erkannte mich der Lagerverwalter. Er versuchte, sich aufzurichten, aber es gelang ihm nicht. Mit einem tiefen Stöhnen fiel er zurück auf den Asphalt. Dann hob er den Arm und zeigte mit seinem knorrigen Zeigefinger auf mich. Laut und vernehmlich rief er auf Deutsch: »Der Name. Ein Anagramm.«

Sein Arm sackte kraftlos herunter. Schreiber stöhnte erneut und öffnete die Lippen, so als ob er noch etwas sagen wollte. Aber es war nur ein rasselndes Geräusch zu hören, als er Luft ausstieß. Ein Blutschwall schoss aus seinem Mund. Schreibers Blick wurde starr, sein Kopf rutschte zur Seite. Der Mann war tot.

Ich war wie gelähmt. Seine letzten Worte hatte Schreiber ohne jeden Zweifel an mich gerichtet. Aber was wollte er mir damit sagen? Welchen Namen hatte er gemeint? Und was war eigentlich ein Anagramm?

Immer noch stand ich fassungslos wenige Schritte von dem toten Lagerverwalter entfernt. Einige Passanten schauten neugierig in meine Richtung. Ihr Interesse an mir erlahmte jedoch in dem Moment, als sich ein Krankenwagen mit heulenden Sirenen einen Weg durch die Menge bahnte und an der Unfallstelle stoppte. Zwei Ärzte oder Sanitäter sprangen aus dem Fahrzeug. Der eine lief zu dem Mädchen am Straßenrand, der andere wandte sich Schreiber zu.

Ich drehte mich um und stolperte ziellos durch die Straßen, bis ich schließlich in einer Bar in Bahnhofsnähe landete. Ein Glas Rotwein half mir, wieder zu Sinnen zu kommen und meine Gedanken zu ordnen. Ich tastete in meinen Taschen nach meinem Handy, um Bastian anzurufen und ihn zu bitten, in einem Lexikon den Begriff Anagramm nachzuschlagen. Ich meinte, mich zu erinnern, dass es sich bei einem Anagramm um eine Art

Spiel mit Buchstaben handelte, aber ich wollte es sicher wissen. Schreibers letzte Worte waren wichtig, sonst hätte mich der Sterbende nicht direkt angesprochen. Oder hatte der Lagerverwalter im Todeskampf einfach halluziniert?

Ich trank noch einen Schluck Wein. Den Anruf bei Bastian musste ich verschieben. Mein Handy war anscheinend in meinem Hotelzimmer liegen geblieben. Ich ärgerte mich über meine Vergesslichkeit. Mit Gesten bat ich den Kellner um einen Zettel und schrieb, nachdem er mich endlich verstanden und einen Block auf den Tisch gelegt hatte, Fragen auf: War Schreiber Opfer eines Mordes oder eines Unfalls geworden? Was hatte der Lagerverwalter von mir gewollt? Hatte die Warnung, die er mir gegenüber am Telefon ausgesprochen hatte, etwas mit seinem Tod zu tun? War auch ich in Gefahr?

Ich starrte auf den Zettel. Wenn meine Vermutung richtig war und mich Schreiber auf eine Überwachung durch die Polizei hatte aufmerksam machen wollen, konnte ich die vorletzte Frage verneinen. Es sei denn, die Polizei war selbst in den Unfall verwickelt. Konnte das sein? Nein, so weit reichte meine Fantasie nicht. Ich strich die Frage durch.

Damit hatte sich eigentlich auch die letzte Frage beantwortet. Zwar war jeder Kontakt mit Kunsträubern nicht ohne Risiko und ich hatte auch bei früheren Fällen schon brenzlige Situationen erlebt, aber üblicherweise waren Artnapper an einer diskreten Abwicklung des Transfers ohne übermäßige Gewaltanwendung interessiert. Kunst gegen Kohle. Auf diesen einfachen Nenner ließ sich das Geschäftskonzept von Artnappern bringen.

Wenn sich die Bandenmitglieder nun zerstritten hatten und Schreiber ein Opfer dieses Streits geworden war? Das war denkbar. Aber war es auch wahrscheinlich? So kam ich nicht weiter. Unfall oder Mord? Ich wusste es nicht. Ich musste mich der Frage widmen, was Schreiber von mir gewollt hatte. Da war ich mir ziemlich sicher. Das war der Versuch einer ersten Kontaktaufnahme gewesen mit dem Ziel, meine Kompetenzen als Vermittler zu sondieren und ein erstes Angebot einzuholen.

Ich spekulierte weiter. Schreiber war kein Einzeltäter. Er hatte ja Helfer gehabt: die Frau zum Beispiel, die mich im Dom abgeholt hatte. Andererseits war es möglich, dass sie mit den Artnappern nichts zu tun hatte und lediglich für diesen Spaziergang angeheuert worden war. Und Gianna? Es sprach einiges dafür, dass sie in den Diebstahl der Himmelsscheibe verwickelt war. Vielleicht war sie sogar die Diebin. Wie auch immer. Wenn Schreiber also kein Alleintäter war, würden seine Partner mit mir Kontakt aufnehmen. An Letzteres glaubte ich felsenfest.

Ich orderte noch einen Roten und ein Taxi, das mich zurück ins Hotel bringen sollte.

Mein Handy lag wie erwartet in meinem Zimmer. Das Display zeigte an, dass neue Nachrichten in meiner Mailbox auf Abruf warteten.

»Erste Nachricht«, meldete die Frauenstimme. »Empfangen heute um 9.50 Uhr.« Der Anruf stammte von Marlene. Sofort packte mich das schlechte Gewissen. Nach dem vergeblichen Versuch vor vier Tagen hatte ich gar nicht mehr probiert, sie zu erreichen.

»Hallo, Jean-Paul«, hörte ich ihre Stimme. »Ich wollte unsere gemeinsame Sprachlosigkeit endlich durchbrechen und mit dir reden. Über uns. Schade, dass du nicht zu erreichen bist. Meldest du dich bitte? Bis dann.« Ich löschte die Aufzeichnung.

»Zweite Nachricht. Empfangen heute um 10.35 Uhr.« Das musste ungefähr der Zeitpunkt gewesen sein, als der Wagen Schreiber erfasst hatte. Mich schauderte.

»Guten Tag, Herr Büsing.« Eine mir unbekannte Frauenstimme. Sie sprach fehlerfreies Deutsch, aber mit deutlichem Akzent. »Ich bin Maria Rossi, Giannas Mutter.« Mir blieb fast das Herz stehen. »Gianna hat mich gebeten, mit Ihnen Kontakt aufzunehmen.« Maria Rossi redete sehr leise, flüsterte fast. »Ich muss Sie dringend sehen. Bitte rufen Sie mich zurück. Meine Nummer ist 390809. Bitte!«

Als sie geendet hatte, hörte ich der Mailboxstimme zu, die mir die Alternativen, wie ich mit dieser Nachricht verfahren konnte, aufzählte. Ich entschied mich für einen sofortigen Rückruf.

»Die Verbindung wird hergestellt«, erklärte die Frauenstimme.

Es knackte dreimal und ich hörte, dass der Ruf durchging. Nach wenigen Sekunden nahm jemand ab.

»Pronto?«

»Frau Rossi? Ich bin Jean-Paul Büsing.«

»Herr Büsing! Vielen Dank, dass Sie zurückgerufen haben. Ich habe Ihre Nummer von Gianna. Sie hat mir von Ihnen erzählt.«

»Wo ist sie? Kann ich sie sprechen?«

Ein kurzes Schluchzen war zu hören.

»Frau Rossi?«, fragte ich, als ich keine Antwort erhielt.

»Sie können sie nicht sprechen. Gianna ist nicht hier.«

»Wo ist sie denn?«

»Ich weiß es nicht. Deshalb habe ich Sie ja angerufen. Wir müssen reden. Aber nicht am Telefon. Bitte kommen Sie so schnell wie möglich zu mir. Ich wohne in Bergamo in der Via della Boccola, Nummer 23. Das ist in der Altstadt. In der Nähe des alten Rathauses. Kommen Sie?«

»Ja, natürlich«, versprach ich, ohne nachzudenken.

»Wann?«

»Wie lange fahre ich von Florenz nach Bergamo?«

»Mit dem Auto etwa drei Stunden.«

»Ich bin am späten Nachmittag bei Ihnen.«

»Vielen Dank. Auf Wiederhören.« Sie legte auf.

Ich überlegte einen Moment und rief dann Marcello an. Er war nach kurzen Verhandlungen über die Höhe der finanziellen Entschädigung zum Verzicht auf sein Wochenende bereit und sagte mir zu, mich in einer halben Stunde abzuholen. Also blieb Zeit genug, Bastian und Marlene anzurufen.

Als Bastian sich meldete, verstand ich ihn kaum, so laut spielte die Musikanlage im Hintergrund.

»Reduziere bitte den Geräuschpegel etwas. Ich möchte mich nicht schreiend mit dir unterhalten müssen.«

Seine Antwort ging im Bassbeat unter, aber kurz darauf wurde die Musik abgestellt.

»Hei, Alter. Immer noch in Italien? Du hast es echt gut, Mann. Was gibt's?«

»Kannst du mir einen Gefallen tun und etwas für mich nachschlagen?«

»Kein Problem. Was und wo?«

»In einem Lexikon. Ich muss wissen, was ein Anagramm ist.«

»Lexikon habe ich nicht. Ich sehe schnell im Netz nach. Dauert nur einen Moment. Anagramm, sagst du?«

Er wartete meine Antwort nicht ab, sondern drehte stattdessen seine Anlage wieder auf. Dumpfes Technogestampfe dröhnte durch den Hörer. Wie konnte ein halbwegs erwachsener Mensch solche Musik in dieser Lautstärke hören?, fragte ich mich nicht zum ersten Mal.

Drei Minuten später war er wieder am Apparat. »Ich habe es ausgedruckt. Mailen oder vorlesen?«

»Ich besitze keinen Laptop, wie du weißt.«

Bastian lachte. »Vorsintflutlich. Wie kann man nur ohne Netzzugang leben?«

»Das geht ganz gut. Immerhin habe ich in Herne einen Internetanschluss.«

»Den du aber so gut wie nie nutzt. Außerdem ist das Ding, das du Computer nennst, elektronische Steinzeit. Hättest du jetzt einen Laptop mit Modem oder Netzwerkkarte, hättest du dir den Anruf schenken können.«

»Ich weiß. Vielleicht lege ich mir ja demnächst so ein Ding zu. Also, was ist jetzt mit der Definition?«

»Hör zu: *Der Begriff Anagramm stammt vom griechischen ›anagraphein‹ – das heißt umschreiben – ab und meint eine rhetorische Figur, bei der ein Wort oder Satz durch die Umstellung seiner Buchstaben so verschlüsselt wird, dass sich daraus ein neuer Sinn ergibt.* Reicht dir das?«

»Ja, danke.«

»Prima. Sonst noch was? Ich will ja nicht unhöflich sein, aber ich habe noch etwas vor. Außerdem muss ich was für die Uni tun.«

»Nein. Einen schönen Tag wünsch ich dir.«

»Danke. Ebenso. Ciao.« Der Technobeat ließ meinen Handylautsprecher scheppern. Meinen Abschiedsgruß hörte mein Sprössling schon nicht mehr.

Zwar wusste ich jetzt, was ein Anagramm war. Aber welcher Name war verschlüsselt worden? Und warum?

Etwas zögernd drückte ich nun die Taste, um Marlene anzurufen. Sie nahm ab.

Nach dem Austausch der üblichen Höflichkeiten tröpfelte unser Gespräch so zäh dahin wie flüssiger Honig. Wir unterhielten uns über meinen abgebrochenen Juisturlaub, über Wein und die kulinarischen Köstlichkeiten der Toskana und über das Wetter in Deutschland und Italien. Von meinem Auftrag erzählte ich nichts. Denn dann hätte ich Gianna erwähnen müssen. Und das wollte ich unter allen Umständen vermeiden. Fast schien es mir, dass auch Marlene erleichtert war, als Marcello an die Tür klopfte und dieses eigentümliche Gespräch unterbrach. Wir hatten viel geredet und nichts gesagt.

Dann gab ich der Rezeption Bescheid, dass ich erst spät in der Nacht zurückkehren würde, und lieferte mich Marcello aus.

10

Die Fahrt verlief ohne besondere Vorkommnisse, von einigen mehr als waghalsigen Überholmanövern Marcellos und dem Ignorieren eines guten Dutzends roter Ampeln abgesehen. Mein Fahrer hatte einen Stadtplan von Bergamo besorgt, sodass wir die Via della Boccola schnell fanden.

Das Haus von Giannas Mutter verbarg sich hinter einer etwa drei Meter hohen, verwitterten Natursteinmauer. Ein fast ebenso hohes Tor aus kunstvoll geschmiedeten Eisenstäben erlaubte den Zugang zu dem Grundstück. Neben dem Eingang fand sich ein kleines Messingschild mit dem Namen *Rossi*. Eine Klingel suchte ich vergebens. Ich drückte die eiserne Klinke des Tores. Überraschend leicht ließ sich der Flügel aufdrücken. Vor mir lag ein breiter Kiesweg, der zum Haus führte. Unter einer mächtigen Platane stand ein Tisch aus Sandstein, davor zwei Bänke. Der Weg wurde flankiert von mehreren runden marmornen Säulen, auf denen unterschiedliche Figuren thronten: ein Fisch, ein Löwe, etwas, was ich für einen Ziegenbock hielt. Erst als ich eine Säule mit zwei identischen Menschenfiguren passierte, wurde mir klar, dass die Figuren die Sternzeichen symbolisierten. Also kein Ziegenbock, sondern ein Widder.

Auch an der Eingangstür des Wohnhauses konnte ich keine Klingel entdecken, dafür aber einen schweren Türklopfer in der Form eines Delfins. Ich ließ dessen Maul mehrmals gegen das Türblatt fallen und wartete. Momente später öffnete sich die Tür.

Die Ähnlichkeit zwischen Gianna und ihrer Mutter war frappierend. Maria Rossi war auch im Alter noch atemberaubend schön. Ihr tiefschwarzes Haar wurde von einigen grauen Strähnen durchzogen und war zu einem kunstvollen Knoten gebunden. Sie war schlank, groß gewachsen wie ihre Tochter und trug Jeans und einen dunkelblauen Rollkragenpullover. Dunkle Schatten lagen um ihre Augen.

Sie lächelte leicht, als sie mich begrüßte. »Herr Büsing, nehme ich an?«

»Ja.«

»Ich bin Maria Rossi, Giannas Mutter. Bitte treten Sie ein.«

Sie führte mich ins Wohnzimmer und bot mir einen Platz in einem Ledersessel an. In einem großen Kamin knisterte ein Feuer, das behagliche Wärme verbreitete.

»Ich habe mir gerade einen Tee aufgebrüht. Möchten Sie auch einen?«, fragte sie mich.

»Ja, bitte.«

Maria Rossi verließ das Zimmer, kehrte aber schon nach kurzer Zeit zurück und stellte eine weitere Teetasse auf den kleinen Tisch vor uns. Dann rückte sie einen zweiten Sessel näher und setzte sich ebenfalls. Wortlos schenkte sie Tee ein, schob die Zuckerdose in meine Richtung und musterte mich unverhohlen.

»Gianna ist verschwunden«, brach sie das Schweigen.

»Ich weiß«, antwortete ich und ärgerte mich im selben Moment, so etwas Banales entgegnet zu haben.

»Sie wollte mich am Donnerstag besuchen. Am frühen Nachmittag. Wir hatten ...« Sie machte eine Pause und senkte den Kopf. »Wir hatten etwas Wichtiges zu besprechen. Aber sie ist nicht gekommen.« Sie sah hoch und blickte mir in die Augen. »Ich muss etwas wissen. Wie stehen Sie zu meiner Tochter?«

Verlegen spielte ich mit dem Teelöffel. »Ich weiß nicht genau, wie ich Ihre Frage verstehen soll«, versuchte ich, Zeit zu gewinnen.

»Sie haben mit ihr geschlafen. Gianna hat es mir erzählt. Sie sagte mir auch, dass ich Ihnen vertrauen kann. Aber ich muss wissen, wie Ihre Gefühle für Gianna sind. Lieben Sie sie?«, fragte sie direkt.

Der Sessel wurde mir plötzlich zu eng. Nach einigem Zögern antwortete ich wahrheitsgemäß: »Ich kann es Ihnen nicht sagen. Nicht weil ich nicht will, sondern weil ich es nicht weiß.«

Maria Rossi schien enttäuscht.

»Ich weiß aber, dass ich eine tiefe Zuneigung für Gianna empfinde, wenn es das ist, was Sie hören wollen.«

»Es geht nicht darum, was ich hören möchte und was nicht. Ich möchte Klarheit darüber haben, ob Gianna Recht hat mit dem Vertrauen, das sie in Sie gesetzt hat«, erwiderte sie mit einer leichten Bitterkeit.

»Auf jeden Fall werde ich mich bemühen, dieses Vertrauen nicht zu enttäuschen.« Einem Impuls folgend, beugte ich mich vor und ergriff ihre Hände. »Ich kann Ihnen nicht sagen, ob das Gefühl, das mich mit Gianna verbindet, wirklich Liebe ist. Aber ich würde ihr niemals schaden. Das kann ich Ihnen versichern.«

Sie erwiderte meinen Blick. »Bene. Dann ist es gut.«

Unvermittelt stand sie auf. »Gianna hat mich am Donnerstag angerufen und ihren Besuch angekündigt. Sie wollte gegen halb drei in Florenz abfahren. Sie war sehr aufgeregt. Sie müsse mit mir reden, hat sie gesagt. Sollte sie sich verspäten oder nicht kommen, solle ich Sie anrufen. Sie würden uns helfen. Seit diesem Telefonat gibt es kein Lebenszeichen mehr von ihr. Was ist passiert?«

Ihre Bemerkung irritierte mich. »Eigentlich dachte ich, Sie könnten mir diese Frage beantworten.«

Maria Rossi schüttelte den Kopf. »Warum hat mir Gianna Ihre Telefonnummer gegeben?«

Ich zuckte mit den Schultern und antwortete: »Wann haben Sie genau mit ihr telefoniert?«

Sie dachte einen Moment nach. »Das war etwa eine Viertelstunde vor zwei. Vielleicht war es auch etwas später. Auf jeden Fall aber noch vor zwei Uhr.«

»Wissen Sie, ob Gianna von ihrer Wohnung aus angerufen hat?«

»Ja, natürlich. Deshalb bin ich mir ja sicher, dass wir noch vor zwei Uhr miteinander gesprochen haben. Um Punkt zwei war sie mit dem Hausmeister verabredet. Er wollte in der Wohnung etwas reparieren. Gianna war das nicht recht gewesen, ihre Zeit sei knapp, hat sie zu ihm gesagt, da sie ja zu mir wollte. Die Reparatur sei unaufschiebbar, meinte Signor Fiori. Keine große Sache, aber eben unaufschiebbar. Deshalb hat Gianna schließlich nachgegeben und ihre Abfahrt verschoben.«

Ich stutzte. Wenn mich meine Erinnerung nicht täuschte, hatte Rotolo die Zeugenaussage des Hausmeisters völlig anders wiedergegeben. Nicht der Hausmeister, sondern Gianna habe um den Termin gebeten, hatte der Commissario erzählt. Hatten vielleicht tatsächlich nicht alle Beteiligten die Wahrheit gesagt? Ich musste mich dringend mit diesem Hausmeister Fiori befassen.

Maria Rossi trat zu einem Eichenschrank, öffnete ihn und fragte: »Möchten Sie auch etwas Rotwein?«

Ohne meine Antwort abzuwarten, kehrte sie mit zwei Gläsern und einer Weinflasche an den Tisch zurück. Sie schenkte schweigend ein und trank im Stehen einen kleinen Schluck. Dann stellte sie das Glas zurück und nahm ihre Wanderung durch den Raum wieder auf. »Gianna hat sich seltsam benommen in letzter Zeit.«

»Wie meinen Sie das?«

»Sie hat mich kaum noch angerufen, wirkte, wenn sie mich besuchte, aufbrausend und gereizt. Wir hatten oft Streit. Vielleicht war es meine Schuld. Ich war dagegen, dass sie Alessia in das Internat gegeben hat.«

»Ihr Enkelkind lebt nicht mehr bei Ihnen?«, wunderte ich mich.

»Nein. Schon seit fast einer Woche nicht mehr. Sie ist …« Maria Rossi zitterte. Sie begann zu weinen. »Herr Büsing, ich muss wissen, ob ich Ihnen vertrauen kann. Ich muss es einfach wissen.«

Hilflos hob ich die Hände. »Was soll ich noch sagen?«

»Haben Sie Kinder?«

»Ja, einen Sohn. Er heißt Bastian.«

»Wie alt ist er?«

»Fast einundzwanzig.«

»Und seine Mutter?«

»Wir sind geschieden. Mein Sohn lebt bei ihr und ihrem neuen Partner.«

»Ich möchte nicht indiskret sein, aber warum haben Sie sich von Ihrer Frau getrennt?«

»Wir haben uns einfach auseinander gelebt. Vielleicht war es mein Beruf, vielleicht haben wir zu früh geheiratet, wer weiß. Aber irgendwann hatten wir beide das Gefühl, etwas in unserem Leben zu versäumen, wenn wir weiter zusammenblieben. Da haben wir uns getrennt.«

»Aber Sie haben noch Kontakt zu Ihrem Sohn?«

»Selbstverständlich. Wir sehen uns regelmäßig.« Ich musste grinsen. »Manchmal sogar zu regelmäßig.«

Maria Rossi zog die Augenbrauen hoch.

»Nehmen Sie das bitte nicht wörtlich. Ich liebe Bastian. Aber er hat seinen eigenen Willen und setzt ihn manchmal ohne Rücksicht auf die Gefühle anderer Menschen durch. Dann ist er unausstehlich.«

Sie nickte. »Das erinnert mich an Gianna. Sie war als Jugendliche auch so. Wenn Bastian in Schwierigkeiten wäre, würden Sie ihm helfen?«

»Was für eine Frage! Natürlich.«

»Herr Büsing, was ich Ihnen jetzt sage, muss unter uns bleiben. Ich flehe Sie an: kein Wort zu irgendjemanden. Vor allem nicht zur Polizei. Versprechen Sie mir das? Schwören Sie das? Beim Leben Ihres Sohnes?«

Maria Rossi sah mich flehend an. Tränen liefen über ihre Wangen. Trotzdem wirkte ihr Auftritt nicht übertrieben, nicht theatralisch. Sie meinte das, was sie sagte, ernst. Und ich konnte und wollte mich dieser verzweifelten Bitte nicht entziehen.

Mit belegter Stimme antwortete ich: »Ich schwöre es. Bei Bastians Leben.« Und ich kam mir bei diesen Worten nicht komisch vor.

»Bene. Dann ist es gut«, sagte sie zum zweiten Mal. »Bene, bene.« Sie setzte sich endlich und atmete hörbar durch. »Herr Büsing, Alessia ist auch weg.«

»Wie bitte?«

»Es ist etwa drei Wochen her. Gianna kam unangemeldet zu Besuch und teilte Alessia und mir völlig überraschend mit, dass meine Enkeltochter zukünftig ein Internat in Deutschland besuchen sollte. Gianna begründete ihre Entscheidung damit, dass sie sich nicht so um Alessia kümmern könne, wie es eigentlich notwendig sei. Und ich sei als Nonna, äh ... entschuldigen Sie, als Großmutter nicht die Richtige, ein junges Mädchen zu erziehen. Außerdem sei es gut für Alessia, wenn sie zweisprachig aufwachse. Das würde ihr in der Zukunft zusätzliche Chancen eröffnen. Und das Internat sei erste Wahl. Individuelle Förderung, zahlreiche Möglichkeiten der Freizeitgestaltung, ein angeschlossener Reiterhof. Ich fühlte mich überrumpelt und war auch getroffen über das, was sie über mich als Erziehungsperson gesagt hatte. Schließlich habe ich in den letzten Jahren für meine Enkelin gesorgt. Meine Tochter hatte dafür ja keine Zeit. Sie musste Karriere machen. Nur Paolo hat sich rührend um Alessia gekümmert. Obwohl ihn Gianna mehr als rüde abserviert hat.« Ihre Stimme klang bitter. »Aber lassen wir das. Meine Frage nach den Kosten für das Internat wischte Gianna mit einer Handbewegung beiseite. Ich solle mir darüber keine Gedanken machen. Das sei alles geklärt. Ich blieb trotzdem skeptisch und habe das Gianna auch immer wieder gesagt. Aber sie blieb hart. Alessia hingegen sprach in den nächsten Tagen von nichts anderem mehr. Sie ist sehr begeisterungsfähig. Wie ihre Mutter«, fügte sie mit einem Lächeln hinzu. »Allein die Aussicht, Pferde um sich zuhaben, hätte Alessia ohne Zögern um die halbe Welt reisen lassen. Letzten Dienstagabend war es dann so weit. Alessia fuhr mit einem Nachtzug von Mailand ab. Eine Freundin Giannas sollte sie am Mittwochmorgen in München am Bahnhof abholen. Aber das Kind ist dort nicht angekommen.« Maria Rossi weinte wieder. »Am Donnerstag rief mich Gianna dann an und erzählte mir, dass sie Alessia nicht freiwillig in das Internat nach Deutschland geschickt habe. Sie sei unter Druck gesetzt worden.«

»Womit?«, unterbrach ich sie.

»Ich habe keine Ahnung. Sie hat es mir nicht gesagt. Sie hat mir so vieles nicht gesagt.« Sie schluchzte laut auf. »Ich hätte Alessia nicht fahren lassen dürfen. Niemals!« Für einige Minuten war nur ihr leises Weinen zu hören. Dann hatte sich Maria Rossi wieder in der Gewalt. »Gianna wirkte in dem Gespräch zu allem entschlossen. Jetzt seien sie zu weit gegangen, meinte sie. Alessia sei entführt worden. Nun sei Schluss. Sie mache nicht mehr mit.«

»Wobei wollte sie nicht mehr mitmachen?«, fragte ich.

»Das wollte ich auch wissen. Doch sie hat mir darauf keine Antwort gegeben. Es sei besser, wenn ich das nicht wüsste, betonte sie mehrmals. Besser für mich und für Alessia. Aber sie müsse jetzt handeln.«

»Seit wann wusste Gianna, dass Alessia verschwunden ist?«

»Sie sagte, seit Mittwoch. Mittwochvormittag.«

Dienstags war ich in Montecatini Terme angekommen. Mittwochs war ich mit Gianna verabredet gewesen. Mir fiel das Telefongespräch ein, das sie in meiner Gegenwart in ihrem Büro im Museum geführt und sie für einen Moment völlig aus der Fassung gebracht hatte. »Wo befindet sich das Internat, das Ihre Enkelin besuchen sollte? In München?«

»Nein, in Regensburg.«

Regensburg! Wieder führte eine Spur in diese Stadt. Natürlich konnte auch das Zufall sein.

»Giannas Freundin wollte Alessia in München abholen, damit das Kind nicht auf einem fremden Bahnhof umsteigen musste. Die Schulleitung hatte sich zwar ebenfalls bereit erklärt, Alessia abholen zu lassen, aber Gianna wollte, dass ihre Freundin sie zum Internat bringt. Dummerweise hatte Claudia einen Unfall mit ihrem Wagen und ...«

»Claudia?«

»Ja. Claudia Taubenberg. Eine Studienfreundin, wie gesagt. Wegen des kaputten Fahrzeugs konnte sie nicht zur vereinbarten Zeit am Bahnsteig sein. Als sie endlich dort ankam, war Alessia schon nicht mehr da. Claudia hat dann sofort versucht, Gianna zu erreichen. Aber zu diesem Zeitpunkt wusste meine Tochter schon von der Entführung.«

»Kennt diese Freundin Ihre Enkeltochter?«

»Ja. Von einem Besuch hier bei mir in Bergamo. Trotzdem sollte Alessia ein Schild um den Hals tragen. Zur Sicherheit. Alessia hat sich dagegen mit Händen und Füßen gewehrt. Sie sei doch kein kleines Mädchen mehr, hat sie wütend erklärt. Aber Gianna hatte darauf bestanden. Und ich habe die Anordnung meiner Tochter unterstützt. Aber es hat nichts genützt. Alessia ist fort. Sie ...« Maria Rossi wischte sich mit einem Taschentuch die Tränen ab. »Gianna hat mir eingeschärft, mit niemandem, vor allem nicht mit der Polizei zu reden. Nur mit Ihnen dürfe ich im Notfall über alles sprechen. Und dann hat sie mir Ihre Telefonnummer gegeben. Das ist alles, was ich weiß. Können Sie sich einen Reim auf diese Geschichte machen?« Sie schaute mich hoffnungsvoll an.

Ich jedoch konnte nur den Kopf schütteln. »Nein, leider nicht.«

»Herr Büsing, die Polizei war bei mir. Vor drei Tagen. Die Beamten haben sich nach Giannas Schlüssel erkundigt, die sie bei mir vergessen hat. Hat das etwas zu bedeuten? Warum interessiert die Polizei Giannas Schlüsselbund? Ich habe Gianna gefragt. Sie ist mir ausgewichen. Es handele sich um Museumsschlüssel, darunter auch der Zentralschlüssel, hat sie mir erzählt, die von ihr als gestohlen gemeldet worden seien. Daraufhin habe die Museumsleitung Anzeige erstattet. Später habe sich Gianna daran erinnert, dass sie den Bund bei mir habe liegen gelassen. Die Anzeige sei daraufhin zurückgezogen worden. Aber die Polizei hätte, um die Akte schließen zu können, ihre Angaben überprüfen müssen. So eine Geschichte, Herr Büsing, kann man einem Kind erzählen, aber nicht mir. Wissen Sie etwas über diese Schlüssel und warum sich die Polizei dafür interessiert hat?«

Ich schüttelte erneut den Kopf und versuchte, ein möglichst glaubwürdiges Gesicht zu machen. Mir erschien es nicht ratsam, Maria Rossi von der gestohlenen Himmelsscheibe und dem Verdacht gegen Gianna zu erzählen. Ich wollte sie nicht noch mehr belasten. Außerdem fragte ich mich, warum Gianna ihre Mutter wegen eines vergessenen Schlüssels belogen hatte. Ein Szenario schoss mir durch den Kopf: Die Artnapper hatten Gianna unter Druck gesetzt, bei dem Diebstahl zu helfen. Möglicherweise hatten sie mit der Entführung des Kindes gedroht. Um dem zu entgehen, hatte Gianna ihre Tochter so schnell wie möglich aus dem Land bringen wollen. Irgendwie mussten die Verbrecher von dem Vorhaben erfahren und ihre Drohung in die Tat umgesetzt haben. Aber wo war Gianna jetzt? Weshalb war auch sie verschwunden?

Ich wechselte das Thema. »Haben Sie ein Foto von Gianna und Alessia? Und die Adresse von Claudia Taubenberg?«

Glücklicherweise funktionierte meine Taktik. Maria Rossi stand auf und fragte mich nicht weiter aus. »Einen Moment.« Sie verließ das Zimmer und kehrte kurz darauf mit dem Gewünschten zurück.

Ich warf einen Blick auf das Foto, das sie mir reichte. Es zeigte Gianna und ihre Tochter. Das Mädchen, ihre Mutter und ihre Großmutter waren sich so ähnlich, dass man glauben konnte, die drei seien ein und dieselbe Person in unterschiedlichen Lebensphasen. Faszinierend. Auf die Adresse von Claudia Taubenberg warf ich nur einen flüchtigen Blick und steckte den Zettel ein.

Schließlich gab mir Maria Rossi noch eine Werbebroschüre.

»Das Internat in Regensburg«, erklärte sie.

Ich sah mir das Faltblatt an. Einen Flyer dieser Aufmachung hatte ich schon einmal gesehen. Er ähnelte frappierend dem der Unternehmensberatung, den ich aus Giannas Wohnung mitgenommen hatte.

»Frau Rossi, ich werde alles tun, was in meiner Macht steht, damit Gianna und Alessia bald wieder bei Ihnen sind. Das verspreche ich.«

»Vielen Dank, Herr Büsing.«

Marcello wartete in seinem Wagen. Ich stieg ein und wir fuhren los.

»Wenn wir in Florenz sind, fahren Sie bitte noch zur Wohnung von Frau Rossi. Ich möchte mich mit dem Hausmeister unterhalten.«

»Si.« Marcello nickte. Dann setzte er hinzu: »Ich nicht glauben, dass der Mann Deutsch kann. Und bestimmt auch kein Englisch. Also, wie wollen Sie sprechen?«

Eine berechtigte Frage.

»Vielleicht sollen ich als Übersetzer ...?«

Nach kurzem Nachdenken stimmte ich zu. »Keine schlechte Idee. Danke für Ihr Angebot.«

»Bene.« Marcello steuerte den Benz durch die Mautstation auf die Autobahn.

Was erhoffte ich mir eigentlich von einem Gespräch mit Fiori? Wenn er die Polizei belogen hatte, würde er mir wohl kaum die Wahrheit sagen. Allerdings wäre es interessant zu wissen, warum er gelogen hatte. Möglicherweise gehörte er zu den Kerlen, die in Giannas Wohnung gewesen waren. Oder er war bestochen worden. Letzteres erschien mir am wahrscheinlichsten. Ein

Hausmeister als Kunstdieb oder Entführer passte nicht so recht in mein Weltbild. Natürlich war eine solche Einschätzung blödsinnig. Kunsträuber müssen keine Schöngeister sein. Und Kriminelle gibt es in allen sozialen Schichten. Sie können jeden Beruf ausüben. Also auch Hausmeister.

»Vielleicht sollten Sie sich auch noch in der Nachbarschaft etwas umhören, nachdem wir mit Fiori gesprochen haben«, sagte ich, einer plötzlichen Eingebung folgend, zu Marcello. »Was ist dieser Fiori für ein Mann, was hat er für Freunde, in welche Kneipe geht er, was erzählen sich die Leute über ihn? Würden Sie das für mich tun?«

»Si«, lautete die knappe Antwort.

Der Wagen glitt mit monotonem Brummen über die Autobahn. Ich lehnte mich zurück und schloss die Augen.

»Signor Büsing.«

Ich schreckte hoch. Anscheinend war ich eingeschlafen. Marcello hatte sich zu mir nach hinten gebeugt und mich leicht an der Schulter gerüttelt.

»Wir sind in Firenze. Die Via dei Mortuli ist zwei Straßen weiter. Aber Polizei steht vor dem Haus von Dottoressa Rossi. Ich dachte, besser hier zu parken, damit Sie nicht erkannt werden.« Er lachte. »Oder nicht?«

Ich richtete mich auf und versuchte, wach zu werden. »Doch, natürlich.«

»Bene. Isse vielleicht nicht so gute Idee, wenn Sie jetzt zu Fiori gehen. Polizei wird Sie bestimmt erkennen.«

Marcello hatte vermutlich Recht. Und vollständig unbeeindruckt hatte mich Rotolos Drohungen nun nicht gelassen. »Okay. Dann hören Sie sich in der Nachbarschaft um.«

Marcello öffnete die Fahrertür. »Ich bleiben nicht lange. Halbe Stunde vielleicht.« Der Taxifahrer zeigte zur nächsten Straßenecke. »Wenn Sie nicht im Auto warten wollen, da vorne ist Trattoria. Also, entweder Sie hier oder dort. Capice?«

Mein Fahrer hielt Wort. Fünfunddreißig Minuten später stand er wieder vor dem Wagen.

»Kommen Sie. Wir jetzt trinken eine Vino.«

Gehorsam folgte ich ihm in die Gaststätte. Wir bestellten Rotwein und setzten uns an einen einsamen Tisch am Fenster, direkt unter den Fernseher, der an der Wand hing und lief, obwohl sich keiner der Anwesenden für die Sendung zu interessieren schien.

»Der Hausmeister wohnt da, war aber nicht zu Hause«, begann Marcello den Bericht über seine Erkundung. »Ich haben einfach irgendwo geklingelt und Eingangstür ging auf. Dann haben ich an Fioris Tür gelauscht. Nichts gehört. Plötzlich ging Eingangstür wieder auf. Es war, wie sagt man, Untermieterin von Fiori. Wohnt auch da. War mit ihre Hund unterwegs. Hat natürlich gefragt, was ich wollte.« Er zeigte ein breites Lächeln. »Habe ich gesagt, ich sei Freund von Fiori und wäre verabredet gewesen. Und sie hat mir das geglaubt. Fiori heißen übrigens Vincente mit Vornamen.«

Marcello fuhr fort, dass die Untermieterin und der Hausmeister sich anscheinend nicht besonders gut verstehen würden. Erstere habe keine Gelegenheit ausgelassen, über ihren Vermieter herzuziehen: Irgendwie müsse er zu Geld gekommen sein, aber bestimmt nicht durch ehrliche Arbeit. Ständig fahre er neuerdings mit einem Cabrio durch die Gegend und stelle irgendwelchen jungen Dingern nach. Auch jetzt, um diese Zeit, sei er wieder unterwegs. Sogar seine Schulden in seiner

Stammkneipe habe er bezahlt. Und das sei nun wirklich ungewöhnlich. Früher habe er regelmäßig bei der *Banca Commerciale* vorgesprochen und um neue Kredite nachgesucht. Und nun das! Seine Schwester, die nur ein paar Straßen weiter wohne, habe behauptet, dass Fiori in der Lotterie gewonnen hat.

»*Banca Commerciale?*«, fragte ich nach.

»*Banca Commerciale Italiana.* Großes Banca in Italien. Ist gleich um die Ecke. Aber das mit Lotto hat die Untermieterin nicht geglaubt«, beendete Marcello seine Ausführungen. »Sie sagte, Fiori spiele keine Lotterie. Nie. Zu geizig dafür.« Er grinste wieder. »Hilft Ihnen das?«

»Ja. Das hilft mir sogar sehr.«

Vincente Fiori war also überraschend zu Geld gekommen. Ich griff zu meinem Handy, um Kumpmann anzurufen. Es müsste ihm eigentlich möglich sein, mehr die Geldgeschäfte Fioris herauszubekommen.

Kumpmann meldete sich erst, nachdem der Ruf ein gutes Dutzend Mal ertönt war.

»Herr Büsing, es ist neun Uhr!« Der Vorwurf in seiner Stimme war nicht zu überhören. »Ich … ich war schon im Bett.« Im Hintergrund rief eine weibliche Stimme.

»Verstehe. Ich werde Sie nicht lange aufhalten. Notieren Sie sich bitte folgende Adresse.«

Die Stimme im Hintergrund wurde drängender. »Einen Moment.« Kumpmann flötete etwas auf Italienisch. Dann sprach er wieder mit mir. »Ist das wirklich nötig, ich meine …«

»Es ist nötig. Sind Sie bereit?«

Der Filialleiter seufzte. »Warten Sie.« Der Hörer wurde beiseite gelegte. Es dauerte einen Moment, bis Kumpmann sich wieder meldete. »Schön. Was wollen Sie?«

Ich nannte ihm Namen und Adresse Fioris. »Ich möchte alles über sein Bankkonto wissen, was Sie in Erfahrung bringen können. Ein- und Auszahlungen der letzten Wochen, Überziehungen, Guthaben ...«

»Das ... das wird nicht so einfach sein, Herr Büsing.«

»Bei Schreiber waren Sie nicht so zurückhaltend.«

»Das können Sie doch nicht vergleichen. *Schufa*-Auskünfte einzuholen ist kein Problem. Aber vertrauliche Bankdaten ...«

»Das sehe ich nicht so. Dr. Dermöller wird geradezu begeistert sein über Ihre Kooperationsbereitschaft.«

Die Stimme im Hintergrund rief ungeduldig: »Andreas. Caro mio.«

»Aber mein Informant ... Außerdem weiß ich nicht, wo dieser Fiori sein Konto hat.«

»Wussten Sie bei der Recherche in Sachen Schreiber auch nicht«, antwortete ich trocken.

»Das war doch völlig anders gelagert«, stöhnte er weiter. »Da ging es nicht um die konkreten Geldbewegungen auf einem Konto, sondern ...«

»Ich weiß«, unterbrach ich ihn barsch. »Fiori hat sein Konto bei der *Banca Commerciale Italiana*. Ich brauche die Informationen bis Anfang der Woche.«

Kumpmann schluckte hörbar.

»Das machen Sie schon«, sagte ich gelassen. »Ich melde mich wieder bei Ihnen. Einen netten Abend noch. Und 'nen schönen Gruß an Ihre Freundin.«

Zurück im Hotel fiel mir der Flyer des Internats in Regensburg wieder ein. Ich durchsuchte den Schreibtisch nach dem Werbeprospekt der Unternehmensberater. Meine Erinnerung hatte mich nicht getrogen: identisches schwarzes Schriftbild auf hellblauem Grund. Auf der Rückseite das klein gedruckte Impressum: *Grafi-sches Design: Societaet Dr. H. Stelade, Regensburg. Druck: Stelade-Druck, Regensburg.*

Ich griff zur Internatsbroschüre. Tatsächlich! Das Impressum war textgleich: *Grafisches Design: Societaet Dr. H. Stelade, Regensburg. Druck: Stelade-Druck, Regensburg.*

11

Der Sonntagmorgen begann mit starkem Kaffee, einem mit Marmelade bestrichenen Hörnchen, einer deutschen Tageszeitung vom Samstag und dem Auftritt Commissario Rotolos. Plötzlich und unerwartet stand er neben meinem Tisch im Frühstücksraum des Hotels, flankiert von zwei uniformierten Polizisten.

»Sie haben zwei Möglichkeiten«, eröffnete er mir zur Begrüßung. »Entweder Sie kommen freiwillig mit ins Präsidium oder ich lasse Sie abführen. Wofür entscheiden Sie sich?« Er sah mich wütend an.

Ich zögerte keinen Moment und erhob mich. Den letzten Schluck Kaffee trank ich im Stehen. »Gehen wir.«

Dieses Mal fand die Unterhaltung nicht in Rotolos Büro, sondern in einem kargen, knapp zehn Quadratmeter großen Verhörzimmer statt, das kaum möbliert war: ein großer Tisch, der fast den ganzen Raum ausfüllte, darauf ein Mikrofon und ein Bandgerät, an den Tischlängsseiten je ein Stuhl. Helles Neonlicht. Und in der Ecke neben der Tür stand ein Carabiniere.

Der Commissario drückte die Aufnahmetaste des Rekorders. »Wenn ich mich recht erinnere, habe ich Sie mehrmals aufgefordert, nicht auf eigene Faust zu ermitteln«, startete Rotolo das Verhör. »Sie haben sich nicht daran gehalten, im Gegenteil. Was wollte Renaldo Schreiber von Ihnen?«

Auf diese Frage war ich nicht vorbereitet. Woher wusste die Polizei von meinem Kontakt zu dem Museumsverwalter? Ich entschloss mich, die Wahrheit zu sagen.

»Ich habe keine Ahnung. Er hat mich angerufen und wollte sich mit mir treffen. Schreiber hatte anscheinend Informationen über die Himmelsscheibe.«

»Renaldo Schreiber hat Sie, bevor er starb, angesprochen. Was hat er gesagt?«

Wurde ich beschattet? Es musste so sein. Woher sonst konnte Rotolo wissen, dass ich am Piazzale Donatello gewesen war? Ich zögerte mit meiner Antwort, da ich mir die englischen Worte sorgfältig zurechtlegen wollte.

Rotolo glaubte anscheinend, dass ich leugnen würde ,Schreiber überhaupt getroffen zu haben, griff zu einemAktenhefter, der neben ihm auf dem Tisch lag, und fischte mehrere Fotos daraus hervor. »Wir wissen, dass Sie am Unfallort waren. Hier, Sie sind sehr schön zu erkennen.« Er schob mir eines der Bilder zu.

Auf dem Foto war der im Sterben liegende Schreiber zu sehen, den Arm angehoben und den Mund geöffnet.

»Schauen Sie in die Richtung, in die Schreiber zeigt«, forderte mich Rotolo auf. »Gut getroffen, oder?« Er tippte mit dem Finger auf eine bestimmte Stelle.

Ich sah mir das Bild genauer an. Zwischen den Schaulustigen war mit etwas Fantasie mein Gesicht auszumachen. »Das soll ich sein? Ich bitte Sie. Die Abbildung ist doch völlig unscharf.«

»Diese ja.« Er reichte mir ein weiteres Foto. »Diese nicht. Vergrößert und nachbearbeitet. Zeugen bestätigen, dass Schreiber vor seinem Tod noch etwas auf Deutsch gesagt hat. Also, was hat er Ihnen zugerufen?«

Rotolo hatte Recht. Ich war auf dem Bild einwandfrei zu identifizieren. »Der Name. Ein Anagramm.‹ So lauteten seine letzten Worte. Bevor Sie mich danach fragen: Ich weiß nicht, was sie bedeuten.«

»Habe ich Sie richtig verstanden? Anagramm? Das Umstellen von Buchstaben?«

»Ich glaube schon.«

»Und auf welchen Namen spielte er an?«

»Ich sagte es doch schon: keine Ahnung. Beantworten Sie mir auch eine Frage?«

»Kommt darauf an.«

»Wie sind Sie an diese Fotos gekommen?«

Der Kommissar grinste. »Es herrscht sehr viel Verkehr am Piazzale Donatello. Wir setzen Überwachungskameras ein, um zum Beispiel bei drohenden Staus rechtzeitig eingreifen zu können. Bei der Durchsicht der Aufnahmen ist mir Ihr Gesicht aufgefallen. Und nachdem der Bildausschnitt dann vergrößert worden war … Nun gut. Jetzt der Reihe nach. Wann und wie hat Schreiber mit Ihnen Kontakt aufgenommen? Ich will alles wissen, jedes Detail.«

Ich folgte seiner Aufforderung und informierte ihn vom ersten Telefonanruf Schreibers bis zu dessen Tod über jeden meiner Schritte. »Seitdem habe ich von den Artnappern nichtsmehr gehört«, schloss ich.

Commissario Rotolo schaute verwundert hoch und schaltete den Rekorder aus. Dann fing er an zu lachen. »Jetzt verstehe ich. Sie meinen, Schreiber sei mitverantwortlich für den Diebstahl der Himmelsscheibe?«

146

Ich nickte.

Der Polizist wurde ernst. »Das genaue Gegenteil ist richtig. Schreiber war ein Kollege von mir. Genau genommen gehörte er zum *Servizio Informazione e Sicurezza Democratica*. Das ist der italienische Inlandsgeheimdienst.«

Jetzt war es an mir, ein verblüfftes Gesicht zu machen. »Was macht ein Geheimdienstler als Verwalter in einem Museum?«

»Herr Büsing, Sie erwarten doch wohl nicht von mir, dass ich Ihnen darauf antworte?«

Nein, das erwartete ich tatsächlich nicht. Trotzdem schob ich eine weitere Frage hinterher. »Ist Schreiber ermordet worden?«

Rotolo zögerte einen Moment mit der Antwort, stand auf und ging nachdenklich im Raum auf und ab. Dann sagte er: »Was soll's. In ein, zwei Tagen steht es ohnehin in der Zeitung. Nein, definitiv nicht. Der Fahrer des Unfallwagens war ein betrunkener Jugendlicher ohne Führerschein, der das Auto kurz vorher gestohlen hatte. Wir haben den Täter zwei Stunden nach dem Unfall auf der Autobahn gestellt. Er hat bereits gestanden. Es gibt keine Verbindung zwischen Schreibers Tätigkeit und dem Unfall.«

»Und das ist sicher?«

Er kehrte an den Tisch zurück, stützte beide Hände auf die Tischplatte und beugte sich vor, um mir direkt in die Augen zu schauen. »Herr Büsing, ein Polizist ist ums Leben gekommen. Glauben Sie, wir würden nicht alle Anstrengungen unternehmen, um herauszufinden, warum er sterben musste? Es gibt keinen Zweifel: Es war ein unglücklicher Zufall, mehr nicht.« Rotolo setzte sich wieder. »Ich lasse Sie jetzt gehen. Aber ich warne

Sie. Wenn Sie sich weiterhin in unsere Arbeit einmischen, werde ich Sie festnehmen und wegen Behinderung polizeilicher Ermittlungen vor Gericht bringen. Das ist keine leere Drohung, Herr Büsing.«

Sein Gesichtsausdruck unterstrich die Ernsthaftigkeit der Aussage.

»Es wäre am besten, Sie fahren zurück nach Deutschland und vergessen die ganze Sache. Ich hoffe, Sie haben mich verstanden.« Er streckte mir seine Hand entgegen. »Arrivederci.«

Zwei Stunden später lag ich in meinem Hotelzimmer auf dem Bett und stierte an die Decke. Obwohl erst Mittag, hatte ich beim Zimmerservice eine Flasche Rotwein bestellt. Die Nachrichten des Vormittags musste ich erst verdauen.

Schreiber war also Polizist gewesen. Mehr als je zuvor beschäftigte mich die Frage: Warum hatte er mich dann gewarnt? Und vor wem?

Zumindest war nun klar, warum Kumpmann über ihn nichts hatte herausbekommen können. Mit Sicherheit hieß der Geheimdienstler nicht Schreiber. Bestimmt hatte die Museumsleitung Kenntnis von seiner wahren Identität. Sie musste wissen, dass es sich bei Schreiber um keinen normalenArbeitnehmer handelte. Ohne Sozialversicherungspflicht, ohne Kontoverbindung! Aber einen Besuch bei ihr konnte ich mir sparen. Die Museumsleitung war mit Sicherheit zur Geheimhaltung verpflichtet und würde sich daran halten. Ich fragte mich allerdings, warum ein Geheimagent verdeckt in einem Museum arbeitete. Was war Schreibers Auftrag gewesen?

Mein Handy riss mich aus meinen Gedanken. Dermöller wollte wissen, wofür er das Geld seiner Versicherungsgesellschaft ausgab. Meine Antwort schien ihn nicht wirklich zu befriedigen.

»Ich möchte Ergebnisse, Herr Büsing. Und zwar schnell!« Dann legte er grußlos auf.

»Du mich auch«, murmelte ich.

Es klopfte an der Zimmertür. Der Rotwein. Ich stand auf, öffnete und der Kellner trat ein. Er präsentierte den Wein, wartete auf mein Okay, entkorkte die Flasche und ließ mich probieren. Der Wein war ausgezeichnet. Ich suchte in der Innentasche meiner Lederjacke nach der Geldbörse, um ein Trinkgeld zu geben.

Als der Kellner um zwei Euro reicher mein Zimmer wieder verlassen hatte, griff ich zum Glas und nahm einen tiefen Schluck. Ein wirklich exzellenter Chianti Classico Riserva, Jahrgang 98.

Den Rest des Sonntags verbrachte ich damit, mich langsam zu betrinken und mein Handy zu hypnotisieren. Es nützte natürlich nichts. Keine Nachricht von Gianna oder den Artnappern. Die dritte Flasche Chianti schaffte mich, nicht ich sie. Irgendwann schlief ich ein.

Ich erwachte mit heftigen Kopfschmerzen, in voller Montur auf dem Bett liegend. Jemand klopfte laut an die Zimmertür. Es dauerte einige Zeit, bis ich realisierte, dass die Zimmermädchen Einlass begehrten. Es war fast elf Uhr am nächsten Morgen. Ich schlurfte zur Tür und gab den Frauen zu verstehen, dass mein Zimmer an diesem Tag nicht gereinigt werden musste. Anschließend duschte ich ausgiebig, bis ich mich so weit wiederhergestellt fühlte, dass ich einen starken Kaffee, etwas Obst und vor allem ein Aspirin vertragen konnte.

Im Hotelrestaurant meldete sich mein Mobiltelefon. Es war Kumpmann.

»Herr Büsing, ich habe Nachrichten über Herrn Fiori. Mein Informant war mir noch einen Gefallen schuldig.« Seine Stimme war voller Stolz.

»Okay. Schießen Sie los.«

»Dieser Fiori hatte sein Konto in der Vergangenheit immer überzogen und war mit der Tilgung seiner Verbindlichkeiten im Rückstand.«

Ähnliches hatte Marcello von der Untermieterin erfahren.

»Vor etwa einer Woche ging auf seinem Konto ein größerer Geldbetrag ein.«

»Wissen Sie, wie viel?«

»Ja. Zwanzigtausend Euro.«

Nicht gerade wenig, aber auch keine Summe, mit der man sich zur Ruhe setzen konnte.

»Woher stammt das Geld? Ließ sich das feststellen?«

»Auch das. Von einem Konto der Deutschen Bank in Deutschland. Kontoinhaber ist ein gewisser Josef Maurer.«

Den Namen hatte ich noch nie gehört. »Von welcher Bankfiliale wurde das Geld überwiesen?«

»Einen Moment.« Papier raschelte. Dann war er wieder am Hörer. »Das ist das Konto 233 888 123 einer Filiale der *Deutschen Bank* in Regensburg.«

Ich schluckte. »Sagten Sie Regensburg?«

»Ja.«

»Danke. Sie haben mir wirklich weitergeholfen.« Ich drückte die Unterbrechungstaste und atmete tief durch. Regensburg. Immer wieder Regensburg.

Nach kurzem Nachdenken hatte ich einen Entschluss gefasst. Ich telefonierte mit Marcello, dem Ticketschalter der Lufthansa in Florenz, der Rezeption, um mein Auschecken anzukündigen, und schrieb Commissario Rotolo einen kurzen Brief mit dem Hinweis auf den plötzlichen Geldsegen, der sich über den Hausmeister ergossen hatte. Dann packte ich meine Koffer.

Sechzig Minuten später holte Marcello mich ab und weitere drei Stunden danach saß ich in der Propellermaschine nach München und ließ mich von dem monotonen Brummen der Motoren einschläfern. Die Auswirkungen des Weins vom Vorabend halfen mir dabei.

Untergegangen Mond
und Plejaden. Mitte der Nächte.
Vorbei geht die Stunde.
Und ich schlafe allein.

Sappho zugeschrieben
(Dichterin aus Lesbos, etwa 7. Jh. v. Chr.)

Der junge Unternehmensberater beobachtet etwa eine Stunde den Bergmann, der unter Tage halbautomatische Maschinen bedient, und macht sich Notizen.
Dann spricht er den Hauer an. »Sagen Sie, geht das nicht etwas schneller?«
Der Bergmann mustert den Consultant lange von oben bis unten und fragt dann mit gedehnter Stimme zurück: »Junge, weiß deine Mama eigentlich, datte hier bist?«

Ein wahre Begebenheit
(aus dem deutschen Steinkohlenbergbau)

Zweiter Teil

Regensburg

12

Die Kommune an der Donau ist sicher die italienischste deutsche Stadt. Geschlechtertürme, enge mittelalterliche Gassen mit Bistros und Restaurants, Reste alter Stadtmauern aus römischer Zeit, wuchtige Bürgerhäuser, hinter deren kleinen Fenstern und Türen sich großzügige Geschäfte öffnen, vermitteln mediterranes Flair. Selbst im November können die Gäste mancher Cafés noch draußen sitzen – eingewickelt in dicke Decken. Und die jahrhundertealte Wurstküche an der Steinernen Brücke bewirtet die Hungrigen sogar im Schneetreiben.

Ich hatte mich in München für die Bahn entschieden, war am Regensburger Hauptbahnhof in ein Taxi gestiegen und hatte mich in die Altstadt bringen lassen. Der Taxifahrer, den ich um Rat fragte, empfahl mir das Altstadthotel Arch. Mitten in der Innenstadt gelegen, seien von dort die meisten Sehenswürdigkeiten der Stadt problemlos zu Fuß zu erreichen. Auch gebe es in unmittelbarer Nähe zahlreiche gute Restaurants, in denen ich regionale Spezialitäten verköstigen könne, erläuterte er in einem ununterbrochenen Redeschwall während der Fahrt.

Das Hotel befand sich an einem großen, offenen Platz und war umgeben von alten Bürgerhäusern. Es dauerte etwas, bis ich im Nieselregen den Eingang gefunden hatte, der von einem Innenhof zu betreten war. Der Fahrstuhl, der zur Rezeption in den ersten Stock führte, war defekt. Also musste ich wohl oder übel meinen Koffer die Treppe hochschleppen.

Das Einchecken gestaltete sich ungewöhnlich schwierig. Wie mir die Hotelangestellte erklärte, tagten in Regensburg zurzeit die Historiker. Außerdem finde ein europaweites Treffen der katholischen Pfadfinderjugend statt. Eigentlich sei das Hotel ausgebucht.

»Eigentlich?«, fragte ich nach.

»Na ja ...« Sie zögerte.

»Ja?«

»Im Obergeschoss ist noch etwas frei. Wir vermieten diesen Raum nur in Notfällen. Er ist kleiner als unsere sonstigen Zimmer, ist aber selbstverständlich ausgestattet wie alle anderen. Nur, wie gesagt, etwas kleiner.«

»Wie klein?«, erkundigte ich mich vorsichtig.

»Also, Beschwerden hatten wir bisher keine.«

Das schien mir nicht wirklich ein überzeugendes Argument zu sein.

»Sie müssen es ja nicht mieten«, meinte die junge Dame, als sie meinen skeptischen Gesichtsausdruck bemerkte.

»Aber ob Sie im Moment woanders etwas finden ...«

Ich gab mich geschlagen. »Gut. Ich nehme das Zimmer.«

Nachdem ich die Schlüssel in Empfang genommen hatte, wandte ich mich wider besseres Wissen Richtung Aufzug.

»Der wird im Moment gewartet«, rief mir die Angestellte nach. »Leider kann ich hier nicht weg, um Ihnen den Koffer auf das Zimmer zu bringen.« Sie strahlte mich an. »Sie können ihn hier stehen lassen. Einer meiner Kollegen erledigt das dann später. Ansonsten müssten Sie sich schon selbst bemühen ...«

Ich bemühte mich im wahrsten Sinne des Wortes und schleppte das Teil, wie mir schien, hunderte von Stufen über die breite hölzerne Freitreppe nach oben. Das Gewicht des Trolleys verdoppelte sich von Etage zu Etage und meine Arme wurden immer länger. Schweißgebadet erreichte ich endlich das obere Stockwerk. Der Gang führte mich unter Dachschrägen um mehrere Ecken, über kleine Stufen und vorbei an freigelegten Fachwerkträgern, an denen ich mir mehrmals den Kopf stieß.

Schließlich war ich am Ziel. Fluchend ließ ich den Koffer im engen Flur zwischen Schrank und Badezimmertür stehen, legte die Lederjacke über einen Stuhl, schmiss mich auf das Bett und schloss erschöpft die Augen. Einige Minuten später hatte sich meine Kurzatmigkeit wieder etwas gelegt und der Schweißstrom stoppte. Augenscheinlich hatte ich noch nicht genug abgespeckt.

Es war kurz vor acht Uhr. Das war das Stichwort: Zeit zum Abendessen. Mit einer Diät wollte ich nicht gerade heute anfangen. Aber vor dem Essen musste ich noch unter die Dusche.

Mir stand der Sinn nach urbayerischen Spezialitäten. Deshalb ließ ich mir auf einem kleinen Stadtplan einige Gaststätten mit regionaler Küche in Hotelnähe einzeichnen und machte mich auf den Weg. Glücklicherweise regnete es nicht mehr. Der Himmel war aufgerissen und erste Sterne waren zu erkennen. Es war merklich kälter geworden. Die ersten Anzeichen des bevorstehenden Winters.

Der Stadtplan, auf nur eine Seite gedruckt, war ausgesprochen unübersichtlich und ich nahm mir vor, am nächsten Morgen eine vernünftige Straßenkarte zu kaufen. Nach einiger Suche entschied ich mich für eines der empfohlenen Restaurants in Donaunähe.

Die Gaststätte war fast voll. Nur ein kleiner Tisch in der Ecke, an dem ein junges Paar in ein angeregtes Gespräch vertieft war, verfügte noch über einen freien

Stuhl. Der Kellner platzierte mich ohne großes Nachfragen neben die beiden und brachte mir die Speisekarte. Ich wählte ganz traditionell Schweinshaxe, Kraut und Knödel und dazu ein großes helles Bier. Meine Tischnachbarn schien meine Anwesenheit nicht weiter zu stören. Sie senkten lediglich die Lautstärke ihrer Stimmen ein wenig und sprachen weiter intensiv über ihre Zukunft: die fast sichere Erstanstellung nach dem Studium, eine gemeinsame Wohnung, Kinder.

Der Geräuschpegel in dem Lokal war ziemlich hoch. So hoch, dass ich nach dem Essen, einem Schnaps und einem weiteren Bier zügig die Rechnung bezahlte, um mir noch etwas die Füße zu vertreten. Auf der Straße schlug ich den Kragen meiner Jacke höher. Ich spazierte in Richtung der fast neunhundert Jahre alten Steinernen Brücke, bewunderte das imposante Bauwerk im Schein der Laternen und sah schließlich einen Steinwurf von der *Historischen Wurstküche* entfernt dem Fluss zu, auf dessen Oberfläche sich die beleuchteten Fenster der Häuser am anderen Ufer spiegelten. Es herrschte eine seltsame Atmosphäre. Vor mir die träge dahinfließende Donau, schwarz, unergründlich und doch beruhigend, zwanzig Meter hinter mir Straßenlärm und Stimmgewirr.

War es wirklich erst fünf Tage her, seit ich mit Gianna die Nacht verbracht hatte? Mir schien, als seien Wochen vergangen.

Ich schlenderte langsam weiter. Auf dem Asphaltweg, der den Fluss begleitete, hatten Kinder mit Kreide große, hintereinander liegende Rechtecke aufgemalt. Erde, stand im ersten. Dann folgten acht durchnummerierte. Im vorletzten Rechteck stand *Hölle*. Und im letzten *Himmel*. ›Himmel und Hölle‹. Ich hatte erst kürzlich einen

Artikel über dieses uralte Springspiel gelesen. Vermutlich von römischen Soldaten erfunden, war dieses Spiel heute in ganz Europa bekannt. Ich musste lächeln. In Sichtweite der alten römischen Stadtmauer vertrieben sich Kinder von heute ihre Zeit mit einem ursprünglich römischen Spiel.

Ich wandte mich in Richtung Süden, um über die viel befahrene Straße am Donauufer den autofreien Bereich der Innenstadt zu erreichen. An der ersten Kreuzung bog ich nach rechts in eine kleine Gasse ab.

Ziellos wanderte ich durch die Straßen und hing meinen Gedanken nach. Warum berührte mich Giannas Verschwinden so stark? War es tatsächlich Liebe? Oder einfach nur Begehren? Oder fühlte ich mich ihr verpflichtet, weil sie mit mir geschlafen hatte? Meine eigentliche Aufgabe, die Wiederbeschaffung der Himmelsscheibe, war mehr und mehr in den Hintergrund gerückt.

Morgen würde ich Kontakt zu Claudia Taubenberg, Giannas Freundin, aufnehmen. Und dann dieses Internat und die Unternehmensberatung Stelade etwas näher in Augenschein nehmen.

Marlene fiel mir ein. Empfand ich nichts mehr für sie? Konnten Streitigkeiten über Belanglosigkeiten wie offene Zahnpastatuben Gefühle töten? Gefühle, die über Jahre gewachsen waren und von denen ich noch vor wenigen Wochen geglaubt hatte, dass sie auf ewig Bestand hatten? Ich lächelte bei der Erinnerung an meinen ersten Morgen nach meinem Einzug in Marlenes Wohnung. Als ich aus dem Bad kam, hatte sie mich im Flur mit einer Tasse frisch gebrühten Kaffee begrüßt. Sie hatte den Bademantel aus weißer Seide getragen, den ich ihr zu ihrem letzten Geburtstag geschenkt hatte, und sehr verführerisch ausgesehen. Eine schöne Erinnerung. Die offene Zahnpastatube hatte mich in diesem Moment nicht im Geringsten gestört. Warum dann eigentlich später?

Das Kreischen von Bremsen und lautes Hupen schreckten mich auf. Ohne es zu bemerken, hatte ich die Fußgängerzone wieder verlassen und wäre fast vor ein Auto gelaufen. Ich sprang zurück auf den Bürgersteig und entschuldigte mich mit einer Handbewegung bei dem Fahrer, der kopfschüttelnd Gas gab und mit seinem BMW davonbrauste.

Die Uhr zeigte fast elf. Ich war etwa eine Stunde durch Regensburg gelaufen und hatte nicht die geringste Ahnung, wo ich mich befand. Mit dem Stadtplan in der Hand suchte ich das nächste Schild mit einem Straßennamen. Es war Zeit, ins Bett zu gehen.

13

In einem gemieteten Mercedes verließ ich am späten Vormittag Regensburg, um in das etwa zehn Kilometer östlich gelegene Donaustauf zu fahren, wo Claudia Taubenberg, die Studienkollegin von Gianna, wohnte. Sie hatte sich sofort bereit erklärt, sich mit mir gegen zwei Uhr zu treffen. Sie erzählte, dass Maria Rossi bereits mit ihr gesprochen und auf mein mögliches Kommen hingewiesen habe.

Claudia Taubenberg lebte in einem renovierten Bauernhaus in einer kleinen Stichstraße am Waldrand. Ohne Navigationssystem hätte ich das Haus wohl kaum so schnell gefunden.

Sie war so ziemlich das genaue Gegenteil von Gianna: klein, etwas zur Fülle neigend, blonde kurz geschnittene Haare. Keine Schönheit, aber hübsch.

Zögernd reichte sie mir die Hand. »Bitte treten Sie ein.«

Sie führte mich durch den Flur und zwei nebeneinander liegende Räume, die anscheinend als Arbeitszimmer dienten, in den Wohnbereich. Das Ambiente ähnelte einer Mischung aus Buchantiquariat und kunsthistorischem Museum, dessen Ausstellungsstücke in ein anderes Gebäude gebracht werden sollten. Jeder Platz an den Wänden, der nicht mit Bücherregalen bedeckt war, hing voller Bilder unterschiedlichster Stilrichtungen. Zahlreiche Gemälde lehnten hintereinander gestapelt an Möbelstücken. Überall standen oder lagen Plastiken und Skulpturen, die meisten von ihnen Imitate berühmter Stücke alter Meister. Doch vor allem gab es Bücher. Es mussten tausende sein, die übereinander geschichtet in den Regalen und zum Teil auf dem Holzboden lagerten. Gegen dieses Chaos war Gianna Rossis Büro ein Musterbeispiel für Ordnungsliebe.

»Sie müssen entschuldigen«, sagte Claudia Taubenberg mit einem verlegenen Lächeln. »Ich bin nicht mehr dazu gekommen, etwas aufzuräumen.«

Ich musste schmunzeln. Um in diesem Haus wirklich Ordnung zu schaffen, hätte man ein zweites daneben stellen müssen. Wo sollte man sonst die ganzen Sachen hinräumen?

»Möchten Sie einen Kaffee?«

»Gerne.«

»Milch, Zucker?«

»Bitte beides.«

Meine Gastgeberin zeigte auf eine Sitzgruppe. »Nehmen Sie Platz. Ich bin sofort wieder zurück.«

Als sie den Raum verlassen hatte, sah ich mich etwas genauer um. Auch das Wohnzimmer war mit Büchern und Kunstwerken voll gestopft, anscheinend war aber hier etwas mehr Sorgfalt auf deren Auswahl verwandt worden. Der Raum wirkte nicht so unstrukturiert wie die anderen Zimmer. Möglicherweise lag das aber auch an den zwei wandfüllenden Fenstern, die den Blick auf den nahen Waldrand freigaben. So blieb einfach nicht so viel Platz, um Regale zu stellen oder um Bilder aufzuhängen. Rechts neben der Couch stand ein altes Eichensideboard und darauf befand sich, sorgsam in der Mitte des Möbels drapiert, eine bronzene Atlasstatue, genau in der Art und Weise gefertigt, wie ich sie bereits in Giannas Wohnung gesehen hatte. Ich hob das Bronzestück hoch. Es war schwer und ich musste beide Hände zu Hilfe nehmen, um es zu drehen. Auf der Unterseite war kein Prägestempel zu erkennen. Entweder handelte es sich um industriell gefertigte Massenware oder der Künstler, der die Gussform hergestellt hatte, legte keinen Wert darauf, als Urheber identifiziert zu werden.

»Ein Geschenk von Gianna«, bemerkte Claudia Taubenberg, die mit einem Tablett in den Händen das Zimmer wieder betreten hatte. »Sie hat es mir vor einigen Jahren mitgebracht.« Die Frau machte ein trauriges Gesicht. »Das war bei ihrem letzten Besuch. Im Sommer 2000. Kurz zuvor hatte sie sich von Paolo getrennt.«

Sie stellte das Tablett auf den Tisch, goss Kaffee ein, kam zu mir und streckte ihre Hände aus, um die Skulptur in Empfang zu nehmen. Dann positionierte sie sie behutsam auf ihrem Platz. »Ich hänge sehr an diesem

Atlas. Für mich hat die Figur einen großen ideellen Wert. Gianna ist meine beste Freundin, verstehen Sie?«

Über dem Sideboard hingen einige gerahmte Fotos bekannter deutscher Schauspieler mit Autogrammen und Widmungen. Letztere waren zwar unterschiedlich formuliert, galten aber alle einem Mann mit dem Vornamen Peter.

Claudia Taubenberg bemerkte mein Interesse. »Die hat mir mein Vater geschenkt. Er arbeitete bis zu seiner Pensionierung als Maskenbildner am Theater. Ich habe ein Faible für den deutschen Film. Deshalb habe ich die Fotos bekommen, obwohl es Papa nicht leicht gefallen ist, sich davon zu trennen. Aber er hat ja noch viele andere.« Sie lachte.

Wir kehrten zur Polstergruppe zurück und setzten uns.

»Giannas Mutter hat mir am Telefon gesagt, dass sie Ihnen vertraut. Kann sie das wirklich?« Sie blickte mich aufmerksam an.

»Ich habe nicht vor, sie zu enttäuschen«, antwortete ich überrascht. Anscheinend redete keine Frau, mit der ich zurzeit zu tun hatte, um den heißen Brei herum. Meine Erwiderung fiel floskelhaft aus. »Was hat Ihnen Frau Rossi sonst noch über mich erzählt?«

Sie lehnte sich im Sessel zurück. »Nicht viel. Sie sind ein Freund Giannas, haben mit ihr geschlafen und wollen dabei helfen, Alessia wiederzufinden.«

»Das stimmt. Hat Ihnen Frau Rossi gesagt, welchen Beruf ich habe?«

»Nein. Ist das wichtig?«

»In diesem Fall schon.«

»Aha. Dann schießen Sie los.«

»Ich arbeite als Versicherungsdetektiv und untersu-
che den Diebstahl eines Kunstwerks aus dem Museum
in Florenz.«

»Welches Kunstwerk ist verschwunden?«

»Die Himmelsscheibe von Nebra.«

»Oh!« Ihre Überraschung wirkte echt. »Hat Gianna etwas damit zu tun?«

»Wie kommen Sie darauf?«, fragte ich zurück.

»Diese Vermutung liegt doch nahe, oder? Die Himmelsscheibe wird gestohlen, Alessia verschwindet und
kurz darauf auch Gianna. Das kann doch kein Zufall
sein?«

»Nein. Ist es wohl auch nicht.«

Claudia Taubenberg sah mich fragend an.

Ich entschloss mich, über die Ereignisse der vergan-
genen Tage zu berichten, zumindest in weiten Teilen.
Den Tod Schreibers sparte ich allerdings aus. Sie hörte
aufmerksam zu.

Als ich geendet hatte, fragte Claudia Taubenberg
langsam: »Sie kennen die Geschichte der Himmelsscheibe?«

Ich nickte.

»Und ihre mythologische Bedeutung?«

»Gianna hat mir etwas darüber erzählt.«

»Auch über die Plejaden?«

»Ja.«

»Was?«

Ich berichtete ihr, was ich wusste.

»Das dachte ich mir. Gianna hat Ihnen etwas verschwiegen. Oder haben Sie jemals etwas von den Töchtern des Atlas gehört?«

In mir regte sich eine Erinnerung.

»Die Plejaden. Sternbild im Tierkreiszeichen Stier. In der griechischen Mythologie als die Töchter des Atlas und der Okeanide Pleïone bekannt. Nymphen. Weibliche Naturgottheiten niedrigen Ranges. Ihre Namen sind Alkyone, Asterope, Elektra, Kelaino, Maia, Merope und Taygete. Nymphen bewohnen Wälder, Bäume, Bäche, Seen, Tümpel. Sie sind Gottheiten der Fruchtbarkeit und der Feuchtigkeit der Erde. Sie können weissagen und haben die Kraft, Verzückung und Begeisterung zu erregen. Sie altern nie, sind aber nicht unsterblich. Die Töchter des Atlas, die Plejaden, sind Nymphen.« Sie hatte die Wörter und Sätze wie ein Maschinengewehr hervorgestoßen.

»Und die Himmelsscheibe ...«

»Stellt neben Sonne und Mond die Plejaden dar. Die Töchter des Atlas. Das muss für Gianna wie ein Zeichen gewesen sein, eine Offenbarung. Sie als Archäologin hält den wohl ältesten bekannten astronomischen Kalender der Menschheit in den Händen, der die Plejaden abbildet, die Nymphengötter, an deren Kraft sie glaubt.« Jetzt holte sie tief Atem. »Gianna glaubt an die Mythen. Sehr fest sogar. Zu fest.«

»Wie meinen Sie das?«

»Waren Sie jemals in Ihrer Wohnung?«

»Ja.«

»Dann sind Ihnen sicher die Erdkugeln und die Atlasstatuen aufgefallen. Skulpturen wie die, die Sie sich eben angeschaut haben.«

»Natürlich.«

»Gianna sammelt solche Statuen. In allen Ausführungen. Atlas ist, im übertragenen Sinne, eine Art Übervater für sie.«

»Wollen Sie damit sagen, sie hält sich für eine Nymphe?«

Giannas Freundin lachte hell auf. »Quatsch. Sie ist ja nicht verrückt. Jedenfalls nicht in diesem Sinne. Nein, sie ist davon überzeugt, dass es spirituelle Kräfte gibt, die jenseits unserer Ratio wirken. Kräfte, für die auch schon die Griechen keine Erklärungen hatten. Denen sie aber Namen gaben. Zum Beispiel Elektra oder Asterope. Gianna ist auf der Suche nach diesen spirituellen Kräften. Sie will an der Verzückung, der Begeisterung, von der ich eben sprach, teilhaben. Es geht sogar noch weiter. Sie glaubt, sie sei in der Lage, selbst diese Gefühle in anderen Menschen zu wecken.«

»Also doch eine Nymphe?«

Sie lachte wieder. »Sie verstehen nicht. Sie können die griechischen Sagengestalten nicht personalisieren. Es geht um die Ideen, nicht um konkrete Personen. Gianna glaubt nicht daran, eine Nymphe zu sein. Sie glaubt an die Ideen, die hinter einem Bild stehen, das sich Menschen gemacht haben, um für sie Unerklärliches erklärbar zu machen. Ich versuche es mal anders: Warum wachsen Blumen auf Feuchtwiesen, aber nur selten in der Wüste?«

»Wasser.«

»Das ist die Erklärung, die wir heute für Wachstum und Fruchtbarkeit haben. Wasser. Feuchtigkeit. Das hat uns die moderne Wissenschaft gelehrt. Aus Beobachtung wussten auch die Griechen, dass Pflanzen Wasser zum Wachsen brauchten. Aber sie wussten nicht, warum. Können Sie die biochemischen Prozesse beschreiben, die in einer Pflanze ablaufen?«

Ich schüttelte den Kopf.

»Sehen Sie. Sie können das nicht, obwohl Ihnen alle denkbaren Informationsquellen zur Verfügung stehen. Im Grunde sind Sie auch nicht viel schlauer als die alten Griechen. Sie wissen, dass Pflanzen Wasser brauchen. Mehr aber auch nicht. Sie wissen allerdings, dass es eine wissenschaftliche Erklärung gibt, die Sie nur nicht wiedergeben können. Das wussten die Griechen noch nicht. Aber auch sie suchten nach einer Antwort. Und die hieß: Götter. Wie entsteht Verzückung? Wie Begeisterung?«

»Äh ...«

»Eben. Auch hier lassen sich sicher biochemische Erklärungen finden. Die Ausschüttung von Glückshormonen zum Beispiel. Aber selbst heute fehlt es an plausiblen Theorien, warum ein Musikstück den einen Menschen zu Tränen rührt, der andere es sich aber gähnend anhört und nicht mag. Warum lieben wir? Können Sie das erklären? Ich gebe Ihnen die Antwort: Nein, das können Sie nicht. Und ich behaupte, dass es allen wissenschaftlichen Erkenntnissen zum Trotz niemand jemals können wird. Da sind wir nicht sehr viel weiter als die Griechen, meinen Sie nicht? Götter, auch nur solche eines niederen Ranges, sind da doch als Sinnstifter ganz brauchbar, oder?«

Als sie meinen verblüfften Gesichtsausdruck sah, setzte sie schmunzelnd hinzu: »Das Letzte war ein Scherz. Ich wollte damit nur schildern, inwiefern Gianna auf der Suche nach Antworten ist. Und sie glaubt, sie gefunden zu haben.«

»Wo?«

»Sagte ich das nicht bereits? Bei den Töchtern des Atlas selbstverständlich.«

Jetzt kam die Erinnerung zurück. *Ich habe die Töchter nicht verraten.* Das waren Giannas Worte gewesen. Ich schluckte. »Damit meinen Sie doch eine konkrete Gruppe, die sich heute so nennt, oder wie soll ich das verstehen?«

»Ja.« Claudia Taubenberg wirkte nun ratlos. »Bei ihrem letzten Besuch hat Gianna mir erzählt, dass sie hier in Regensburg ein esoterisches Seminar besucht hat. Dort sei ein Referent gewesen, der sie sehr beeindruckt und zu weiteren Treffen eingeladen habe. So scheint sie in Kontakt zu Leuten gekommen zu sein, die sich die Töchter des Atlas nennen.«

»Wissen Sie irgendetwas über dieses Seminar oder den Referenten? Verfügen Sie über Informationsmaterialien, eine Adresse oder Telefonnummer vielleicht?«

»Nein. Gianna hat mir damals nur einen Flyer gegeben, durch den sie auf dieses Seminar aufmerksam geworden ist. Sie meinte, das könne auch etwas für mich sein.« Sie lachte kurz auf. »Jahrelang waren wir die besten Freundinnen. Aber wirklich kennen tun wir uns anscheinend nicht. Sonst wäre sie nie auf die Idee gekommen, ich würde mich ernsthaft für Esoterik interessieren.«

»Haben Sie diesen Flyer noch?«

»Vermutlich. Fragt sich allerdings, wo …«

Wir schauten beide auf das Chaos um uns herum.

»Trotzdem werde ich ihn später suchen.«

»Danke.«

Für einige Sekunden hingen wir unseren Gedanken nach.

Dann fragte ich sie: »Wie war das nun genau mit dem Verschwinden Alessias auf dem Münchner Bahnhof?«

»Gianna hatte mich vor knapp drei Wochen angerufen. Ich war darüber sehr erfreut, da wir schon seit Monaten nicht mehr miteinander gesprochen hatten. Nun, in diesem Telefonat hat mir Gianna erzählt, dass Alessia zukünftig ein Internat in Regensburg besuchen sollte. Alessia spricht zwar ein bisschen Deutsch, Gianna erschien das aber als nicht ausreichend genug. Sie wollte, dass ihre Tochter zweisprachig aufwächst. Ob ich mich ein wenig um Alessia kümmern könne, solange sie in Deutschland sei? Selbstverständlich habe ich es versprochen. Gianna wollte ihre Tochter persönlich ins Internat bringen und dann einige Tage bei mir bleiben. Ich habe mich sehr auf den Besuch gefreut. Umso enttäuschter war ich, als sie sich vor etwa einer Woche meldete und mir mitteilte, dass sie nicht kommen könne. Sie bat mich, die Kleine in München am Hauptbahnhof abzuholen und zum Internat zu bringen. Zur Sicherheit würde sie ihr ein großes Schild mit ihrem und meinem Namen und Adresse um den Hals hängen. Natürlich sagte ich zu. Gianna meinte noch, dass sie das Internat darüber informieren werde, dass ich Alessia begleiten würde. Auf dem Weg nach München, kurz vor der Autobahn, fuhr mir jemand an einer Ampelkreuzung von hinten in den Wagen. Kein großer Schaden, aber bis die Polizei kam und alle Formalitäten erledigt waren ... Wie auch immer, ich kam zu spät. Alessia war verschwunden. Ich habe sie gesucht, war bei der Bahnhofsmission und auch am Infoschalter. Niemand hatte das Kind gesehen. Dann habe ich Gianna angerufen. Das war es schon nach Mittag. Sie war verständlicherweise aufgeregt, wollte sich aber von Florenz aus mit der Polizei in München in Verbindung setzen. Sie schärfte mir ein, unter keinen Umständen selbst aktiv zu werden. Das sei ihre Angelegenheit, betonte sie mehrmals. Mich hat das ziemlich gewundert, da es nach meiner Auffassung einfacher gewesen wäre, direkt vor Ort etwas zu unternehmen. Deshalb habe ich ihr zunächst widersprochen. Am Ende aber akzeptierte ich ihren Wunsch. Schließlich handelte es sich um ihre Tochter.«

»Hat sie Ihnen Vorhaltungen gemacht?«

»Nein, das war ja das Eigenartige. Kein Wort. Im Gegenteil, sie hat sich sogar für meine Bemühungen bedankt. Gianna war aufgeregt, aber in keinster Weise unsachlich oder gar hysterisch. Ich bin nach etwa zwei Stunden wieder nach Hause gefahren. Seitdem habe ich von Gianna nichts mehr gehört. Ich habe mehrmals bei ihr angerufen, konnte sie aber nie erreichen. Und auch die Polizei hat bei mir keine Erkundigungen eingezogen. Natürlich mache ich mir Vorwürfe. Wenn dieser blöde Unfall nicht gewesen wäre … Ein Kind kann doch nicht einfach so verschwinden. Es muss doch Zeugen geben …« Sie schlug die Hände vor ihr Gesicht und begann unvermittelt zu weinen.

Es wunderte mich nicht, dass Gianna während des Telefonats mit ihrer Freundin so gefasst geblieben war. Wie mir Maria Rossi erzählt hatte, war ihre Tochter ja bereits vormittags von dem Verschwinden Alessias in Kenntnis gesetzt worden. Also nicht erst durch den Anruf von ihrer Freundin. Aber Claudia Taubenberg tat mir leid. Deshalb entschloss ich mich, ihr noch etwas mehr zu erzählen. »Es wird auch keinen Anruf der Polizei geben«, begann ich.

»Warum nicht?«, fragte sie mit erstickter Stimme.

»Weil die Polizei nicht eingeschaltet worden ist.«

Sie hob den Kopf. »Ich verstehe nicht …?«

»Gianna hat ihre Mutter darum gebeten – und Frau Rossi mich.« Ich erzählte ihr die Geschichte.

»Aber warum ...?«

»Ich weiß es nicht genau. Ich kann nur Vermutungen anstellen. Fast immer drohen Entführer damit, ihr Opfer zu ermorden, wenn die Angehörigen die Polizei einschalten. Häufig wirkt diese Drohung, auch wenn es in der Regel falsch ist, auf die Polizei zu verzichten. Schon deshalb, weil in den meisten Fällen die Entführungsopfer leider ohnehin sterben. Die Entführer müssen Zeugen beseitigen.«

»O Gott!« Claudia Taubenberg verbarg wieder das Gesicht in ihren Händen. »Wie nüchtern Sie darüber sprechen ...«

»Das alles lässt mich nicht kalt. Ganz im Gegenteil. Aber es macht keinen Sinn, die Augen vor den Tatsachen zu verschließen. Es ist falsch, die Polizei außen vor zu lassen.«

»Und warum haben Sie sich dann nicht mit der Kripo in Verbindung gesetzt?«

»Weil ich es versprochen habe«, antwortete ich leise. Einen kurzen Moment schweiften meine Gedanken ab, dann fing ich mich wieder.

»Glauben Sie, dass Gianna noch lebt?«, wollte Claudia Taubenberg wissen.

Mit dieser Frage legte sie den Finger in eine offene Wunde. Vor einer Antwort darauf hatte ich mich in den letzten Tagen gedrückt. Natürlich konnte ich es nicht wissen. Aber was sagte mir mein Gefühl? Glaubte ich, dass sie noch am Leben war?

Ebenso unvermittelt, wie die Frage gestellt worden war, antwortete ich: »Ja.«

Das Prinzip Hoffnung. Ich wechselte das Thema, um nicht weiter darüber nachdenken zu müssen: »Wäre es möglich, dass Sie jetzt nach der Broschüre, von der Sie eben sprachen, schauen?«

Claudia Taubenberg erhob sich. »Natürlich.«

In den nächsten zehn Minuten hing ich dunklen Gedanken nach, während Giannas Freundin hörbar ihr Arbeitszimmer auf den Kopf stellte. Endlich kehrte sie zurück, mit einem Papier wedelnd. »Manchmal ist es doch gut, nichts wegwerfen zu können.«

Sie reichte mir das Gefundene. Die Machart des Flyers war mir auf den ersten Blick bekannt. Das Impressum bestätigte meine Vermutung. Presserechtlich verantwortlich war die Societaet Dr. H. Stelade. Und produziert hatte die Seminarankündigung die Firma *Stelade-Druck*. Unternehmensberater, Internatsbetreiber, Anbieter esoterischer Seminare – das konnte kein Zufall sein! War es möglich, dass sich die Unternehmensberatung Zugang zu den Unterlagen der Versicherung AG über die Himmelsscheibe verschafft hatte? Konnte diese Firma über die Quelle *Versicherung AG* von meinem Auftrag in Italien gewusst haben, noch bevor ich in Florenz eingetroffen war? Handelte es sich bei dem Unternehmen um die Artnapper? Hatten sie Gianna vielleicht auf mich angesetzt, um mehr über meine Ermittlungen zu erfahren? Diese Überlegung versetzte mir einen Stich. Aber es sprach einiges dafür: der Sender, den mir Gianna vermutlich untergeschoben hatte. Schreibers Warnung vor einer möglichen Überwachung. Vielleicht hatte mich der Museumsverwalter auf diese Firma aufmerksam machen wollen? Zweifel nagten zum wiederholten Mal in mir. Konnten Giannas Leidenschaft und Hingabe nur gespielt gewesen sein? Warum hatte sie den Sender dann abgeschaltet? Aber hatte sie das wirklich? Vielleicht gehörte das alles zum Plan. Ein Plan, den ich nur nicht durchschaute und in dem ich die Rolle des nützlichen Idioten einnahm. War auch ihre Entführung nur vorgetäuscht gewesen, damit sie sich hatte absetzen können? Weshalb aber war sie dann nach dem Diebstahl der Himmelsscheibe noch in Florenz geblieben und nicht sofort geflüchtet? Und die Entführung Alessias? Die konnte ebenfalls nur ein Trick sein. Woher wussten wir eigentlich, dass Alessia wirklich in dem Zug nach München gesessen hatte? Gianna hatte das behauptet. Aber gab es dafür einen Beweis? Und was war mit dem Unfall Claudia Taubenbergs? Weshalb …

Sie riss mich aus meinen Spekulationen. »Fünf Cent für Ihre Gedanken.«

Ich musste lächeln. Das sagte Marlene auch immer, wenn ich geistesabwesend war. Fünf Cent. Wenn es doch nur so einfach wäre.

»Ich habe nachgedacht.«

»Das habe ich bemerkt. Lassen Sie mich daran teilhaben?«

»Es … es ist nichts. Wirklich«, setzte ich hinzu, als ich ihren skeptischen Gesichtsausdruck bemerkte. Und im gleichen Moment schämte ich mich für diese Lüge. »Ich habe über mein weiteres Vorgehen nachgedacht. Ich werde diese Sozietät aufsuchen. Vielleicht erfahre ich dort etwas. Eine andere Spur habe ich nicht. Nur immer wieder die *Sozietät Stelade*.« Ich erzählte ihr nun auch von den beiden anderen Flyern und meinen Schlussfolgerungen.

Mein Gegenüber dachte einen Moment nach. Dann sagte sie überraschend: »Ich glaube, es macht wenig Sinn, diese Sozietät aufzusuchen.«

»Warum?«

»Sie brauchen doch nur eins und eins zusammenzuzählen. Unterstellen wir, Gianna hat sich am Diebstahl der Scheibe beteiligt. Das erfordert mit Sicherheit sehr, sehr gute Planung. Man mopst nicht so einfach eine der wertvollsten archäologischen Entdeckungen, könnte ich mir vorstellen. So etwas will gut vorbereitet sein. Freiwillig hat sich Gianna bestimmt an dem Diebstahl nicht beteiligt, gerade wegen ihrer Begeisterung für die griechische Mythologie. Sie ist Wissenschaftlerin, verstehen Sie? Mit Haut und Haaren. Sie wurde mit Sicherheit unter Druck gesetzt. Und womit konnte man Gianna unter Druck setzen?«

Ich brauchte nicht lange nachzudenken. Darüber hatte ich mir schon mehrmals den Kopf zerbrochen. »Alessia.«

»Genau. Drohen Sie einer Mutter, ihrem Kind zu schaden. Ist die Drohung glaubwürdig, tut sie alles, um das Kind zu schützen. Sie haben mir erzählt, dass die Versicherung Sie beauftragt hat, die Himmelsscheibe wiederzubeschaffen.«

Ich nickte.

»Wenn Gianna bereit war, eines der wertvollsten Artefakte der Archäologie zu stehlen, um ihr Kind zu schützen,wird sie wohl auch von Ihren Begegnungen berichtet haben.«

»Sicher.«

»Hat sie Fotos von Ihnen gemacht? Zur Erinnerung oder was weiß ich.«

»Nein. Nicht dass ich wüsste.« Langsam dämmerte mir, was sie mir sagen wollte.

»Egal. Dann war es eben jemand anderes. Eine Organisation, die so planvoll vorgeht, um die Himmelsscheibe von Nebra in ihren Besitz zu bekommen, weiß, wer ihre Gegner sind und wie sie aussehen. Verstehen Sie? Sie können nicht so einfach in diese Sozietät reinmarschieren.« Sie sah mich auffordernd an.

»Schießen Sie schon los«, tat ich ihr den Gefallen.

»Verkleiden Sie sich. Nehmen Sie einen anderen Namen an. Schlüpfen Sie in eine neue Identität.« Sie grinste, als sie meinen verblüfften Gesichtsausdruck bemerkte. »Sie lesen keine Agententhriller, oder?«

»Und wie stellen Sie sich das vor?«

»Ich stelle mir gar nichts vor. Aber meinem Vater wird mit Sicherheit etwas einfallen. Ich sagte doch, dass er als Maskenbildner gearbeitet hat. Und er war nicht nur gut, er war sehr gut. Und ist es noch immer.«

Ein längeres Telefonat und dreißig Minuten Autofahrt später war ich wieder in Regensburg und saß Peter Taubenberg in einer Wohnung gegenüber, die der seiner Tochter in Sachen Unordnung in nichts nachstand. Obwohl wir uns erst seit etwa einer Viertelstunde unterhielten, hatte sich Taubenberg schon die dritte Rothändle angesteckt. Er trug einen imposanten Vollbart, war klein, von untersetzter Statur und schleppte mindestens zwanzig Kilo Übergewicht mit sich herum.

Prüfend musterte er mich. »Ja, das ginge«, brummte er dann und stieß eine Wolke weißen Qualms aus. Er kämmte mit den Fingern seiner linken Hand sein schütteres Kopfhaar und sagte, mehr zu sich selbst: »Etwas Bart, etwas mehr Bauch, weniger Haare ...« Er stockte.

»Nein, überhaupt keine Haare. Und natürlich eine Brille.« Er kippte seinen Kopf mehrmals nach rechts und links, so als ob er eine Entscheidung sorgsam abwägen müsste. Dabei ließ er mich keinen Moment aus den Augen. »Ja, genau. Dann noch etwas Schatten um die Lider.« Er nahm wieder einen tiefen Zug von der Filterlosen und fragte unvermittelt: »Können wir?«

»Was können wir?«

»Sie zu einem anderen Menschen machen.«

»Wann? Jetzt?«

»Natürlich. Wann denn sonst?« Er stand auf und grinste breit. »Natürlich werde ich Ihnen die Glatze noch nicht schneiden. Schließlich müssen Sie ja nochmal zurück in Ihr Hotel.«

»Sie wollen was?«, fragte ich konsterniert zurück.

»Nun kommen Sie schon.« Er zog mich am Arm. »Ich kann Ihnen versichern, es tut nicht weh.«

Eine Stunde später erkannte ich mich selbst nicht wieder. Etwas graues Pulver ließ die Tränensäcke stärker hervortreten, meine Augen wirkten durch leicht verschmierte schwarze Schminke müde und mein dunkler Teint war verblasst, nachdem er mit einem hellen Puder bearbeitet worden war. Nach diesen Vorarbeiten hatte der Maskenbildner nach einem aus menschlichen Haaren gefertigten Bart gegriffen. Ein wenig Spezialklebstoff, hautfarbene Creme zum Kaschieren des Übergangs, eine kurze Passprobe – fertig. Nachdem mir Taubenberg dann noch eine Brille aus Fensterglas auf die Nase gesetzt hatte, sah mir aus dem Spiegel ein vollständig anderes Gesicht entgegen. Wirklich verblüffend.

»Jetzt noch der Bauch«, brummte der Maskenbildner zufrieden, kramte in einem Schrank und kehrte dann mit einer Art Kissen zurück, an dem so etwas Ähnliches wie ein Unterhemd angenäht war. Links und rechts baumelten insgesamt vier Bänder mit Klettverschlüssen. »Ziehen Sie Ihr Hemd aus«, befahl Taubenberg. »Und dann streifen Sie das Ding über.«

Ich gehorchte.

»Schieben Sie nun den Bauch so weit zur Seite, dass Sie an die Gurte herankommen. Prima, das klappt doch erstklassig«, lobte er mich, während ich den Kunstbauch festschnallte. »Und jetzt rücken Sie Ihre neue Wampe zurecht. Schön mittig, bitte. Jeder Bauch sitzt in der Mitte.« Taubenberg musterte mich prüfend. »Ihr Hemd dürfte Ihnen nicht mehr passen. Spielt aber keine Rolle. Ich leihe Ihnen welche.«

»Was ist mit der Hose?«, erkundigte ich mich.

»Was soll damit sein?«, fragte er zurück und gab trotzdem eine Antwort. »Einige Männer tragen den Gürtel ihrer Hose unter dem Bauch, andere deutlich darüber, quasi kurz unter den Achseln. Das wirkt etwas seltsam, wenn Sie mich fragen. Und dann gibt es noch diejenigen, die versuchen, ihr Biergeschwür dadurch zu verstecken, dass sie die Hosen auf dem Bauch tragen. Ist nach meiner Meinung vergebliche Liebesmüh'. Entscheiden Sie sich für die erste Variante, dann können Sie Ihre Hosen weitertragen. Einverstanden?«

Während Taubenberg mit mir sprach, war sein Oberkörper erneut in dem Schrank verschwunden, aus dem er nun mit einigen Hemden im Arm wieder auftauchte. »Hier. Probieren Sie«, sagte er und reichte mir eines der Kleidungsstücke.

Nachdem ich das Hemd in der Hose verstaut hatte, sah ich so aus, als ob ich schon seit Jahren diesen stattlichen Bauch mit mir herumschleppte.

»Sauber«, war Taubenbergs Kommentar. »Und mit der Glatze werden Sie ein neuer Mensch sein.«

Dieser Gedanke gefiel mir nicht besonders und ich sagte es laut.

»Haare wachsen nach«, erwiderte er lakonisch in einem Tonfall, der keinen Widerspruch duldete.

»Vielleicht sollte ich auch meine Stimme verstellen?«, schlug ich vor.

Er schüttelte den Kopf. »Lassen Sie das. Sie halten so ein Spielchen nicht durch. Selbst ausgebildete Schauspieler tun sich schwer darin, eine Rolle konsequent mit anderer Stimmlage als der eigenen zu sprechen. Irgendwann verhaspeln Sie sich und man wird auf Sie aufmerksam werden. Selbst wenn jemandem die Ähnlichkeit der Stimme Jean-Paul Büsings mit der von ...« Er stockte. »Sie brauchen noch einen neuen Namen. Also, selbst wenn die Ähnlichkeit auffiele – wir sind daran gewöhnt, andere Menschen immer mit fast allen Sinnen wahrzunehmen und zu identifizieren. Ihr Aussehen, Ihre Art, sich zu bewegen, Ihre Stimme, Ihre Gestik und auch Ihr Geruch machen das Gesamtbild aus, an dem wir uns orientieren. Einen blinden Menschen könnten Sie so natürlich nicht täuschen. Er würde Ihre Stimme mit Sicherheit erkennen. Aber ein Sehender? Nein, sprechen Sie wie gewohnt. Es wird nicht auffallen, glauben Sie mir. Gut. Sie sollten sich nun wieder in Büsing zurückverwandeln. Ich zeige Ihnen, wie Sie ohne meine Hilfe die Identität wechseln können.«

Es war fast Abend, als ich wieder in meinem Hotel auftauchte. Morgen früh würde Jean-Paul Büsing auschecken, Taubenberg aufsuchen, sich eine Glatze schneiden lassen, die Verkleidung anlegen und dann als

Jürgen Runkel das bereits telefonisch reservierte Zimmer im Hotel *Orphee* beziehen.

14

Das Zimmer im *Orphee* war mit antiken Möbeln und einem echten Himmelbett ausgestattet. Vom Dachfenster aus hätte ich ohne tief hängende Wolken eine fantastische Aussicht über die Altstadt gehabt.

Meine Lederjacke spannte ziemlich, als ich versuchte, sie über meinem neuen Bauch zu schließen. Auch meine Pullover wollten nicht mehr so recht passen. Da ich nicht vorhatte, nur im Hemd und mit offener Jacke durch das novemberkalte Regensburg zu spazieren, erstand ich in einem Kaufhaus zwei dicke Pullis in Übergröße. Zum Kauf einer neuen Jacke konnte ich mich nicht durchringen. Irgendwie wäre es mir wie Verrat an dem geliebten Stück vorgekommen. Also trug ich es offen.

Ich hatte am Morgen auf ein Frühstück verzichtet. Jetzt verspürte ich Hunger. In einer kleinen Gasse etwas abseits der Hauptgeschäftsadern fand ich das *Café Kaminski*.

Ich wählte einen freien Tisch in der Nähe des Eingangs mit Blick nach draußen und bestellte, nach einem kurzen Blick in die Speisekarte, das Frühstück *Kaminski*-Extra, mit Serrano-Schinken, Lachs, Putenbrust, Salami, Konfitüre, Honig, Saft und Kaffee.

Es hatte leicht zu schneien begonnen. Ich schlürfte heißen Kaffee, aß und las eine überregionale Tageszeitung. Schließlich widmete ich mich dem Flyer, den Claudia Taubenberg mir gegeben hatte. *Führen mit Zie-*

len auch bei Konflikten, las ich da. Das klang nicht besonders esoterisch. *Sie wollen auch in schwierigen Situationen Ihrem Führungsanspruch gerecht werden? Sie möchten lernen, Konflikte als Chance für Veränderungsprozesse zu begreifen? Sie suchen Lösungen in individuellen Sinnkrisen? Sie wollen handlungsorientiert leben?* Ich schüttelte den Kopf. Für mich hörte sich diese Mixtur verschiedener Themen ziemlich unausgegoren an. Ich drehte das Blatt um. *Erfahrene Trainer vermitteln Ihnen die Spielregeln für das Leben in und außerhalb Ihrer Organisation. Wir zeigen Ihnen, dass Sie und nur Sie ganz allein für Ihr Dasein verantwortlich sind. Sie bekommen das Vertrauen und den Glauben an sich selbst. So meistern Sie jede Lebenssituation. Wir begleiten Sie auf dem Weg hin zu Ihrem persönlichen Konflikt-Lösungs-Guide und definieren mit Ihnen gemeinsam Ihre eigene individuelle Win-win-Strategie.* Auf so einen Schwachsinn war Gianna reingefallen? Ich konnte es kaum glauben.

Wenig später brach ich auf.

Als ich in die Weiße-Hahnen-Gasse einbog, in der die Unternehmensberatung Stelade ihren Firmensitz hatte, fiel mir auf, dass ich schon am vorgestrigen Abend hier vorbeigekommen war. Die polierte Messingplatte am Haus mit der Nummer 1 hatte ich jedoch übersehen. *Sozietät Dr. H. Stelade*, las ich in schwarz gestanzter Schrift, *Unternehmensberatung*. Ich trat einen Schritt zurück, um mir das Gebäude anzusehen. Auf dem Dach des weiß verputzten Hauses thronte mittig ein eigenartiger Erker von etwa ein Meter fünfzig Breite und zwei Meter fünfzig Höhe, dessen Giebel die übrige Hausfront weit überragte. Der Aufbau verschandelte das ganze Gebäude und wirkte wie ein Wurmfortsatz aus Holz.

Neben der Gegensprechanlage standen auf zwei der drei Klingelknöpfe Namen, die mir nichts sagten. Der obere jedoch zeigte den Sitz der Firma Stelade an. Kurz entschlossen drückte ich den Knopf.

Wenig später erklang eine weibliche Stimme aus dem Lautsprecher. »Ja, bitte?«

»Mein Name ist Runkel. Ich möchte mich über Ihr Seminarangebot informieren.«

»Sind Sie angemeldet?«

»Nein.«

»Einen Moment bitte.«

Ich wartete ungeduldig und zweifelte schon an der Durchführbarkeit meines Plans, als der Türöffner summte. Ich kletterte hoch in den zweiten Stock. Hinter einer halb offenen Glastür wartete an einem mahagonifarbenen Schreibtisch eine attraktive schwarzhaarige Frau, die mich kühl musterte. »Grüß Gott. Sie interessieren sich für unser Seminarangebot?«

»Ja.«

Sie griff zu einem Formular. »Ihr Name bitte?«

»Jürgen Runkel«

»Sie wohnen?«

Damit hatte ich nicht gerechnet. Meine Gedanken rasten. Dann hatte ich eine Idee. »In Nürnberg.«

Sie zog erstaunt die Augenbrauen hoch.

»Ein Freund hat mich auf Ihr Angebot aufmerksam gemacht. Da ich dienstlich in Regensburg zu tun hatte, lag es nahe, persönlich bei Ihnen hereinzuschauen.«

»Verstehe. Wo wohnen Sie in Nürnberg?«

In jeder größeren deutschen Stadt gibt es einen Bahnhof. Folglich auch eine Bahnhofstraße. Ich nannte ihr die Adresse inklusive einer Hausnummer.

»Postleitzahl?«

Da musste ich passen. Ich wusste nur, dass die Postleitzahl von Nürnberg mit einer Neun begann. »Da erwischen Sie mich aber jetzt auf dem völlig falschen Fuß. Ich bin erst kürzlich aus Frankfurt zugezogen. Zahlen kann ich mir sehr schlecht merken. Irgendetwas mit einer Neun. Ich müsste nachsehen.«

»Haben Sie keinen Personalausweis dabei?«

»Leider nein. Ich habe meine Brieftasche im Hotel liegen gelassen.«

Keine Ahnung, ob sie mir meine Geschichte abnahm. Aber sie fragte nicht weiter nach.

»Wofür interessieren Sie sich besonders?«

»Führungsprobleme, Konfliktmanagement. Etwas in dieser Richtung.«

Sie reichte mir einen Flyer, wie ihn mir Claudia Taubenberg gegeben hatte. »Etwas in der Art?«

Ich tat so, als ob ich den Text aufmerksam studierte. »Hört sich gut an«, sagte ich dann. »Das würde ich mir gern mal ansehen. Findet vielleicht zurzeit ein solcher Kurs statt? Ich bin nur noch wenige Tagen in Regensburg und würde gern ...«

Die Schwarzhaarige blätterte in Unterlagen. »Sie haben Glück. Es ist noch ein Platz frei. Übermorgen. Am Freitag. Passt Ihnen das?«

»Das passt mir sogar sehr gut«, beeilte ich mich zu versichern.

Sie zögerte. »Es gibt da nur ein kleines Problem.«

»Welches?«

»Die Seminargebühr. Sie muss üblicherweise vor Seminarbeginn auf unserem Konto eingegangen sein. Dafür bleibt ja nun nicht ausreichend Zeit.«

»Kann ich nicht bar zahlen?«

»Natürlich. Die Gebühr für ein Tagesseminar dieser Art beträgt achthundert Euro.«

Überschlägig bewertete ich den Inhalt meiner Geldbörse. »So viel habe ich nicht bei mir. Ich werde rasch zur nächsten Bank gehen und den Betrag besorgen.«

»Gut. Ich stelle Ihnen dann schon einmal die Seminarunterlagen zusammen.«

Eine Viertelstunde später verließ ich das Gebäude mit einem schmalen Schnellhefter unter dem Arm und der Gewissheit, am übernächsten Tag ein Seminar der Unternehmensberatung Stelade besuchen zu können.

Ich rief in Dermöllers Büro an und bat darum, mir eine Handelsregisterauskunft über die Unternehmensberatung zu besorgen.

»Das dauert aber ein paar Tage«, meinte Dermöllers Sekretärin. »Wir rufen Sie an, wenn wir die Information erhalten haben.«

Den Rest des Tages verbrachte ich damit, mir die Seminarunterlagen näher anzusehen. Die Lektüre bestätigte meine negativen Erwartungen: krudes Geschwafel. Am Abend bummelte ich nach dem Essen noch ein wenig an der Donau entlang, um meine Gedanken zu sortieren.

Ich schlief ruhig und ohne Träume.

Am Donnerstagvormittag fuhr ich mit meinem Mietwagen zu dem Internat, dessen Adresse ich aus dem Werbeprospekt kannte. Es befand sich in einem Vorort. Der schmucklose Zweckbau erinnerte an eine Bundeswehrkaserne und war auch nicht besonders groß.

Ich parkte den Wagen in der nächsten Querstraße und stieg aus. Ein hoher Zaun umgab das Gelände. Keine Menschenseele war zu sehen. Allerdings waren einige Räume beleuchtet und ich konnte schemenhaft Personen hinter den geschlossenen Gardinen ausmachen. Das Tor, welches auf den Hof führte, war, wie ich feststellte, verschlossen. Eine kleine rote Leuchte an der Gegensprechanlage signalisierte ihre Funktionsbereitschaft. Ich zögerte zu schellen. Was sollte ich erzählen?

Etwas ratlos wanderte ich die Straße hinunter und entschied mich dann dafür, zurück zum Hotel zu fahren. Bevor ich in dem Internat vorstellig werden konnte, musste ich mir eine plausible Erklärung zurechtlegen.

Nachdem ich mein Zimmer betreten hatte, bestellte ich über das Telefon eine Flasche Brunello, ließ ihn aber noch nicht entkorken, als mir der Zimmerservice den gewünschtenWein brachte. Nachdem der junge Mann wieder gegangen war, sah ich zu, dass ich die verdammte Wampe loswurde. Das Teil behinderte mich in meinen Bewegungen, außerdem schwitzte ich nicht unerheblich unter Bauch und dickem Pullover. Langsam bekam ich einen Eindruck davon, was es heißt, so etwas in natura und fest angewachsen mit sich zu schleppen. Ich ließ mich mit bloßem Oberkörper auf das Bett fallen und überlegte, eine Dusche zu nehmen, als es an der Tür klopfte.

»Ja, bitte?«

Ich bekam keine Antwort.

»Wer ist da?«, rief ich, dieses Mal mit deutlich erhobener Lautstärke. Vermutlich hatte der Kellner etwas vergessen.

»Ein Freund von Renaldo Schreiber.«

Wie von der Tarantel gestochen, sprang ich auf, zog hektisch den Bauch über, ohne ihn rutschsicher zu befestigen, und schnappte mir eilig den Bademantel.

Ich öffnete die Tür einen Spalt und sah hinaus. Vor dem Zimmer stand ein klein gewachsener älterer Herr in einem dunkelblauen Anzug, einem farblich dazu passenden Mantel, blauer Hut, weißer Schal und Gehstock. Fred Astaire in eins sechzig, dachte ich. Der Zwerg wirkte nicht besonders gefährlich. Also öffnete ich. »Was kann ich für Sie tun?«

»Können wir uns in Ihrem Zimmer unterhalten? Das wäre mir angenehmer.« Astaire in Klein sprach mit italienischem Akzent.

Ich überlegte einen Moment und ließ ihn dann herein.

»Ich heiße Silvio Frattini, Herr Büsing. Wie ich schon bemerkte, war ich ein Freund Schreibers.« Er wartete eine Sekunde. »Nein, Freund ist eigentlich nicht der richtige Ausdruck. Ich war sein Chef. Ich bin – Sie würden sagen: Abteilungsleiter – im *Servizio Informazione e Sicurezza*, Roma.«

Er musste mir meine Verblüffung angesehen haben, fummelte in seiner Tasche und präsentierte mir ein Plastikkärtchen mit Foto. Den Text konnte ich nicht lesen, da er auf Italienisch verfasst worden war. »Das ist der Inlandsgeheimdienst Italiens. Sie haben davon gehört?«

Ich entschloss mich, diesen Frattini anzuhören.

»Sie wundern sich, dass wir Sie aufgespürt haben?«, redete er weiter. »Das brauchen Sie nicht. Die Glatze und der Bauch stehen Ihnen nicht besonders, Herr Büsing. Wenn Sie es sich bequemer machen wollen, nur zu.«

Seufzend drehte ich mich um und schlüpfte aus dem Bauch. Dann wandte ich mich wieder meinem unverhofften Besuch zu. »Wie haben Sie mich gefunden?«

»Ein netter Versuch.« Er zeigte mit dem Gehstock auf die Kunstwampe. »Haben Sie den aus einem Theaterfundus?«

»So ähnlich. Also, woher wissen Sie, dass ich hier bin?«

»Ich muss gestehen, ich habe Sie etwas unterschätzt. Als Sie Rotolo aufforderte, das Land zu verlassen, dachte ich …«

»Woher wussten Sie …«

Der Geheimdienstmann machte mit der Linken eine abwehrende Handbewegung. »Sie wissen, wer die Töchter des Atlas sind?«, fragte er unvermittelt.

Mir blieb fast das Herz stehen. Was wusste Frattini? Ich entschloss mich zu einer Lüge. »Natürlich«, sagte ich mit dem Brustton tiefster Überzeugung.

Frattini nickte. »Das dachte ich mir. Deshalb wollen Sie an dem Seminar teilnehmen, nicht wahr?«

»Sie wissen davon?«

»So etwas sollten wir wissen, meinen Sie nicht?«

»Warum?«

»Eine gute Frage. Sagen Sie, darf ich mich setzen?« Er zeigte auf einen der Sessel.

»Entschuldigen Sie.« Ich räumte den Bauch zur Seite. »Auf Besuch war ich nicht eingerichtet. Bitte.«

Mit einem Lächeln nahm Silvio Frattini Platz. »Ah, ich sehe, Sie bevorzugen auch in Ihrem Land Wein aus meiner Heimat. Das freut mich. Ein Brunello aus Montalcino. Ich bin dort geboren. Kennen Sie Montalcino?«

Ich nickte. »Eine schöne Stadt.«

»Die schönste in der Toskana.«

»Diese Auffassung muss man nicht teilen, oder?« Ich begann, die Flasche zu entkorken.

»Nein, natürlich nicht.«

Ich schenkte den Roten in das Weinglas und schob es zu Frattini hin. Dann stand ich auf, holte das Zahnputzglas aus dem Bad und goss auch mir ein. »Salute.«

»Salute.« Frattini schmatzte mit der Zunge. »Ein 1999er. Exzellenter Jahrgang. Gute Wahl.«

»Sie sind nicht gekommen, um mit mir über italienische Rotweine zu philosophieren, oder? Woher wissen Sie, dass ich das Seminar besuchen möchte?«

Der Geheimdienstler stellte sein Glas ab und sah mich mit freundlichen Augen an. »Natürlich möchte ich mich nicht mit Ihnen über Rotwein unterhalten. Obwohl auch das ein anregendes Thema sein kann. Hatte ich den Grund meines Besuches nicht schon erwähnt?«

»Bis jetzt haben Sie eigentlich überhaupt nichts gesagt.«

»Verzeihen Sie. Eine schlechte Eigenschaft.«

»Also?«, drängte ich.

»Lassen Sie es mich so formulieren: Sie wurden hier in Regensburg erkannt und das wurde mir mitgeteilt. Diese Information galt es zu verifizieren. Sie wissen sicher, dass Handys mit einer Genauigkeit von nur wenigen Metern geortet werden können?«

»Natürlich.«

»So haben wir es gemacht.«

»Das nehme ich Ihnen nicht ab. Sie behaupten, von Italien aus mein Handy geortet zu haben?«

»Habe ich das behauptet?« Er lächelte wieder. »Wir haben Ihnen eine verdeckte SMS geschickt, die Ihr Telefon nicht angezeigt hat. So ist der Verbindungsaufbau hergestellt worden. Eine solche Maßnahme ist Standard, Herr Büsing. Aufgrund der Verbindung konnten wir den Standort Ihres Handys ermitteln und die Meldung unseres Informanten überprüfen. Der Rest war Polizeiroutine. Etwas Beschattung am Nachmittag, ein paar Recherchen, nichts Besonderes.«

»Für so etwas benötigt man in Deutschland einen richterlichen Beschluss.«

»In Italien auch, Herr Büsing. Aber erstens ist Ihr Provider ein international tätiges Unternehmen und zweitens haben Inlandsgeheimdienste auch im Ausland Quellen, die nicht immer die offiziellen Regeln befolgen. Ich nehme an, das wissen Sie.«

Ich nahm einen Schluck aus dem Zahnputzbecher. »Sie dürfen offiziell nicht im Ausland tätig sein. Habe ich Recht?«

»Sind wir auch nicht. Ich bin rein privat in Deutschland.«

»Und Ihr Informant?«

»Der auch.«

Silvio Frattini würde mir vermutlich nicht mehr mitteilen. Ich konnte das sogar nachvollziehen. »Okay. Was wollen Sie?«

»Ihnen eine, wie heißt es doch in der Politik so schön, privilegierte Partnerschaft anbieten.«

»Wie soll ich das verstehen?«

Frattini lehnte sich im Sessel zurück. »Ich sagte ja eben, wir haben Sie falsch eingeschätzt. Also nimmt unser Amt jetzt einen Paradigmenwechsel vor.«

»Meine Güte, jetzt kommen Sie langsam zum Punkt!«

Er seufzte. »Wie wir mittlerweile wissen, haben Sie versucht, Informationen über die *Societät Stelade* zu sammeln. Ihre Verkleidung und Ihr neuer Haarschnitt lassen darauf schließen, dass Sie befürchten, von diesen Leuten erkannt zu werden. Richtig?«

Ich zog es vor, den Mund zu halten.

»Natürlich stimmt es«, fuhr er fort. »Sie haben den Verdacht, dass die Unternehmensberater nicht nur in den Diebstahl der Himmelsscheibe von Nebra verwickelt sind, sondern auch in irgendeiner Form etwas mit den Töchtern des Atlas zu tun haben könnten.«

Meine Gedanken rasten. *Ich habe die Töchter nicht verraten.* Erfuhr ich jetzt, was Giannas Worte zu bedeuten hatten?

»Sie glauben weiter, dass diese Spur von Florenz nach Regensburg führt. Nun, Sie haben Recht.« Der Geheimdienstler griff zum Glas. »Zum ersten Mal haben wir vor fünf Jahren von den Töchtern des Atlas gehört. Allerdings kannten wir damals ihren Namen noch nicht. Unsere deutschen Kollegen haben uns über eine Sekte in Kenntnis gesetzt, die sehr erfolgreich Mitglieder rekrutierte und ihren Wirkungskreis um Italien erweitern wollte. Bei der Auswahl der Mitglieder waren die Sektengründer mehr als wählerisch. Sie sprachen gezielt Personen an, die in der Wirtschaft, der Wissenschaft oder der Politik an herausragender Stelle tätig waren. Sie lockten diese Leute mit Seminaren zu Themen wie Stressabbau, Zeitmanagement und so etwas zu sich. Hatten sie den Eindruck, einer der Teilnehmer sei ein geeigneter Kandidat, folgte der nächste Schritt. Dem potenziellen Mitglied wurden weitere, individuell auf ihn zugeschnittene Seminare angeboten. Speziell dafür ausgebildete, besonders vertrauenerweckende Werber bemühten sich um diese Personen und überzeugten sie langsam, aber sicher davon, dass einzig die Töchter des Atlas eine Lösung all ihrer Probleme bieten könnten. Natürlich kosten diese Seminare Geld, viel Geld sogar. Und nur ganz wenige Personen werden in den inneren Zirkel aufgenommen.«

»Wer oder was ist dieser innere Zirkel?«

»Darüber wissen wir nicht viel. Es ist weder uns noch den deutschen Kollegen bisher gelungen, einen Informanten in das eigentliche Machtzentrum der Sekte einzuschleusen.«

»Und welche Ziele haben diese Leute?«, fragte ich.

Frattini lachte auf. »Die gleichen wie alle Sekten. Nach außen die Welt retten, die Menschheit erlösen, was weiß ich.« Dann wurde er wieder ernst. »Aber dem inneren Zirkel geht es um ganz andere Dinge. Macht. Gerade die Töchter des Atlas halten wir für sehr gefährlich. Sie unterwandern unser gesellschaftliches System. Langsam, aber zielstrebig. Darum interessieren wir uns für diese Gemeinschaft.«

Frattini nippte wieder an dem Glas. »Der Wein ist wirklichausgezeichnet. Und nun mein Vorschlag: Sie informieren mich über alles, was Sie über die Töchter des Atlas in Erfahrung bringen. Im Gegenzug werden wir Sie unterstützen.«

»Welche Möglichkeiten, mich zu unterstützen, hat denn ein italienischer Inlandsgeheimdienst im Ausland?«, fragte ich spöttisch.

Frattinis Gesicht blieb undurchsichtig. »Einige. Also? Können wir mit Ihrer Kooperation rechnen?«

Ich dachte nicht lange nach. »In Ordnung.«

»Sehr gut.«

»Schreiber war Ihr Mann, sagten Sie?«

»Ja«, antwortete er knapp.

»Warum wollte er mich in Florenz sprechen?«

Er zögerte keine Sekunde mit der Antwort. »Schreiber hatte den Auftrag, Sie genauer unter die Lupe zu nehmen. Wir wussten, dass sich Ihre Kooperationsbereitschaft, zumindest gegenüber der italienischen Polizei, in Grenzen hielt. Dabei suchten Sie nach Antworten auf Fragen, die auch wir stellen. Leider kam dieser Unfall dazwischen.«

»Schreiber ist also tatsächlich einem Unfall zum Opfer gefallen?«

»Ohne jeden Zweifel. Aber das hat Ihnen Rotolo doch bestimmt mitgeteilt, oder?«

»Hat er. Ich war mir nur nicht sicher, ob ich ihm glauben konnte. Und Schreibers Aktivitäten im Museum haben auch mit dieser Suche nach Antworten zu tun?«

»Ja.«

Ich holte tief Luft. »Sie verdächtigen also Gianna Rossi, Mitglied dieser Sekte zu sein?«

»Selbstverständlich. Sie nicht?«

»Ich muss erst über das nachdenken, was Sie mir eben mitgeteilt haben. Möglich wäre es. Etwas anderes ist mir noch unklar. Schreiber hat mich gewarnt, dass ich möglicherweise beschattet werden könnte. Um das zu überprüfen, hat er mich ja auch durch die Innenstadt von Florenz gehetzt. Vor wem wollte er mich warnen? Der Polizei? Oder dieser Sekte?«

Der Geheimdienstler schmunzelte. »Vielleicht vor beiden?« Er setzte hinzu: »Auch ich möchte Ihnen eine Frage stellen. Um was geht es Ihnen eigentlich in erster Linie? Um diese Archäologin oder um Ihren Auftrag?«

Ich grinste breit. »Vielleicht um beides?«

Er lachte laut auf.

Dann fragte ich: »Beantworten Sie mir noch ein Letztes?«

»Wenn ich kann, gerne.«

»Wie habe ich Schreibers letzte Worte, der Name sei ein Anagramm, zu verstehen?«

Frattini schüttelte nachdenklich den Kopf, antwortete aber nicht. Stattdessen fragte er: »Wie sind Sie darauf gekommen, dass es einen Zusammenhang zwischen

dem Diebstahl der Scheibe und der Unternehmensberatung gibt?«

Ich erzählte ihm von den Werbeprospekten, behauptete aber, sie in Giannas Wohnung gefunden zu haben.
Claudia Taubenberg, ihren Vater und vor allem Alessia
verschwieg ich Frattini. Ich hatte das Gefühl, dass mir
mein Gegenüber nicht alles sagte, was er wusste.

»Mehr haben Sie noch nicht herausbekommen?«

»Nein.«

»Manchmal ist alles so einfach«, seufzte Frattini.

»Und? Was ist nun mit dem Anagramm?«, insistierte
ich.

»Ich liebe Rätsel. Sie nicht?« Er lächelte verschmitzt.
»Ich bin gespannt, ob Sie dieses knacken werden. Von
mir jedenfalls werden Sie die Lösung nicht erfahren.
Aber seien Sie beruhigt. Die Antwort ist für Sie nicht
mehr wirklich wichtig.«

Zehn Minuten später war ich wieder allein in meinem
Zimmer. Frattini hatte mir zum Abschied eine Handynummer überlassen, unter der Tag und Nacht jemand
erreichbar sei. Dieser Jemand sei autorisiert, mir – falls
erforderlich und soweit möglich – Hilfestellung zu geben. Im Gegenzug hatte ich mich bereit erklärt, Frattini
über meine Erkenntnisse zu informieren. Wie hatte er
das genannt? *Privilegierte Partnerschaft.*

15

Das Navigationssystem des Mercedes führte mich in
den Norden Regensburgs, wo das Seminar im Nebengebäude einer früheren Schule stattfand. Ich betrat das
Haus, Hinweisschildern aus Pappe folgend. Die Wegwei-

ser führten mich durch einen Flur, der sich schließlich zu einem Raum verbreiterte. Möbliert war er lediglich mit einem guten Dutzend Stehtische – eine Art Wartezimmer.

Ich war einer der ersten Seminarteilnehmer. Nach und nach fanden sich etwa zwanzig weitere Personen ein, zur Hälfte Frauen. Einige schienen sich zu kennen, da sie sich leise unterhielten. Andere standen wie auch ich etwas verloren an den Tischen, nickten einander höflich zu und hielten sich an einer Tasse Kaffee fest, der in großen Warmhaltekannen bereitgehalten wurde.

Um kurz vor zehn öffnete sich eine der Türen, die von dem Flur abgingen, und wir wurden von einer blonden Schönheit in einem dunkelblauen Kostüm gebeten, den Seminarraum zu betreten. Die Unterlagen unter dem Arm suchte ich mir einen Platz in der Nähe des Fensters. Die Sitzordnung war dem Buchstaben U nachgebildet, sodass jeder jedem ins Gesicht schauen konnte. Auch sonst unterschied sich dieser Seminarraum in nichts von anderen, in denen ich schon gesessen hatte: Schreibblock und Kugelschreiber an jedem Platz, Overheadprojektor, Beamer, Laptop und Leinwand schienen auch hier unverzichtbare Utensilien eines modernen Schulungskonzeptes zu sein. Lächelnd beobachtete uns die Blonde, wie wir etwas verlegen auf den Veranstaltungsbeginn warteten.

Zwei junge Männer, keiner älter als dreißig, betraten den Raum. Beide schlank, braun gebrannt, gut aussehend. Ihre Anzüge dreiteilig in gedecktem Blau. Das Haar sorgfältig frisiert. Sie blickten freundlich in die Runde.

»Guten Morgen, meine Damen und Herren«, begrüßte uns schließlich der Größere der beiden. »Herzlich willkommen zu unserem Seminar *Führen mit Zielen auch bei Konflikten*. Ich darf Ihnen zunächst unsere Teamer vorstellen, die Ihnen heute mit mir gemeinsam die Seminarinhalte vermitteln werden. Die junge Dame zu meiner Linken ist Annette Schönlau, Diplompsychologin und Expertin für Stressbewältigung. Zu meiner Rechten Dr. Dirk Koch, Fachmann für Changemanagement. Beide lehren und arbeiten hier an der Universität Regensburg. Mein Name ist Gunter Müller, ich bin Seniorpartner der Unternehmensberatung Stelade, die für dieses Seminar verantwortlich ist. Zunächst einiges Organisatorische. Wir werden ...«

Ich schaltete ab und musterte die anderen Teilnehmer. Mir direkt gegenüber saß eine Frau von etwa vierzig Jahren. Sie wirkte leicht füllig, war auffällig stark geschminkt und trug schweren Goldschmuck an Hals und Fingern. Ihre Nachbarin hätte gegenteiliger nicht aussehen können: eine dürre, ausgemergelte Gestalt, strähniges Haar, Jeans, Strickpulli und ein selbst gefärbtes Halstuch. Dazu hohe Wildlederstiefel. Frauen in diesem Outfit hatte ich das letzte Mal Ende der Siebzigerjahre auf Demonstrationen unter dem Motto Mein Bauch gehört mir gesehen. Wie gebannt hing sie an den Lippen des Vortragenden. Rechts von ihr malte ein vielleicht Dreißigjähriger in feinem Zwirn unentwegt Figuren auf das Schreibpapier.

»... bitte ich Sie jetzt darum, sich kurz vorzustellen. Dazu schreiben Sie bitte zunächst Ihren Vor- und Nachnamen mit den dicken Filzstiften vor Ihnen auf die Karten, die Sie an Ihrem Sitzplatz finden, und stellen sie so auf, dass wir sie alle lesen können.«

Wir folgten gehorsam. Fast hätte ich mich verschrieben. Erst im letzten Moment fiel mir ein, dass hier ja nicht Jean-Paul Büsing, sondern Jürgen Runkel saß.

»Dann teilen Sie uns nicht nur Ihr Alter und Ihren beruflichen Werdegang mit, sondern erzählen uns auch etwas über sich selbst. Etwas, was uns dabei hilft, Ihre Persönlichkeit kennen zu lernen. Also, was sind Ihre Hobbys? Ihre Vorlieben? Und vergessen Sie bitte nicht, auch Ihre Erwartungen an dieses Seminar kurz zu skizzieren. Wären Sie so nett und fangen an?« Müller lud mit der Hand den ersten Seminarteilnehmer zum Sprechen ein. Kurz darauf folgte der nächste. Ich hatte Glück. Wenn die Vorstellungsrunde in dieser Reihenfolge fortgesetzt wurde, hatte ich Zeit genug, mir eine plausible Legende zurechtzubasteln.

Gelangweilt verfolgte ich die Bemühungen der Teilnehmer, sich und ihre Hobbys möglichst vorteilhaft darzustellen, und hakte die Namen auf der Adressenliste, die sich bei den Seminarunterlagen befunden hatte, ab. Die Frau mit dem Goldschmuck hieß Lisa Hackel, leitete eine Firma, die sich auf den Vertrieb von ökologischen Reinigungsmitteln spezialisiert hatte, und sammelte amerikanische Indianerschnitzereien. Carmen Hubbel, ihre hagere Nachbarin, arbeitete in einer Altenpflegestätte und beschäftigte sich in ihrer Freizeit mit der Zucht von Zierfischen. Paul Dorfner, der Figurenmaler, war leitender Angestellte einer Computerfirma und hatte keine Hobbys. Ich stellte mich als selbstständiger Architekt vor, der französische Chansons sammelte, ein Gebiet, auf dem ich mich wirklich auskannte. Eine halbe Stunde später war die Vorstellungsrunde beendet und das Seminar begann.

Drei Stunden später fragte ich mich, warum ich das Geld der *Versicherung AG* ausgegeben hatte und auf unbequemen Stühlen den Worthülsen der jungen Teamer zuhörte. Ihr Vokabular bestand überwiegend aus Begriffen wie *nachhaltig, proaktiv, zukunftsorientiert, Heben von Synergien* und *wertsteigernd*. Und dann die Rollenspiele! Kasperletheater für Erwachsene. So kam es mir jedenfalls vor. Die anderen Teilnehmer hingegen schienen mit Begeisterung bei der Sache zu sein. Ich bemühte mich, mir mein Unbehagen nicht anmerken zu lassen. Vielleicht erfuhr ich ja doch noch etwas über die Töchter des Atlas. Allerdings verlor ich langsam den Glauben daran, dass dieser Seminarbesuch tatsächlich zielführend war. *Zielführend*. Auch so eine Phrase.

Ich war froh, als gegen ein Uhr die Veranstaltung für die Mittagspause unterbrochen wurde. Sie fand in einem nahe gelegenen Restaurant statt.

»Ist das nicht fantastisch, welche Erkenntnisse und welcher Nutzen für das eigene Ich, unser Selbst hier vermittelt werden?«, fragte mich die hagere Carmen Hubbel, nachdem wir unsere Bestellung aufgegeben hatten und am Mineralwasser nippten. »Und das ist alles so einfach, so einleuchtend. Die Anwendung ökonomischer Kategorien auf die Substanz des Ichs führt – tiefenpsychologisch betrachtet – zu einer völlig neuen Stufe der Selbsterfahrung. Man wird als Persönlichkeit einfach stärker. Meinen Sie nicht?« Sie strahlte mich an.

Ich ersparte ihr die Antwort, was ich von so einem Geschwafel hielt, und brummte stattdessen etwas in mein Glas, was sie ohne Zweifel als Zustimmung wertete.

»Ich habe schon mehrere dieser Seminare besucht. Sie sind einfach alle so toll. Dieses ist der letzte Vorbereitungslehrgang. Dann bin ich bereit für die Kurse der

Fortgeschrittenen. Ich freue mich schon sehr darauf. Möchten Sie auch die nächste Phase erreichen?«

»Welche nächste Phase?«, fragte ich erstaunt zurück.

»Die nächste Erkenntnisstufe. Hat man Ihnen das nicht in den anderen Seminaren empfohlen?«

»Nein. Das ist mein erstes Seminar dieser Art.« Und wird auch mein letztes sein, fügte ich in Gedanken hinzu.

»Sie Armer.« Carmen Hubbels Blick war mitleidig. »Erst in Phase zwei generiert das Selbst die innere Stärke, die notwendig ist, das Wissen um den Ursprung wahrer Führung zu erreichen.«

Langsam gewann ich den Eindruck, dass mein Gegenüber nicht ganz richtig im Kopf war. Zu meiner Verwunderung jedoch nickten einige der anderen Seminarteilnehmer, die ihren Monolog verfolgt hatten, zustimmend.

»Ich weiß nicht, ob Phase zwei das Richtige für mich ist«, sagte ich vorsichtig.

»Natürlich ist es das. Sie sollten mit Josef reden. Er wird Ihnen den Weg zeigen.«

»Was für ein Josef?«

»Josef Maurer. Er hat schon Phase drei erreicht«, sagte Carmen Hubbel bewundernd. »Aber das muss natürlich auch so sein. Schließlich ist er es, der uns in die nächste Stufe führt und uns dort unterweist.«

Carmen Hubbels Eifer, ihr vor Begeisterung glühendes Gesicht, die Andächtigkeit der anderen Zuhörer – hier saßen religiöse Eiferer am Tisch. Menschen, die von ihrem Sendungsbewusstsein überzeugt waren und keine Zweifel kannte. Das war typisch für Sekten. Ob Carmen Hubbel Mitglied der Töchter des Atlas war? Wenn nicht, waren sie und die anderen auf dem besten Weg dorthin.

Ich wollte mehr erfahren. »Wie kann ich diesen Josef erreichen?«

»Josef wird Sie erreichen, wenn die Zeit gekommen ist«, gab mir Hubbel zur Antwort. »Unser Ich und sein Ich werden sich dann verschmelzen.«

»Wie habe ich mir das vorzustellen?«

Sie legte einen Zeigefinger auf die Lippen, lächelte und flüsterte: »Das erfahren Sie in Phase zwei.«

Das Schnitzel, das die Bedienung vor mir auf den Tisch stellte, unterbrach das Gespräch. Wir aßen schweigend.

Nach der Pause ging das Seminar so weiter, wie es angefangen hatte. Kein weiterer Hinweis auf die Töchter des Atlas. Und Carmen Hubbel wechselte bis zum Ende des Tages kein Wort mehr mit mir.

16

Ich saß beim Frühstück und versuchte, den gestrigen Tag zu verarbeiten, als sich mein Handy meldete. Claudia Taubenberg war am Apparat.

»Ich habe über unser Gespräch vom Dienstag nachgedacht«, begann sie. »Dabei ist mir ein Gedanke gekommen. Sie haben ja mit Gianna über die mythologische Bedeutung der Himmelsscheibe gesprochen. Hat sie Ihnen eigentlich erklärt, was die auf der Himmelsscheibe angebrachten Symbole im Detail bedeuten?«, fragte sie.

Ich versuchte, mein Wissen zu rekapitulieren. »Sie sprach von der Bedeutung der Scheibe für die Herbst- und Frühjahrswende, wenn ich mich richtig erinnere.«

»Hat sie die Sonnenbarke erwähnt?«

»Ich glaube nicht.«

»Das hatte ich fast befürchtet. Die Himmelsscheibe wurde mehrfach verändert. Ursprünglich waren wahrscheinlich nur die Objekte des Nachthimmels abgebildet: Sterne, Mondsichel, Vollmond und die Plejaden. Dann kamen die Horizontbögen links und rechts am Rand der Scheibe hinzu. Sie sind aus einer anderen Goldart gefertigt und jüngeren Datums. Erst wieder einige Jahrzehnte oder auch Jahrhunderte später wurde die Sonnenbarke angebracht. Sie symbolisiert vermutlich die Reise der Sonne von Ost nach West. Die Form des Bogens am südlichen Rand der Scheibe erinnert an frühe Schiffsdarstellungen, wie sie in der Ägäis oder auch auf Schwertklingen in Ungarn und Skandinavien gefunden worden sind …«

Ich hörte die Sirenen eines Krankenwagens. »Sagen Sie, wo stecken Sie eigentlich?«, fragte ich.

»Ganz in der Nähe Ihres Hotels. Ich muss in der Stadt etwas besorgen.«

»Wäre es da nicht einfacher, wir würden uns auf eine Tasse Kaffee treffen?«

»Gerne. Aber lassen Sie mich den Gedanken eben noch zu Ende bringen. Wir können unsere Unterhaltung ja später vertiefen. Also, wenn man die Sonnenbarke genau betrachtet, finden sich rund um den Goldbogen feine Striche, die in die Bronze eingraviert sind. Die Fachleute nennen das Fiederungen. Bei diesen Fiederungen dürfte es sich, so nimmt die archäologische Forschung heute an, um stilisierte Seeleute nebst ihren Rudern handeln.«

»Und?« Ich verstand nicht, worauf sie hinauswollte.

»Ursprünglich wurde lediglich der nächtliche Himmel dargestellt. Wenn Sie so wollen, hatte die Scheibe mit dem Auf- und Untergang der Plejaden als Hinweis auf den Beginn von Saat und Ernte eher praktische Bedeutung. Dann kam der solare Aspekt hinzu, der letztlich mit der Sonnenbarke ins Mythologische umschlug. Mit einfachen Worten: Die Scheibe diente zunächst der praktischen Lebenshilfe und wurde dann zum religiösen Kultgegenstand. Das ist die Biografie der Himmelsscheibe. Einige Wissenschaftler nehmen an, diese Bedeutungsveränderung hänge mit der Ausbreitung einer neuen Religion zusammen. Die später in der Scheibe angebrachte Lochung lege die Vermutung nahe, dass sie aufgehängt wurde. Vielleicht um den neuen Göttern zu huldigen.«

»So wie Christen das Kreuz verehren?«

»Ja.«

»Und Gianna kennt diese Interpretationen?«

»Selbstverständlich. Sie ist felsenfest davon überzeugt, dass die Scheibe eine religiöse Bedeutung hat. Für sie ist die Himmelsscheibe das Missing Link, das fehlende Glied zwischen der griechischen Mythologie und den alten Naturreligionen aus den Anfängen unserer Geschichte.«

»Das ist jetzt Ihre Annahme, oder?«

»Sicher. Aber …«

Sie sprach nicht weiter. Dann hörte ich Claudia Taubenberg heftig atmen. »Das gibt es doch nicht!«, stieß sie überrascht hervor. »Das ist doch nicht möglich!«

»Was ist?«, wollte ich wissen.

»Ich muss jetzt Schluss machen«, keuchte sie. »Kommen Sie heute Abend zu mir. Gegen acht Uhr.«

»Was ist mit dem Kaffee?«

Meine Frage kam zu spät. Claudia Taubenberg hatte die Verbindung bereits unterbrochen.

Ich dachte über das eben geführte Gespräch nach. War das Motiv für den Diebstahl der Scheibe vielleicht religiöser Natur? Wollten die Täter also überhaupt kein Lösegeld erpressen? Das wäre eine Erklärung dafür, dass die Artnapper bisher nicht versucht hatten, Kontakt zu mir aufzunehmen. Ich spekulierte weiter. Diente die Scheibe möglicherweise wie in der Vergangenheit dazu, irgendwelche Götter anzubeten? Oder etwa Nymphen? Mir lief es kalt den Rücken hinunter. Die Töchter des Atlas, nicht Artnapper hatten die Scheibe gestohlen, um sie für ihre Rituale einzusetzen. Und Gianna war von diesen Leuten unter Druck gesetzt worden. War es so gewesen?

Später führte ich ein längeres Telefonat mit Dermöller, der mittlerweile von meiner Abreise aus Italien erfahren hatte und verständlicherweise daran interessiert war zu erfahren, was um alles in der Welt ich an der Donau verloren hatte. Ich hielt ihn mit dürren Informationen hin und versicherte ihm, dass ich alles unter Kontrolle hatte. Das Gegenteil war der Fall. Ich hatte nicht die geringste Ahnung, was ich weiter tun sollte. Mir blieb nichts anders übrig, als auf denAbend und den Besuch bei Claudia Taubenberg zu warten.

Frattinis Bemerkungen von vorgestern über das Anagramm-Rätsel ließen mir keine Ruhe. Obwohl er mir zu verstehen gegeben hatte, dass dessen Lösung eigentlich keine Bedeutung mehr hatte, marschierte ich am späten Vormittag in das nächste Elektronikkaufhaus und ließ mir dort von einem der Angestellten einen Ausstellungslaptop vorführen. Dann widmete sich der Verkäufer einem anderen Kunden und ich spielte mit dem Rechner herum.

Zehn Minuten später tauchte der Angestellte wieder auf. »Interessieren Sie sich für das Modell?«, fragte der Mann betont höflich.

Ich überlegte nur kurz. Wenn mein Sohn Bastian Recht hatte, besaß mein alter Rechner in meiner Herner Wohnung bestenfalls nur noch für Sammler antiquarischer Computer einen gewissen Wert. Kurz entschlossen sagte ich: »Gut. Ich nehme das Ding.« Und erstand auch noch eine kabellose Maus, da mir die Sensorfläche des Laptops und mein Zeigefinger nicht kompatibel erschienen.

Drei Stunden, zwei Telefonate mit Bastian und mehrere Quasi-Nervenzusammenbrüche später gelang es mir, über das hoteleigene Netzwerk eine Internetverbindung herzustellen.

Dort fand ich einen Anagrammgenerator zum Herunterladen. Nachdem ich die Software auf dem Laptop installiert hatte, gab ich den Namen *Stelade* ein und drückte die Enter-Taste. Das Programm meldete kurz darauf, dass es insgesamt 10.080 mathematisch mögliche Anagramme für diese Ziffernfolge, Profil genannt, gab. Auf dem Bildschirm standen solche sinnvollen Wörter wie *Stad Lee, Tase LED* oder *Lade Est.* Nach drei Bildschirmseiten mit solcherlei Wortungetümen gab ich auf. Das brachte mich nicht weiter. Also versuchte ich es mit *Dr. H. Stelade.* Auch das ergab keine brauchbaren Hinweise. Schließlich tippte ich die altertümliche Schreibweise *Societaet Dr. H. Stelade* in die Tastatur. Nach kurzer Rechenzeit informierte mich das Programm darüber, dass zu diesem Profil insgesamt 527.973.526.080.000 Kombinationen möglich waren. Das war eine große Zahl! Trotzdem beunruhigte mich das nicht besonders. Für was gab es schließlich Computer?

Als ich jedoch die nächste Meldung las, die auf dem Bildschirm erschien, schwante mir Übles. Für die Ermittlung der ersten 350.000 Kombinationen veranschlagte die Software eine Rechendauer von etwa zwanzig Sekunden und das Programm wartete auf die Bestätigung, dass ich wirklich weitermachen wollte.

Ich überlegte einen Moment, wechselte in eine Tabellenkalkulation, nahm mit diesen Werten eine kurze Berechnung vor und starrte für einen Moment völlig perplex auf den Bildschirm. Das konnte ich einfach nicht glauben. Deshalb griff ich zu Zettel und Bleistift, um die Richtigkeit meiner Eingaben wenigstens überschlägig manuell zu überprüfen. Das Ergebnis haute mich fast um. Ich hatte keinen Eingabefehler begangen. Und natürlich hatte der Computer richtig gerechnet: Um alle denkbaren Kombinationen zu ermitteln, würde mein Laptop mehr als 900 Jahre brauchen!

Desillusioniert begrenzte ich die Suche auf zehntausend Kombinationen. Einen Versuch wollte ich wenigstens unternehmen.

Und ich hatte Glück. Schon auf der siebten Bildschirmseite fand ich eine Kombination, die mich elektrisierte. Vor Aufregung stieß ich gegen die Maus, die zu Boden fiel. Ich ließ sie liegen und starrte gebannt auf den Bildschirm. *Die Toechter des Atlas*, las ich da. Das also hatte Schreiber gemeint. *Societaet Dr. H. Stelade* war ein Anagramm für *Die Töchter des Atlas*.

Ich bückte mich, um die Maus aufzuheben. Der niedrige Eichentisch, auf dem mein Laptop stand, hatte unter der Tischplatte noch eine zweite Ablage für Zeitungen und Ähnliches. Diese Platte befand sich nur wenige

Zentimeter über dem Fußboden. Die Maus war weit darunter gerutscht. Ich musste mich auf den Bauch legen, um mit meiner Hand nach dem Eingabegerät zu fahnden. Bei der Suche stieß ich mit dem Finger gegen etwas, was sich wie ein Stück dünner Draht anfühlte. In mir keimte ein Verdacht. Hastig stand ich auf, räumte Laptop und Zubehör vom Tisch und drehte das Möbel um. Die Maus fand ich sofort. Und an der Unterseite der Ablageplatte ein kleines Metallgehäuse, rund fünf Millimeter hoch und in Länge und Breite etwa so groß wie eine Euromünze. Daran war ein knapp zwei Zentimeter langer Draht befestigt, den ich durch mein Tasten leicht verbogen hatte. Ich zog an dem Metallgehäuse und entdeckte, dass es mit einem doppelseitigen Klebestreifen angebracht war. Ein heftiger Ruck und ich hatte das Teil in der Hand. Seitlich auf dem Metallgehäuse war eine Buchstabenfolge aufgedruckt. Mühsam konnte ich sie entziffern. *179/T7.*

Ich stellte eilig den Tisch wieder auf seine Beine, wählte mich in das Internet ein und tippte die Bezeichnung in eine Suchmaschine. Es dauerte nicht lange, dann warf mir Google die Ergebnisse aus. Und bereits der erste Link landete im Ziel. *179/T7* war die Bezeichnung für einen Hochleistungsminisender mit einer Reichweite von etwa dreihundertfünfzig Metern und einer Batterieleistung von etwa sieben Tagen. Wütend zertrat ich den Sender mit den Schuhen. Erst als ich mich ausgetobt hatte, kam der Schreck. Dieses Zimmer hatte, soweit ich wusste, außer mir und dem Hotelpersonal nur einer betreten: Silvio Frattini. Es dauerte einige Minuten, bis ich wieder einen klaren Gedanken fassen konnte. Dann rief ich die Nummer an, die mir Frattini gegeben hatten. Der Anschluss war besetzt. Ich versuchte es noch dreimal, dann gab ich auf und suchte im Internet nach der Adresse, unter der der Geheimdienst zu erreichen war. Ich wählte die angegebene Nummer und verlangte auf Englisch, den Abteilungsleiter Silvio Frattini zu sprechen. Mehrmals wurde ich weiterverbunden. Am Ende erfuhr ich, dass beim *Servizio Informazione e Sicurezza* in Rom kein Silvio Frattini existierte. Es machte keinen Sinn, die Nummer noch einmal anzurufen, die mir Frattini überlassen hatte. Schließlich konnte sich dahinter jeder verbergen.

Natürlich war es möglich, dass der Inlandsgeheimdienst grundsätzlich keine Auskünfte über seine Mitarbeiter gab und man mich eben belogen hatte. Und vielleicht war es ja auch nicht Frattini gewesen, der die Wanze unter meinem Tisch platziert hatte. Wenn er es aber nicht getan hatte, wer dann? Blieb die Sekte. Das würde jedoch bedeuten, dass die Leute mich trotz meiner Verkleidung erkannt hatten. Wie es ja auch dem Informanten Frattinis gelungen war.

Ich rekapitulierte das Gespräch mit dem Italiener. Hatte er mir eigentlich etwas mitgeteilt, was ich nicht zumindest in Ansätzen schon gewusst hatte? Es gab nur eine Möglichkeit, herauszubekommen, ob dieser Silvio Frattini echt war: Marlene Schneider. Sie verfügte, wie ich wusste, über außergewöhnlich gute Kontakte.

Bei dem Gedanken, sie anzurufen, verspürte ich ein flaues Gefühl in der Magengegend. Wie selbstverständlich benutzte ich sie, wenn es meinen Interessen diente. Dann aber setzte ich mich mit einem schlechten Gewissen über meine Bedenken hinweg und griff zum Hörer.

Sie war sofort am Apparat. »Was machst du in Regensburg?«, erkundigte sie sich erstaunt nach den ersten Begrüßungssätzen.

»Das ist eine lange Geschichte. Ich erzähle sie dir, wenn ich wieder zurück bin.«

»Du rufst mich also nicht an, weil du mit mir plaudern möchtest.« Enttäuschung schwang in ihrer Stimme mit. Das hatte ich befürchtet.

»Nein.«

»Was willst du?«, fragte sie knapp.

»Bist du eigentlich immer noch mit diesem Beamten vom Bundesnachrichtendienst befreundet?«

»Du meinst Charly?«

Marlene und Charly hatten zusammen studiert und sich auch später regelmäßig getroffen. Ich weiß nicht, ob die beiden mehr verband als nur die gemeinsame Erfahrung zweier bestandener Staatsexamen. Einmal waren wir zusammen essen gewesen. Daher kannte ich ihn. Charly hatte seine Karriere im Innenministerium begonnen und war von dort auf eine gut dotierte Position zum BND gewechselt.

»Ja.«

»Was willst du von ihm?«

»Ich brauche eine Auskunft.«

Für einige Sekunden war Stille. Dann sagte sie: »Du weißt, dass er keine Dienstgeheimnisse preisgeben darf. Bring mich bitte nicht in eine Situation, in der ich zwischen deinem Anliegen und seinen Dienstpflichten entscheiden muss.«

»Ich glaube nicht, dass meine Frage ein Staatsgeheimnis berührt. Ich möchte lediglich wissen, ob Charly ein gewisser Silvio Frattini bekannt ist, der beim italienischen Inlandsgeheimdienst arbeiten soll. Mehr nicht.«

»Wie heißt dieser Mann?«

Ich wiederholte den Namen.

»Na gut. Ich versuche Charly zu erreichen und frage ihn. Wie schnell brauchst du die Information?«

»Wenn es geht, noch heute.«

Marlene seufzte. »Ich werde sehen, was sich machen lässt.«

»Danke. Ich habe noch eine Bitte. Weißt du etwas über eine Sekte namens ›Die Töchter des Atlas‹?«

»Nein.«

»Vielleicht kannst du dich etwas umhören?«

»Jean-Paul!«

»Es ist wirklich wichtig. Bitte.«

»Ich melde mich, sobald ich etwas herausbekommen habe.«

Grußlos legte sie auf. Und in mir nagte weiter das schlechte Gewissen.

Gegen neunzehn Uhr rief Marlene zurück. Charly zu fragen hatte sich gelohnt. Es hatte einen Silvio Frattini beim italienischen Geheimdienst gegeben. Er war dort für die Koordination der Zusammenarbeit mit anderen Diensten zuständig gewesen. Daher kannte ihn Charly. Silvio Frattini war jedoch im Sommer letzten Jahres pensioniert worden und im Winter darauf bei einem Skiunfall in den Dolomiten ums Leben gekommen. Eine Person gleichen Namens war Marlenes Freund nicht bekannt. Ich musste durchatmen, als ich diese Nachricht hörte. Und noch etwas hatte Marlene mir zu sagen. Die Töchter des Atlas waren in Deutschland im Visier der Behörden. Da sie überwiegend in Bayern aktiv waren, ermittelten als Schwerpunktstaatsanwaltschaft Marlenes Münchner Kollegen gegen die Sekte. Aufgrund einer Indiskretion war darüber sogar schon ein Artikel in einem großen deutschen Nachrichtenmagazin erschienen, der im Internet abrufbar war.

Hektisch rief ich nach dem Gespräch die entsprechende Internetseite auf.

Unter dem Namen ›Töchter des Atlas‹ agierte ursprünglich eine Gruppe junger Menschen, die sich ihren Lebensunterhalt mit dem Vertrieb esoterischer Literatur verdiente. Später ging sie dazu über, auch Seminare zu diesen Themen anzubieten. Diese Leute waren New-Age-Anhänger, die nach dem tieferen Sinn des Lebens suchten. Anfang der Neunzigerjahre änderte sich jedoch der Charakter der Gruppe. Die Gründer stiegen aus und neue Mitglieder stießen hinzu, die die Töchter des Atlas von einer eher lockeren Gemeinschaft ohne feste Regeln zu einem am wirtschaftlichen Erfolg orientierten Unternehmen machten. Nun standen nicht mehr Selbstfindung und Bewusstseinserweiterung im eigentlichen Fokus, sondern Gewinnmaximierung und Effektivität. Natürlich machten die Töchter des Atlas ihre Geschäfte nach wie vor mit esoterischen Themen – nur jetzt eben unter einer zentralen Führung und straff organisiert. Zur Abwicklung der Geschäftsaktivitäten wurde eine eigene Gesellschaft gegründet, später wurden bestehende Unternehmen aufgekauft und eingegliedert. So entstand im Laufe der Jahre ein nur noch für Eingeweihte durchschaubares Firmengeflecht mit einigen Dutzend Mitarbeitern. Geführt wurde das Konglomerat von einer Holding, die ihren Sitz in München hatte. Als Eigentümer waren zwei Personen eingetragen, deren Namen mir nichts sagten. Der Autor des Artikels, er hieß Helmut Kromach, vermutete, dass es sich bei diesen beiden lediglich um Strohmänner handelte, die im Auftrag anderer tätig geworden waren. Den Beweis für seine Behauptung blieb Kromach jedoch schuldig.

Mitte der Neunzigerjahre wurden große Teile des Unternehmens plötzlich verkauft. Für etwas über ein Jahr hörte man nichts mehr von den Töchtern des Atlas. Dann bot die Gruppe wieder ihre Seminare an, zu deutlich höheren Preisen als zuvor. Außerdem versuchte sie, gezielt Prominente als Mitglieder zu gewinnen, allerdings mit nur mäßigem Erfolg.

Zwei Jahre später berichteten Aussteiger, dass es sich bei den Töchtern des Atlas um eine konspirative Gruppe handeln würde. Es solle einen inneren Zirkel geben, den man nur erreichen könne, wenn man eine festgelegte Zahl von Seminaren erfolgreich absolviert habe. Natürlich müsse man für diese Seminare sehr teuer bezahlen. Von Indoktrination und Gehirnwäsche war in dem Zeitungsartikel die Rede. Und davon, dass einzelne Mitglieder ihr gesamtes Vermögen der Organisation übereignet hatten.

Die Töchter des Atlas waren, glaubte man den Berichten der Aussteiger, eine Sekte geworden, streng hierarchisch nach dem Führerprinzip strukturiert. Wer allerdings diese Führer waren, wussten auch die Informanten nicht. Obwohl sich nur wenige Prominente zu der Sekte bekannten, schien die Gruppe doch schnell zu wachsen.

Etwa um diese Zeit begann auch die bayerische Polizei, sich für die Organisation zu interessieren. Sie schätzte die Mitgliederzahl zur Jahrtausendwende auf etwa einhundert, eine große Zahl von ihnen war in anspruchsvollen Positionen in der Industrie und Verwaltung tätig. Es kam der Verdacht auf, dass die Töchter des Atlas die Strategie verfolgten, über ihre Mitglieder wichtige wirtschaftliche oder politische Entscheidungen in ihrem Sinne zu beeinflussen. Offen ließ der Artikel die Frage, was denn im Sinne der Töchter des Atlas sei. Es gebe nämlich weder eine Art Programm noch etwas anderes, aus dem sich ablesen lasse, welche Absichten die Sekte wirklich verfolge. Das, so vermutete der Autor des Artikels, wüssten nur die Mitglieder des inneren Zirkels, die eigentlichen Entscheidungsträger. Der Bericht endete mit der Aufforderung Kromachs an die Sicherheitsbehörden, die Aktivitäten der Töchter des Atlas zukünftig stärker als bisherzu beobachten und die Organisation gegebenenfalls strafrechtlich zu verfolgen.

Ich ließ mir von der Auskunft die Telefonnummer des Nachrichtenmagazins geben, rief dort an und fragte nach Helmut Kromach. Ich hatte Glück. Der Journalist arbeitete noch.

Ich stellte mich vor, sagte, dass ich mich für die Töchter des Atlas interessierte und nach Hintergrundinformationen über die Gruppierung suchte.

»Keine Gruppierung«, antwortete Kromach. »Eine Sekte. Warum interessieren Sie sich für sie?«

»Eine Freundin von mir ist verschwunden. Sie scheint Kontakt zu den Töchtern des Atlas zu haben.«

»Verstehe.«

»Herr Kromach, ich brauche Hilfe.«

»Bevor ich zusage, Ihnen zu helfen, möchte ich etwas mehr über Sie wissen. Welchen Beruf üben Sie aus?«

Ich sagte es ihm.

»Sie wohnen wo?«

Auch das beantwortete ich wahrheitsgemäß.

»Und Ihre verschwundene Freundin?«

»In Florenz.«

»Von wo aus rufen Sie an?«

»Regensburg.«

»Was macht ein Versicherungsdetektiv aus Herne, der eine Freundin aus Florenz vermisst, in Regensburg?«

»Ich glaube, sie hat Kontakt zu den Töchtern des Atlas. Bei der Suche nach ihr bin ich auf Hinweise gestoßen, die mich nach Regensburg geführt haben.«

Für einige Sekunden hörte ich nur seinen Atem. Dann lachte er auf. »Was für ein Zufall. Ich fahre morgen nach Regensburg. Meine Eltern leben dort. Na gut. Wir können uns unterhalten. Aber nicht am Telefon. Ich schlage vor, dass wir uns gegen vier Uhr an der Wurstküche treffen. Einverstanden?«

»Natürlich. Wie erkenne ich Sie?«

»Ich habe ein Exemplar unserer Zeitung dabei.«

Ich überlegte. Der falsche Silvio Frattini hatte mir nur Dinge erzählt, die man Kromachs Artikel entnehmen konnte. Mit etwas Überlegung und mehr Erfahrung mit dem Internet hätte ich schon eher auf den Journalisten und seinen Bericht stoßen können.

Für mich gab es keinen Zweifel mehr: Der Mann, den ich unter dem Namen Silvio Frattini kannte, gehörte zur Sekte!

Ich schüttelte verärgert den Kopf, packte meinen Koffer, verließ das Zimmer und bezahlte an der Rezeption meine Rechnung. Im *Orphee* wollte ich nicht länger bleiben.

Es hatte erneut zu schneien begonnen. Ich klappte den Kragen hoch, zog den Schal fester und machte mich auf den Weg zur Tiefgarage. Ob der Benz auch verwanzt worden war? Sicherheitshalber fuhr ich zunächst zu der Agentur, bei der ich den Mercedes gemietet hatte, gab das Fahrzeug zurück und charterte, sehr zur Verwunderung der Angestellten, die mich bediente, stattdessen einen Audi.

Die nächste Autobahnauffahrt war nicht weit entfernt. Ich steuerte auf die A 93 und gab, Schneeglätte hin oder her, Gas. Dabei beobachtete ich im Spiegel ständig den rückwärtigen Verkehr. Niemand schien mir zu folgen. Fünfzehn Minuten später bog ich von der Bundesstraße in den Ort Donaustauf ab. Fast wäre ich mit einer dunklen Limousine kollidiert, deren Fahrer mir mit hoher Geschwindigkeit die Vorfahrt nahm. Soweit ich das erkennen konnte, war gerade ein Lancia oder Fiat der Oberklasse mit italienischem Kennzeichen an mir vorbeigerast. Ein Zufall? Eine seltsame Unruhe packte mich. Ich drückte kräftiger aufs Gas, die Geschwindigkeitsbeschränkungen ignorierend.

Kurz darauf hielt ich in der kleinen Straße, in der Claudia Taubenberg wohnte. Natürlich hatte ich mich verspätet. Es war schon halb neun. Der Schnee knirschte unter meinen Füßen, als ich von meinem Wagen die kurze Strecke zu dem Bauernhaus zurücklegte. Auffällig viele Fußspuren zeichneten sich im frisch gefallenen Schnee ab. Und wer auch immer diesen Weg zum Haus Claudia Taubenbergs gegangen war, hatte es vor nicht allzu langer Zeit getan, andernfalls hätte das Schneetreiben die Abdrücke längst verwischt.

Die untere Etage des Hauses war hell erleuchtet. Obwohl die Gardinen nicht zugezogen waren, konnte ich niemanden im Inneren ausmachen. Als Claudia Taubenberg trotz wiederholten Schellens und lauten Rufens nicht öffnete, drückte ich gegen die Eingangstür. Zu meiner Überraschung war sie nicht verschlossen.

Peter Taubenberg sah ich zuerst. Mir blieb fast das Herz stehen. Der alte Mann lag in einer Blutlache auf dem Rücken im Flur, die Augen weit aufgerissen und zur Decke starrend. Sein eigentlich weißes Hemd war im

Brustbereich tiefrot. Vor mir lag die Leiche des Masken-bildners.

»Frau Taubenberg? Claudia?«, rief ich, ohne eine Ant-wort zu erwarten. Wer hier eingedrungen war, hatte sich mit Sicherheit nicht mit einem Opfer begnügt.

Ein leises Stöhnen drang an mein Ohr. Eilig stieg ich über den Toten, bemüht, ihn nicht zu berühren, und betrat das Arbeitszimmer.

Mir bot sich ein weiteres Bild des Schreckens. Eine blutige Spur führte vom Türrahmen zum Schreibtisch, der in einer Ecke des Raumes stand. Daran lehnte Gian-nas Freundin, die Augen geschlossen. Auch sie blutete heftig aus einer Wunde in der Brust. Der Schreibtisch-stuhl war umgestoßen, Bücher und Papiere lagen auf dem Boden. Eine Stehlampe war umgefallen. Es sah so aus, als ob sich Claudia Taubenberg, im Türrahmen ge-troffen, mit letzter Kraft zum Schreibtisch geschleppt und dort aufzurichten versucht hatte, vielleicht um mit dem auf dem Tisch liegenden Telefon Hilfe zu rufen. Aber sie hatte es nicht mehr ganz geschafft.

Ich lief zu ihr und sprach sie an. Claudia Taubenberg blieb stumm. Aber sie atmete noch. Über mein Handy alarmierte ich Notarzt und Polizei und lief dann in die Küche, um irgendetwas zu suchen, was ich auf ihre Wunde pressen konnte. Mit einem Handtuch kehrte ich in das Arbeitszimmer zurück. Die junge Frau hatte nun die Augen geöffnet und sah mich mit überraschend kla-rem Blick an.

»Mein Vater ...« Sie wollte sich aufrichten.

»Es geht ihm gut«, log ich, schob vorsichtig ihre Bluse hoch und drückte das zusammengefaltete Handtuch auf die Wunde. Sie stöhnte wieder. Dann zog ich das

Kleidungsstück wieder darüber, sodass das Handtuch nicht verrutschen konnte. Besser als nichts.

»Nicht bewegen«, sagte ich beruhigend. »Der Krankenwagen ist unterwegs.« Ich bettete ihren Kopf vorsichtig in meinem Schoß und drückte weiter mit der linken Hand auf das Handtuch.

»Gianna.« Ihre Stimme war kaum zu vernehmen. »Ich habe sie gesehen. Sie und Alessia … Ich habe mit ihr kurz gesprochen. Sie …« Claudia Taubenberg hustete leicht. Blut sprühte auf meinen Arm. Vermutlich war ihre Lunge verletzt.

»Nicht sprechen. Versuchen Sie gleichmäßig zu atmen.«

»Die Täter … Zwei Männer. Mein Vater. Er war an der Tür. Wo ist er? Ich will …«

Sie wurde ohnmächtig. Aber sie lebte.

Kurz darauf hörte ich Sirenengeheul.

»Weshalb wollten Sie sich mit Frau Taubenberg treffen?« Dass mein Gegenüber ein Einheimischer war, stand außer Zweifel.

»Aber das habe ich Ihnen doch schon alles gesagt.«

»Dann tun Sie es eben noch einmal. Ich liebe Geschichten.«

Hauptkommissar Lutz Dobrott sah mich mit einem spöttischen Lächeln an.

Ich warf einen Blick auf das leise summende Aufnahmegerät. Seit fast zwei Stunden saß ich nun in einem der Verhörzimmer im Polizeipräsidium und berichtete wahrheitsgemäß über die Ereignisse der letzten Tage. Nur das Verschwinden von Giannas Tochter verschwieg ich. Das glaubte ich, Maria Rossi schuldig zu sein.

Nachdem der Notarzt Claudia Taubenberg versorgt hatte, war sie in ein Krankenhaus gebracht worden. Danach hatte die Polizei den Tatort abgeriegelt und mit der Spurensicherung begonnen. Anschließend waren von einem uniformierten Beamten auch meine Personalien aufgenommen worden und ich hatte Kommissar Dobrott auf seinen Wunsch zu meinem Fahrzeug geführt. Die Polizei hatte die Reifenprofile meines Wagens sichergestellt, um sie mit den auf der verschneiten Straße gefundenen Spuren abgleichen zu können. Hätte ich Bauch, Brille und Bart nicht dummerweise einfach auf den Rücksitz geworfen, sondern im Kofferraum verstaut, wäre mir einiges erspart geblieben. So aber entdeckte der Kommissar die Verkleidungsutensilien und fragte sich natürlich, warum jemand, der gerade einen Mord und einen Mordversuch gemeldet hatte, solche Theaterrequisiten spazieren fuhr. Meine Antwort hatte ihn nicht ganz befriedigt. Deshalb hockte ich nun auf einem ziemlich unbequemen Stuhl im Polizeipräsidium und wurde verhört.

Und jetzt also die ganze Geschichte wieder von vorn! Natürlich war mir klar, was Dobrott mit den Wiederholungen bezweckte. Ich war ihm verdächtig und er wollte Widersprüche provozieren. Aber alles, was ich ihm sagte, war wahr. Nur sagte ich eben nicht alles.

Tief durchatmend, begann ich erneut: »Wie Sie wollen. Also: Auf Veranlassung der *Versicherung AG* habe ich meinen Urlaub auf Juist abgebrochen und bin vor einigen Tagen nach Florenz geflogen, um Nachforschungen über den Verbleib der Himmelsscheibe von Nebra anzustellen. Ich machte die Bekanntschaft von Dr. Gianna Rossi, die im dortigen Museum ...«

Hauptkommissar Lutz Dobrott hörte auch dieses Mal geduldig zu und unterbrach mich nur selten. Als ich geendet hatte, sah ich den Polizisten erwartungsvoll an.

»Kann ich jetzt gehen? Ich habe Ihnen alles gesagt, was ich weiß.«

»Tja, Herr Büsing, das ist das Problem. Ich glaube Ihnen nicht, dass Sie mir wirklich alles gesagt haben. Und was Sie gesagt haben, muss ja nun nicht auch stimmen, oder?« Er sah auf seine Uhr. »Sie haben ja eh kein Zimmer mehr und werden um diese Uhrzeit auch keines bekommen. Deshalb schlage ich Ihnen vor, dass Sie die Nacht bei uns verbringen. Vielleicht fällt Ihnen ja bis morgen noch etwas ein, was Sie mir erzählen möchten.«

Für einen Moment muss ich ein ziemlich verblüfftes Gesicht gemacht haben. »Ich bin festgenommen?«, fragte ich entgeistert.

»Das können Sie so sehen«, entgegnete der Kommissar ungerührt.

»Weshalb?«

»Falschaussage, Irreführung der Behörden ... Suchen Sie sich einen Grund aus.«

»Kann ich einen Anwalt anrufen?«

»Sicher. Kennen Sie einen?«

»Nein. Bitte geben Sie mir ein Telefonbuch.«

»Haben wir nicht«, erklärte mir Dobrott kalt. »Noch etwas?«

Ich gab auf und schüttelte resigniert den Kopf.

Der Kommissar stand auf, wandte sich an den uniformierten Polizisten, der regungslos auf einem Stuhl neben der Tür saß, und befahl: »Abführen.«

Zwanzig Minuten später fand ich mich ohne Gürtel und Schnürsenkel in einer kargen Zelle wieder. Toilette und Waschbecken aus Metall, ein Hocker, ein resopalbeschichteter Tisch, eine einfache Pritsche – das war die ganze Möblierung. Hundemüde ließ ich mich auf die Liege fallen und zog die kratzige, leicht muffig riechende Decke über die Ohren. Trotz des wenig anheimelnden Ambientes schlief ich in Sekundenschnelle ein.

Das laute Schlagen einer Tür weckte mich.

»Aufstehen«, rief jemand und schüttelte mich nicht sehr sanft an der Schulter.

Langsam kam ich zu mir.

»Der Kommissar will Sie sehen. Kommen Sie bitte mit.«

Ich erhob mich langsam und rieb mir den Schlaf aus den Augen. Es war kurz nach neun. Der Polizist führte mich durch Flure, die ich bereits gestern Abend gegangen war, in das Büro des Hauptkommissars.

»Setzen Sie sich«, begrüßte mich Dobrott und zeigte auf einen Stuhl auf der anderen Seite seines Schreibtisches. »Kaffee?«

Ich nickte.

»Mit Milch und Zucker?«

»Ja, bitte.«

Das warme Getränk tat mir gut. Ein wohliges Gefühl breitete sich in meinem Magen aus.

»Rauchen Sie?« Dobrott hielt mir seine Schachtel hin.

»Nicht mehr.«

Er zündete sich eine Zigarette an. »Wir haben Ihre Angaben überprüft. Die italienische Polizei bestätigt Ihre Aussage im Wesentlichen.«

Ich zog die Augenbraue hoch. »Im Wesentlichen?«

»Was die Ereignisse in Italien betrifft. Natürlich haben auch wir schon von diesen Töchtern des Atlas gehört. Ist ja sogar in einem Nachrichtenmagazin darüber berichtet worden.« Er grinste. »Allerdings konnten uns die italienischen Kollegen nicht weiterhelfen, was diese Sekte betrifft.«

»Und die Unternehmensberatung Stelade?«, fragte ich und nahm einen weiteren Schluck Kaffee.

Der Polizist schüttelte den Kopf und sein Grinsen erstarb. »Vergessen Sie diese absurde Unterstellung.« Dobrott inhalierte tief. »Die Firma ist seit Jahrzehnten in Regensburg ansässig. Ihr heutiger Besitzer ...«

»Wer ist das eigentlich?«, warf ich ein.

»Josef Maurer. Also, Maurer ist nach unserer Ansicht – und das ist auch meine ganz persönliche Meinung – über jeden Verdacht erhaben. Gegen ihn oder einen seiner Mitarbeiter liegt nichts, aber auch gar nichts vor. Der Mann überquert noch nicht einmal eine rote Fußgängerampel um Mitternacht, wenn Sie verstehen, was ich meine. Maurers Ruf ist exzellent. Seine Firma hat sich in den letzten Jahren sehr im sozialen Bereich engagiert. Einige Kindergärten der Stadt wären heute erheblich schlechter ausgestattet, wenn Maurer nicht wäre. Verstehen Sie?«

»Sie meinen, er hat diesen Einrichtungen Spenden zukommen lassen?«

Der Hauptkommissar nickte. »In erheblichem Umfang. Außerdem unterstützt er einen freien Kulturverein und einen Sportclub.«

»So, so, dann handelt es sich also um einen echten Gutmenschen«, sagte ich spöttisch.

»Wenn Sie so wollen, ja.« Dobrott stand auf und reichte mir die Hand. »Also. Suchen Sie von mir aus weiter nach Ihrer alten Scheibe. Aber lassen Sie die Finger von Stelade. Das gilt auch für den gestrigen Mord. Dafür ist die Polizei zuständig, nicht Sie. Sonst bekommen Sie Ärger. Alles klar?«

Ärger hatte ich ohnehin schon. Da konnten mich die Drohungen eines bayerischen Polizisten nicht schrecken. Trotzdem nickte ich folgsam. »Eine Frage noch.«

»Ja?«

»In welches Krankenhaus wurde Claudia Taubenberg gebracht?«

Er zögerte mit der Antwort.

»Ich möchte sie einfach nur besuchen«, versuchte ich, den Kommissar zu beruhigen.

»Na gut. Frau Taubenberg liegt im Klinikum der Universität. Aber Sie können sie im Moment ohnehin nicht sehen. Sie befindet sich noch auf der Intensivstation.«

Als Dobrott meinen bestürzten Blick registrierte, ergänzte er: »Sie hat die Operation gut überstanden und wird durchkommen. Glatter Lungendurchschuss. Aber sie braucht viel Ruhe. Also warten Sie noch etwas mit Ihrem Krankenbesuch.«

Nachdem ich meinen Wagen auf dem Hof des Präsidiums in Empfang genommen hatte, telefonierte ich die Regensburger Hotels ab, um eine neue Bleibe zu finden.

Im *Marriott* schließlich hatte ich Glück. Zwar hatte dieses Hotel nicht den Charme des *Orphee*, befand sich aber auch nur einen Steinwurf von der Innenstadt entfernt. Ich buchte mich unter meinem richtigen Namen ein und ließ mir von der Rezeption die Adresse des hiesigen Stadtarchivs geben. Dort müsste eigentlich mehr über die Unternehmensberatung Stelade und ihren Besitzer Josef Maurer zu erfahren sein.

Dann begab ich mich entgegen Dobrotts Rat zur Uniklinik, um nach Claudia Taubenberg zu sehen.

Genauso gut hätte ich versuchen können, kurzfristig eine Audienz beim Papst zu bekommen. Der weibliche

Zerberus in der Anmeldung des Krankenhauses war stahlhart.

»Kommen Sie morgen wieder. Vielleicht haben Sie dann mehr Glück«, war die einzige Konzession, die ich der Schwester entlocken konnte.

Bis zu meinem Treffen mit Kromach hatte ich noch Zeit. Ich fuhr zurück zum Hotel und dachte über die Ereignisse des gestrigen Tages nach. Claudia Taubenberg hatte also Gianna und Alessia Rossi gesehen, vermutlich während ihres Telefonats mit mir am gestrigen Vormittag. Hatte man deshalb versucht, sie zu töten?

Ich stellte mal wieder Spekulationen an: Claudia Taubenberg hatte nicht nur Gianna entdeckt, sondern war umgekehrt auch bemerkt worden. Kannten die Töchter des Atlas Giannas Freundin? Wenn nicht, blieb nur die Erklärung, dass Gianna selbst die Sektenmitglieder auf Claudia Taubenberg aufmerksam gemacht hatte. Das aber würde bedeuten, dass Gianna tiefer in den Fall verstrickt war, als ich bisher angenommen hatte. Dass sie nicht Opfer der Sekte, sondern aktives Mitglied war. Oder war sie ebenso überrascht gewesen wie Claudia, hatte sich durch eine Überreaktion verraten und war später zur Preisgabe der Identität ihrer Freundin gezwungen worden?

Ein anderer Gedanke stieg in mir hoch: Wenn Gianna und ihre Tochter wirklich entführt worden waren, warum liefen oder fuhren die Täter mit ihren Opfern dann durch Regensburg? Die Gefahr, entdeckt zu werden, war doch viel zu groß. Claudia Taubenberg hatte gesagt, dass sie sogar mit Gianna gesprochen hatte. Das bedeutete, dass die Italienerin nicht betäubt, gefesselt oder was auch immer gewesen war.

Meine Zweifel an Giannas Integrität wurden größer. Aber Gianna als Täterin? Meine Gianna? Das wollte ich einfach nicht glauben.

Dank des Nachrichtenmagazins, das vor ihm lag, identifizierte ich Helmut Kromach ohne Mühe. Er saß bereits in der Nähe der Eingangstür, als ich um kurz vor vier die Wurstküche betrat.

Ich trat an den Tisch. »Mein Name ist Jean-Paul Büsing. Herr Kromach?«, erkundigte ich mich sicherheitshalber.

»Der bin ich«, bestätigte der Journalist mit tiefem Bass und zeigte auf einen freien Stuhl. »Bitte.«

Kromach war etwa fünfzig Jahre alt und schlank. Seine langen weißen Haare hatte er zu einem kleinen Pferdeschwanz zusammengebunden. Ich setzte mich.

»Herr Büsing, sind Sie so freundlich und zeigen mir Ihren Personalausweis? Ich möchte sicher sein, dass Sie auch derjenige sind, für den Sie sich ausgeben.«

Ich tat ihm den Gefallen.

Kromach warf einen Blick auf das Dokument. »Okay. Schießen Sie los.« Er sah mich erwartungsvoll an.

Die Bedienung störte uns. Ich bestellte ein Mineralwasser und holte Luft. Dann präsentierte ich meine zurechtgelegte Geschichte. »Meine Freundin, sie heißt Gianna Rossi, ist seit mehr als einer Woche verschwunden. In ihrer Wohnung habe ich eine Werbebroschüre einer Unternehmensberatung aus Regensburg entdeckt. Diese Firma bietet auch Seminare an, von denen ich annehme, dass sie zur Rekrutierung von Mitgliedern für eine Sekte, die sich Töchter des Atlas nennt, benutzt werden. Ich glaube, dass Gianna Kontakt zu dieser Sekte hat, weiß aber nur das über diese Gruppierung, was in Ihrem Artikel steht. Nun erhoffe ich mir von Ihnen weitere Informationen.«

»Wie heißt diese Unternehmensberatung?«

»Stelade.«

»*Sozietät Stelade*?«

»Ja. Sie kennen diese Firma?«

»Es gibt immer wieder Gerüchte, dass das Unternehmen tatsächlich in der von Ihnen beschriebenen Weise mit der Sekte kooperiert. Aber leider keinen Beweis.«

»Und die Töchter des Atlas? Was habe ich mir genau darunter vorzustellen?«

»Sie haben ja meinen Artikel gelesen. Ich habe mich damals auf polizeiliche Quellen bezogen. Insofern befand ich mich in meiner Argumentation auf der sicheren Seite. Natürlich habe ich auch über Rechercheergebnisse verfügt, deren Quellen nicht zitierfähig waren. Nach Veröffentlichung des Artikels habe ich weiter an dem Thema gearbeitet. Bedauerlicherweise ist es mir aber nicht gelungen, wirklich Handfestes herauszubekommen.«

»Mich würde auch das interessieren, was nicht den strengen journalistischen Qualitätsansprüchen genügt«, wurde ich deutlicher.

»Na gut. Aber vorher möchte ich noch etwas trinken.«

Als das Weizenbier vor ihm stand, nahm Kromach einen tiefen Schluck. Dann begann er zu erzählen: »Die Entstehungsgeschichte der Sekte überspringe ich. Das steht alles in dem Artikel. Wirklich spannend wird es etwa 1995. Zu diesem Zeitpunkt soll ein Italiener, der in der Sekte aufgestiegen ist, die Führung an sich gerissen haben und die Mitglieder des inneren Zirkels auf sich eingeschworen haben. Einige Monate später wurde er der uneingeschränkte Herrscher der Töchter des Atlas.«

»Kennen Sie diesen Mann?«

Der Journalist schüttelte den Kopf. »Wenn meine Informationen stimmen, weiß nur ein kleiner Kreis Eingeweihter von seiner wirklichen Rolle in der Organisation. Er benutzt wohl andere, die für ihn als, sagen wir, Galionsfiguren auftreten.«

»Inwiefern?«

»Die Sekte stellt sich natürlich als eine Art religiöse Gemeinschaft dar. Dazu benötigen Sie Glaubensbekenntnisse, Rituale, um die Mitglieder zu überzeugen und an die Gemeinschaft zu binden. Und Sie brauchen Führungspersonal, das über Charisma verfügt und damit andere auf die Ziele der Sekte einschwören kann.«

»Und das macht dieser Italiener nicht selbst?«

»Anscheinend nicht. Es heißt, ihm fehle die dafür erforderliche Ausstrahlung. Deshalb schickt er quasi Stellvertreter an die Front.«

»Und wer sind die Stellvertreter?«

»Keine Ahnung. Wie es heißt, sollen es Landsleute von ihm sein. Aber sicher bin ich mir da nicht. Einer von ihnen trägt den salbungsvollen Titel ›Bewahrer‹.«

In meinem Kopf machte es Klick. *Der Bewahrer ist anderer Meinung.* So hatte Marcello Giannas Worte übersetzt.

»Woher wissen Sie das eigentlich alles?«, erkundigte ich mich.

»Einer meiner Informanten war einige Zeit Mitglied der Sekte. Er stand kurz davor, in den inneren Zirkel aufzusteigen. Aber dann hat ihn seine Frau überzeugt, sich von den Töchtern abzuwenden. Der arme Kerl war lange in psychologischer Behandlung, um seine Erfahrungen zu verarbeiten. Diese Sekten unterziehen ihre Mitglieder einer schleichenden Gehirnwäsche. Erst werden sie in

Seminaren so lange mit Halbwahrheiten und mentalen Streicheleinheiten indoktriniert, bis sie glauben, ihnen würde wirklich geholfen. Dann werden sie zum Sektenmitglied gemacht. Schrittweise geraten sie immer tiefer in diesen Sumpf. Irgendwann leben diese Leute nur noch in und für die Sekte. Spätestens dann verlieren sie den Kontakt zur Realität. «

»Welche Ziele verfolgen diese Menschen?«

»Was glauben Sie?« Dann gab er selbst die Antwort: »Money makes the world go round. Geld.«

»Sie haben geschrieben, die Töchter des Atlas wollen auch Einfluss auf wichtige Entscheidungen nehmen?«

»Stimmt. So wurde es mir geschildert. Aber ich glaube nicht, dass die Sekte wirklich schon über solche Möglichkeiten verfügt. Sicher gibt es das eine oder andere Mitglied, dessen Stimme in Politik oder Wirtschaft Gewicht hat. Vermutlich versuchen die Töchter des Atlas, über ihre Mitglieder an Informationen heranzukommen, um Geld gewinnbringend anlegen zu können. Oder Firmen günstig zu kaufen. Darum geht es, wie gesagt, nämlich nach meiner Auffassung: Die Sekte will Geld verdienen. Mit Seminaren, mit Büchern, mit Mitgliedsbeiträgen und Spenden. Verdienen und wieder investieren. Mein Informant zum Beispiel hat allein in einem Jahr umgerechnet rund 25.000 Euro an die Töchter gezahlt.«

Ich dividierte die Zahl durch den Betrag, den ich für das Seminar bezahlt hatte. »Das kann ich mir kaum vorstellen. Achthundert Euro kostet eine dieser Veranstaltungen. So viele Seminare oder Kurse kann doch kein Mensch besuchen.«

»Sagen Sie. Außerdem werden die Angebote von Stufe zu Stufe teurer.«

Mir kamen Carmen Hubbels wirre Bemerkungen in den Sinn. »Welche Stufen?«

»Erst wenn die potenziellen Mitglieder eine bestimmte Anzahl von Seminaren besucht haben, kommen sie auf die nächste Stufe. Die Sekte nennt das Phasen. In Phase eins werden Interessenten gewonnen und an die Sekte herangeführt. Danach kommt die Phase zwei. Die neuen Mitglieder werden ernannt. Sie heißen wie in einem Kloster Novizen und werden in einem feierlichen Ritus berufen. Die Bindung zur Sekte wird vertieft. In Phase drei werden die Novizen zu Vollmitgliedern. Bis sie dieses Stadium erreicht haben, sind sie ein Vermögen losgeworden. Viele von ihnen brechen zu diesem Zeitpunkt mit Familie und Freunden und wohnen in sekteneigenen Häusern. Phase vier ist den Mitgliedern des inneren Zirkels vorbehalten.«

»Und die meisten der Sektenangehörigen glauben an das, was man ihnen erzählt?«

»So sieht es aus. Ich denke, dass selbst nicht alle Mitglieder des inneren Zirkels wahrhaben wollen, dass die Sekte im Grunde nichts anderes ist als ein clever aufgezogenes Geschäftsmodell, basierend auf der Ausplünderung von gutgläubigen und leicht zu beeinflussenden Menschen.« Helmut Kromach hob sein Glas und trank. »Über mehr Informationen verfüge ich nicht, Herr Büsing. Aber ich habe noch eine Bitte.«

»Ja?«

»Ich habe das Gefühl, dass Sie mir einiges verschwiegen haben.«

Als ich protestieren wollte, hob Kromach abwehrend eine Hand. »Das geht schon in Ordnung. Aber sollten Sie Informationen über die Töchter des Atlas haben, die für mich nützlich sein könnten, bitte ich Sie, mich zu kontaktieren. Wann immer Sie ein solches Gespräch für richtig erachten. Einverstanden?«

Ich nickte und stand auf. »Versprochen.«

17

Die Keplerstraße, in der das Archiv seinen Sitz hatte, befand sich in der Altstadt und verlief parallel zur Donau. Ich konnte mein Fahrzeug also stehen lassen und zu Fuß zum Archiv gehen. Dort trug ich einer Mitarbeiterin mein Anliegen vor. Sie meinte, dass eine Zeitungsrecherche wahrscheinlich am schnellsten zum Ziel führen würde. Kurz darauf saß ich hinter einem Berg gebundener Ausgaben der Mittelbayerischen Zeitung und sichtete Monat für Monat. Nach drei Stunden war ich im Jahr 2001 angekommen und hatte die Nase gestrichen voll von Artikeln über Jahreshauptversammlungen der örtlichen Vereine, geplante Straßenbaumaßnahmen und den nichts sagenden Stellungnahmen der Lokalpolitiker.

Gelangweilt schlug ich eine weitere Seite um. Und dann endlich: Mein Blick blieb an einer fett gedruckten, mehrspaltigen Überschrift hängen. *Josef Maurer: Soziales Engagement seit Jahren selbstverständlich.* Darunter stand ein Artikel, der in salbungsvollen Worten Maurers wohltätiges Wirken und seinen Lebenslauf würdigte. Rechts daneben war ein Foto abgedruckt, das Maurer und die Leiterin einer Kindertagesstätte bei der Übergabe einer neuen Schaukel zeigte, die von der Unternehmensberatung Stelade finanziert worden war. Den Mann, der in der Bildunterzeile als Josef Maurer bezeichnet wurde, kannte ich. Er hatte sich mir vor vier

Tagen als Silvio Frattini vorgestellt. Aufgeregt las ich den Artikel nun ganz. Ich erfuhr, dass Maurer vor fünfundfünfzig Jahren in Südtirol als Sohn armer Bergbauern geboren worden war, eine Klosterschule besucht und sein späteres Jurastudium in München und Rom absolviert hatte. Nach verschiedenen Funktionen bei den unterschiedlichsten Beraterfirmen in Deutschland war er schließlich im Sommer 1990 bei der *Sozietät Stelade* in Regensburg gelandet, schnell zum Seniorpartner aufgestiegen, um den Laden nach dem Tod des Eigentümers Anfang 1992 ganz zu übernehmen. Maurer war ledig und lebte, wenn man dem Artikel glauben konnte, bescheiden und zurückgezogen in einem Vorort der Stadt. Da er in Südtirol geboren wurde, war es kein Wunder, dass er Deutsch mit Akzent sprach. Ich schüttelte den Kopf. Maurer hatte wirklich Chuzpe.

Starker Wind blies eisig aus Ost, als ich wieder auf die Straße trat. Die Wolkendecke war aufgerissen und die Sonne schien. Mein kahl geschorener Schädel war der Kälte ungeschützt ausgesetzt. Ich fror und mir fiel ein, dass ich irgendwo gelesen hatte, dass dreißig Prozent der menschlichen Wärmeabstrahlung über den Kopf erfolgt. Kein Wunder, dass ich zitterte.

In einem Kaufhaus erstand ich eine Pudelmütze und einen farblich dazu passenden Schal, den ich mir mehrmals um den Hals wickelte. So ließ sich der Regensburger Spätherbst besser ertragen.

Im *Café Kaminski* bestellte ich eine heiße Schokolade und einen Brandy. Dann überdachte ich meine nächsten Schritte. Ich war fest davon überzeugt, dass ich Gianna nur über Maurer würde aufspüren können. Es gab nur ein Problem: Seine Anschrift oder wenigstens seine Telefonnummer war nirgendwo verzeichnet. Nicht im

Telefonbuch und nicht in den Unterlagen, die ich von der Unternehmensberatung Stelade erhalten hatte. Der Kellner brachte die Getränke. Die Schokolade war so heiß, dass ich sie nur in kleinen Schlucken genießen konnte. Aber der Geschmack und dann dazu der Brandy – einfach göttlich.

Eine Beschattung des Büros in der Weiße-Hahnen-Gasse konnte ich vergessen. Die Gasse trug ihre Bezeichnung zu Recht. Sie war schmal, höchstens fünf Meter breit. Es gab kaum Möglichkeiten, sich zu verbergen. Und ich hatte beobachtet, dass viele Regensburger Geschäftshäuser über einen direkten Zugang zu einer Tiefgarage verfügten. Wer gab mir die Garantie, dass der Firmensitz Stelade nicht auch über einen solchen Zugang verfügte? Dann würde ich mir vor dem Haus die Füße platt stehen. Und selbst wenn Maurer sein Fahrzeug auf einem Platz im Freien abstellte – wo? Wie sollte ich ihm folgen, wenn er losfuhr und mein Wagen mehrere hundert Meter entfernt stand? Nein, eine Überwachung in der Weiße-Hahnen-Gasse versprach keinen Erfolg. Ich musste auf andere Weise an Maurers Privatanschrift kommen.

Die Polizei würde mit Sicherheit keine Auskunft geben. Blieb nur die *Versicherung AG* oder Marlene. Ich griff zum Handy und begann mit Letzterer. Marlenes Sekretärin war sofort am Apparat. Sie teilte mir mit, dass sich ihre Chefin kurzfristig einige Tage Urlaub genommen habe. Möglicherweise sei sie über ihr Handy zu erreichen. Ich bedankte mich und rief Marlenes Mobiltelefon an. Erfolglos. Es meldete sich nur die Mailbox. Ich hinterließ die Bitte um Rückruf. Dann versuchte ich mein Glück bei Dermöller. Auch der war im Moment nicht erreichbar. Auf Dienstreise in Asien. Aber er beabsichtige, sich in seinem Büro zu melden, teilte mir seine Mitarbeiterin mit. Die Handelsregisterauskunft sei im Übrigen schon angefordert worden. Natürlich werde sie ausrichten, dass ich angerufen habe. Um was es denn gehe? Das wollte ich ihr nicht sagen. Also verabschiedete ich mich dankend und legte auf.

Die Schokolade hatte ich mittlerweile ausgetrunken. Ich orderte eine zweite und überlegte weiter. Wie um alles in der Welt kam ich an die Adresse Maurers? Es gab natürlich auch die Möglichkeit, das Internatsgebäude zu beobachten. Die Frage war nur, ob und wann Maurer dort auftauchen würde. Wenn ich Pech hatte, nie. Oder erst in drei oder vier Wochen. Keine besonders guten Aussichten. Plötzlich hatte ich einen Einfall. Es gab eine Person, die ich kannte und die in der Vergangenheit häufiger Kontakt zu Maurer gehabt hatte. Carmen Hubbel, die Hagere mit dem Strickpulli aus dem Seminar *Führen mit Zielen auch bei Konflikten.*

Ich zahlte, ließ die Schokolade Schokolade sein und kehrte eilig in mein Hotel zurück. Dort blätterte ich in der Teilnehmerliste des Seminars, bis ich die Postanschrift von Carmen Hubbel fand. Sie wohnte in der Blumenstraße, die sich laut Stadtplan am östlichen Stadtrand befand. Ich machte mich auf, ihr einen Besuch abzustatten.

Kurz bevor ich in die Blumenstraße einbog, fiel mir glücklicherweise ein, dass Hubbel mich ja nur als Jürgen Runkel kannte. Also parkte ich vor einem Supermarkt, kramte Taubenbergs Requisiten aus dem Kofferraum, vergewisserte mich, dass keine neugierigen Zuschauer in der Nähe waren, und schnallte mir im beengten Wageninneren mit Mühen den Bauch um. Ich verzichtete darauf, das Hemd zu wechseln, sondern verließ mich darauf, dass der weite Pullover den Bauch ausreichend tarnte. Hastig klebte ich mir den Bart an und setzte die Brille auf. Ich begutachtete mich kritisch im Rückspiegel. Meine Verkleidung war zwar nicht perfekt, dürfte aber ausreichen. Beruhigt startete ich den Motor.

Carmen Hubbel trug heute einen andersfarbigen Strickpulli, kombiniert mit einem knöchellangen Wickelrock und Birkenstocksandalen.

»Herr Runkel«, strahlte sie mich an, als sie die Tür öffnete und mich erkannte. Sie schien sich wirklich zu freuen, mich zu sehen. »Das ist ja eine Überraschung. Wie nett, dass Sie mich besuchen kommen.« Sie trat zur Seite, um mich in ihre Wohnung zu lassen.

»Vielen Dank. Ich hoffe, ich störe nicht?«

»Nein, nein.« Ihre Arme ruderten zur Bekräftigung durch die Luft. »Ich habe mir gerade einen Tee aufgesetzt. Wenn Sie eine Tasse mittrinken möchten?«

»Gerne.«

Sie führte mich ins Wohnzimmer. In ihrem Domizil sah es so aus, wie in meiner letzten studentischen Wohngemeinschaft Mitte der Siebzigerjahre: ein Sammelsurium von Einzelmöbeln, die alle den Eindruck erweckten, gestern noch an irgendeinem Straßenrand auf Abholung gewartet zu haben, dazwischen Regale von dem Möbelhaus mit dem Elch, Flokatiteppiche und das überdimensionale Poster eines Indianerhäuptlings an der Wand, der uns in berühmt gewordenen Worten über den letzten Baum und den letzten Wald daran erinnert, dass man Geld nicht essen kann.

»Bitte nehmen Sie doch Platz.« Carmen Hubbel zeigte auf einen nicht sehr vertrauenerweckend aussehenden Sessel in einer Ecke des Zimmers. Vorsichtig setzte ich mich, jeden Moment darauf gefasst, dass das Teil unter meinem Gewicht zusammenbrechen würde. Aber es hielt.

»Mögen Sie grünen Tee mit Vanille?«, fragte meine Gastgeberin und schenkte, ohne meine Antwort abzuwarten, ein. »Kandis?«

Ich hasse grünen Tee. Erst recht mit Vanille. Trotzdem sagte ich: »Ja, vielen Dank. Aber bitte ohne Zucker.« Wenn ich Tee trinke, dann schwarzen. Und immer mit Zucker. Mit Zucker wohlgemerkt, nicht mit Kandis. Es dauert ewig, bis sich das Zeug auflöst. Der Tee wird darüber kalt und man stellt fest, dass er am Ende übersüßt ist. Kandis im Tee ist nur etwas für Masochisten.

Schweigend nahmen wir einen Schluck. Die Brühe schmeckte noch ekelhafter, als ich befürchtet hatte.

»Frau Hubbel«, begann ich, nach den richtigen Worten suchend, die Konversation. »Sicher erinnern Sie sich. Wir haben uns sehr angeregt in der Mittagspause des Seminars über die verschiedenen Phasen der Erkenntnis unterhalten. Sie haben so anschaulich darüber gesprochen, dass es mir einfach keine Ruhe gelassen hat. Ich möchte gerne mehr darüber wissen.« Hoffentlich trug ich nicht zu dick auf.

Als ich sie ansah, wusste ich, dass ich mir deshalb keine Sorgen machen musste. Ihre Augen, ach was, ihr ganzes Gesicht strahlte. Sie war die Verzückung selbst.

»Oh, tatsächlich? Und das habe ich bei Ihnen ausgelöst?Sie wissen ja gar nicht, welche Freude Sie mir damit machen.«

Das wusste ich tatsächlich nicht.

Sie erklärte es mir. »Normalerweise sind erst die Auserwählten, die Phase drei erreicht haben, in der Lage, Unwissenden wie Ihnen den rechten Weg zu weisen. Erst sie haben die nötige Reife dazu. Dass es mir als angehender Novizin gelungen ist, den Wunsch nach Erleuchtung bei Ihnen auszulösen, erfüllt mich mit Stolz. Es zeigt mir, dass meine Suche nach dem Ursprung allen Wissens Erfolg haben wird. Danke, Herr Runkel, danke.« Sie nahm einen weiteren Schluck von dem Tee. »Wie kann ich Ihnen helfen?«, fragte sie voller Sendungsbewusstsein.

Diese Person war in meinen Augen völlig übergeschnappt. Also formulierte ich meine Frage sehr sorgfältig. »Was genau habe ich mir unter den verschiedenen Phasen vorzustellen?« Ich war gespannt: Wie würde sich die Wahrnehmung eines angehenden Sektenmitglieds von der eines Journalisten unterscheiden?

Carmen Hubbel stand auf und ging aufgeregt hin und her. »In der ersten Phase werden die Neuankömmlinge, also Menschen wie Sie oder ich noch vor einigen Monaten, in unseren Seminaren mit unserem Gedankengut vertraut gemacht.« Sie sagte tatsächlich ›unsere‹. »Besonders befähigte Mitglieder unserer Gemeinschaft prüfen dann, ob unter den Teilnehmern jemand ist, der sich eignen könnte, die nächste Phase zu erreichen. Natürlich geht das erst, nachdem alle Grundseminare durchlaufen sind.«

Und teuer bezahlt wurden, setzte ich in Gedanken hinzu. »Und das sind wie viele Seminare?«

»Insgesamt fünfzehn. Das Seminar *Führen mit Zielen auch bei Konflikten* war mein letztes. Jetzt bin ich bereit für Phase zwei.«

Fünfzehn mal achthundert Euro. Carmen Hubbel hatte also bereits zwölftausend Schleifen für diesen Schwachsinn ausgegeben. Ein gutes Geschäft für den Veranstalter. »Und was ist Phase zwei?«

»In der Phase zwei werden die wesentlichen Inhalte der Philosophie unserer Gemeinschaft vermittelt.«

»Und die wären?«

Carmen Hubbel kaute nervös auf ihren Fingern. »Das kann ich Ihnen nicht sagen. Ich bin ja noch nicht so weit. Die Zeremonie zur Aufnahme als Novizin in den nächsthöheren Zirkel ist doch erst am nächsten Donnerstagabend. Ich weiß nur so viel, dass in dieser Phase zehn weitere Seminare angeboten werden. Ich habe mich schon für alle angemeldet.«

Und mindestens weitere achttausend Euro hingeblättert, multiplizierte ich im Stillen. Macht in Summe schon rund zwanzigtausend.

»Während der Aufnahmefeierlichkeiten werden wir auch unsere geistigen Führer kennen lernen. Sie kommen zur Zeremonie ins Internatsgebäude.«

»Meinen Sie das Internat, welches von Stelade betrieben wird?«

Carmen Hubbel nickte. »Beide sind bereits in Phase vier«, sagte sie mit unverkennbarer Bewunderung in der Stimme.

Phase vier. »Erwähnten Sie nicht bei unserem letzten Gespräch, dass Josef Maurer in Phase drei ist?«

»Ja, das stimmt.«

»Aber Sie sagten eben, dass die geistigen Führer bereits in vier seien.«

»Sicher.«

»Das verstehe ich nicht.«

Sie lachte auf. »Ach so. Nein, Josef gehört nicht zu den Führern. Er ist zwar weiter als wir anderen, aber nicht weit genug, um ein spirituelles Vorbild zu sein.«

Wenn das stimmte, konnte Maurer eigentlich nicht der Chef der Sekte sein. Aber wer war es dann? Redeten wir wirklich von den Töchtern des Atlas? »Sie sprachen eben von Ihrer Gemeinschaft. Was bedeutet das?«

Sie sah mich überrascht an. »Ich dachte, das wüssten Sie.« Ihre Stimme bekam einen skeptischen Unterton. »Interessieren Sie sich wirklich für unsere Ziele?«

»Selbstverständlich«, beeilte ich mich zu versichern. Wenn ich Carmen Hubbel jetzt nicht von meinen lauteren Absichten überzeugen konnte, würde sie mir nichts mehr erzählen. Deshalb entschloss ich mich zur Offensive und versuchte, ihr zu schmeicheln. »Obwohl ich noch nicht so viel Wissen habe wie Sie, würde ich mich doch schon als ein Anhänger der Töchter des Atlas bezeichnen.« Bei der Nennung des Namens der Sekte entspannten sich ihre Züge. »Nun möchte ich einfach noch mehr über die Gemeinschaft wissen.« Ich machte Anstalten, aufzustehen. »Aber wenn ich Ihnen zu nahe getreten sein sollte ...«

»Nein. Bitte bleiben Sie. Sie haben schon Recht. Wir sollten vorsichtig sein mit der Nennung unseres Namens. Der Bewahrer selbst hat Josef erst kürzlich von den Anfeindungen und Vorwürfen berichtet, denen wir ausgesetzt sind. Haben Sie von dem schrecklichen Artikel gehört, der über uns verfasst wurde?«

Carmen Hubbel meinte vermutlich den Bericht, den Kromach publiziert hatte.

»Ich lese solchen Schund nicht.«

Sie nickte heftig. »Das sollten Sie auch nicht. Nur wer reinen Gedankens ist, erreicht die spirituelle Tiefe, um zu neuen Höhen zu gelangen.«

»Sie sprechen mir aus der Seele.«

Carmen Hubbel erhob sich, ging zu einem Schrank und holte etwas hervor, was sie behutsam auf beiden Händen zum Tisch trug. Feierlich legte sie eine DVD-

Box vor mir auf den Tisch. »Bitte seien Sie vorsichtig«, flüsterte sie, als ich mir die Silberscheibe genauer ansehen wollte. »Eigentlich dürfte ich den Film noch gar nicht besitzen.«

Ich erkannte auf dem Booklet die Himmelsscheibe. Darüber stand in altdeutscher Schrift: *Die Töchter des Atlas.* Und darunter ein Datum: *20. November 2003.* Ich verspürte einen schmerzhaften Stich in der Brust. Das war der Tag nach meiner Liebesnacht mit Gianna gewesen. Ich verdrängte die Erinnerungen. Die Rückseite der Verpackung war unbeschriftet. Kurz entschlossen öffnete ich die Box. Auf der DVD dieselbe Darstellung wie auf dem Cover.

»Das ist ein Mitschnitt der letzten Aufnahmefeierlichkeiten. Jeder Teilnehmer der Zeremonie bekommt sie. Eine der Novizen von Phase zwei hat sie mir kopiert.«

»Interessant. Können wir uns den Film ansehen?«

Ihr Blick wurde wirr. Sie sah sich nach imaginären Beobachtern um. Noch leiser flüsterte sie: »Das geht nicht. Mein Abspielgerät ist kaputt.«

»Wie wäre es, wenn Sie mir den Film ausleihen? Sie bekommen ihn morgen garantiert zurück.«

Sie drückte die DVD an ihre Brust. Panik war in ihren Augen zu erkennen. Heftig schüttelte sie den Kopf. »Nein, nein. Ich kann das nicht hergeben. Das darf ich nicht. Sie müssten das doch verstehen.«

»Natürlich. Ich mache Ihnen einen anderen Vorschlag. Ich hole schnell meinen Computer und dann sehen wir uns den Film gleich gemeinsam an. Einverstanden?«

Sie nickte ergeben.

Sofort stand ich auf, um zurück zum Hotel zu fahren.

Fünfundvierzig Minuten später stand ich wieder vor Carmen Hubbels Haus, den Laptop unter dem Arm. Als auf mein Schellen erst keine Reaktion erfolgte, dachte ich, Carmen Hubbel hätte sich die Sache anders überlegt. Aber dann summte doch der Öffner.

An ihrer Wohnungstür erwartete mich eine Überraschung. Sie begrüßte mich in einem bodenlangen Umhang aus roter Seide, der mit seiner Kapuze entfernt an die Maskeraden des Ku-Klux-Klans erinnerte.

»Kommen Sie. Schnell.« Sie zog mich in ihre Wohnung. »Damit uns keiner sieht.«

Die Rollläden im Wohnzimmer waren heruntergelassen. Überall brannten Kerzen. Auf dem Tisch, an dem wir eben noch Tee getrunken hatten, stand jetzt ein gerahmtes Foto der Himmelsscheibe von Nebra.

»Schließen Sie den Computer dort an.« Sie zeigte auf eine Steckdose und schob mich dann in den nächsten Sessel. »Ach was, das mache ich selbst.«

Ich holte den Rechner aus der Tasche und reichte ihr das Stromkabel. Eine Minute später war die Maschine hochgefahren und einsatzbereit. »Wir können«, sagte ich.

Carmen Hubbel legte den Finger auf ihre Lippen. »Bitte seien Sie still.« Dann senkte sie den Kopf, breitete die Arme aus und murmelte Unverständliches vor sich hin. Es schien, als ob sie betete. Ich verstand nur etwas von den Töchtern und dass es sich um eine Art Reim handelte, den sie da brabbelte.

Als sie geendet hatte, reichte sie mir wortlos die DVD. Ich schob die Scheibe in die Lade, startete die entsprechende Software, lehnte mich im Sessel zurück und wartete gespannt.

Carmen Hubbel schaute mit gefalteten Händen und verzücktem Blick auf den Bildschirm.

Das Erste, was zu erkennen war, war ein verwackeltes Abbild der Himmelsscheibe, das langsam größer und auch schärfer wurde. Ansonsten war alles dunkel. Es dauerte einen Moment, bis ich realisierte, dass der Kameramann die Himmelsscheibe mit dem Tele herangezoomt hatte und das Objektiv schrittweise wieder auf die Normalbrennweite brachte. Langsam erkannte ich, dass die Kamera einen schwarz gestrichenen Raum zeigte, dessen Größe schwer zu schätzen war. Unscharf war die Himmelsscheibe deshalb, weil nicht die Originalscheibe gefilmt worden war, sondern eine Art Transparent, das an Schnüren von der Decke hing und sich leicht bewegte. Kerzen warfen Flackerlicht in den Raum. Menschen waren nicht zu sehen.

Plötzlich ertönte leise Musik: der Gefangenenchor aus der Verdi-Oper *Nabucco*. Die Musik klang dumpf, als sei das Aufnahmegerät von minderwertiger Qualität gewesen. Großen technischen Aufwand schienen die Produzenten des Films nicht getrieben zu haben. Carmen Hubbel störte das offensichtlich nicht. Sie hatte sich längst vom Hier und Jetzt verabschiedet.

Unvermittelt wurden Türen geöffnet, die deshalb nicht auffielen, weil sie ebenfalls schwarz gestrichen waren. Zehn Personen betraten den Raum, gehüllt in weiße Gewänder, geschnitten wie jenes, das meine Gastgeberin trug. Kapuzen verdeckten ihre Gesichter.

»Die Novizen«, murmelte Carmen Hubbel.

Die Musik wurde lauter. Die vermummten Gestalten stellten sich im Halbkreis vor dem Transparent auf. Der einzelne Schlag einer Pauke war zu vernehmen und die Musik brach ab. Nach etwa einer Minute absoluter Stille, in der sich niemand bewegte, beleuchtete ein Punktscheinwerfer eine schwarze Säule von etwa einem Meter Höhe, die vorher wie die Türen vor der Wandfarbe nicht auszumachen gewesen war. Oben auf der Säule stand aufrecht die Himmelsscheibe von Nebra, goldglänzend im Strahl des Lichtes. Etwa einen Meter rechts und links davon entfernt bemerkte ich zwei kleinere Säulen. Auf ihnen thronte je ein Atlas mit der Erdkugel, Skulpturen, wie ich sie in Giannas Wohnung gesehen hatte. Wieder folgte ein Paukenschlag. Und dann betraten zwei weitere Personen den Versammlungsraum, beide ebenfalls mit Umhängen bekleidet. Der der kleineren Person war blutrot, der der größeren goldfarben.

Carmen Hubbel stöhnte auf. »Der Bewahrer!«

Der Bewahrer und sein Begleiter stellten sich links und rechts der großen Säule mit der Himmelsscheibe auf, sodass sie den Novizen von Angesicht zu Angesicht gegenüberstanden. Der Goldene hob beide Arme über den Kopf. Wieder ein Paukenschlag. Ein Kommando dafür, dass die Novizen und auch der Bewahrer die Kapuzen abstreiften. Doch grelles Licht verhinderte, dass ich Einzelheiten der Gesichter erkennen konnte.

»Ich grüße euch, ihr Töchter des Atlas«, sagte der Bewahrer.

Die Stimme kannte ich – es war die Paolo Meozzis! Damit hatte ich nicht gerechnet.

»Wir grüßen dich, Bewahrer«, antworteten die anderen.

Und dann begann ein Schauspiel, das ich nie vergessen werde. Meozzi hob wieder beide Arme und ließ eine Art Sprechgesang erklingen:

»Durch die Jahrtausende klingt unser Wort

Alles Vergangene werfen wir fort
Die Töchter des Atlas beherrschen die Zeit
Auf immer und ewig – wir sind bereit.«

Carmen Hubbel murmelte die Erwiderung der Novizen mit:

»Du edler Bewahrer, führe uns aus der langen Dunkelheit.
Du holde Priesterin, lehre uns die ewige Wahrheit.«

Dann war wieder Meozzi zu hören:

»Gemeinsam schreiten wir voran
Bis dass die Welt uns untertan
Die Töchter des Atlas beherrschen die Zeit
Und unser Sieg ist nicht mehr weit.«

Prompt erfolgte die Antwort:

»Du edler Bewahrer, führe uns aus der langen Dunkelheit.
Du holde Priesterin, lehre uns die ewige Wahrheit.«

Erneut der Bewahrer:

»Dann stellen wir den Rudermann
Nur wer uns folgt, dem wird wohl getan
Die Töchter des Atlas beherrschen die Zeit
Und die Welt erscheint im neuen Kleid.«

Schließlich zum letzten Mal die Novizen:

»Du edler Bewahrer, führe uns aus der langen Dunkelheit
Du holde Priesterin, lehre uns die ewige Wahrheit«

Meozzi senkte die Arme, trat hinter die große Säule und zog die Kapuze wieder über den Kopf.

Nun hatte der blutrot Gekleidete seinen Auftritt. Die Gestalt machte einen Schritt vor, hob ebenfalls die Arme und die Novizen fielen auf die Knie.

Carmen Hubbel tat es ihnen nach. »Die Priesterin«, flüsterte sie.

Die Frau drehte sich zur Säule um und streifte die Kapuze ab. Lange, dunkle Haare fielen auf ihre Schultern. Sie ergriff die Himmelsscheibe, hob sie hoch und wandte sich langsam den Novizen zu.

Mir stockte der Atem. Es war tatsächlich Gianna! Gianna Rossi war Priesterin der Töchter des Atlas!

Wieder erscholl ein Paukenschlag und Gianna rief mit erhobener Stimme: »Schwört bei eurem Leben, dass ihr die Gesetze des Ordens befolgt.«

»Wir schwören«, antworteten die Novizen.

»Wer Verrat begeht, soll durch das geschärfte Eisen bestraft werden.«

»Auf immer und ewig.«

»So sei es.« Gianna stellte die Himmelsscheibe wieder an ihren Platz zurück. Das Licht ging aus und Paolo und Gianna verließen als Erste den Raum. Die anderen folgten.

»War das nicht beeindruckend?«, keuchte Carmen Hubbel, immer noch kniend.

»In der Tat«, antwortete ich wahrheitsgemäß und bemüht, den Schock zu verdauen.

»Und bald werde ich das alles selbst erleben.«

Nur langsam konnte ich wieder einen klaren Gedanken fassen. Ich packte die DVD zurück in die Box und verstaute meinen Laptop.

Ohne weiter drum herumzureden, fragte ich die angehende Tochter des Atlas: »Wo wohnt eigentlich Josef Maurer? Ich würde ihm gern noch heute Abend mitteilen, dass ich ebenfalls Novize werden möchte.«

Zu meiner völligen Überraschung erwiderte Carmen Hubbel: »Das wird ihn freuen. Er wohnt in Pettendorf. Im Rehweg.«

Natürlich fuhr ich nicht gleich nach Pettendorf. Stattdessen begab ich mich zurück ins Hotel und betrank mich in der Bar bis zur Besinnungslosigkeit.

18

Am späten Vormittag wachte ich auf. Mir war hundeübel und ich hatte pochende Kopfschmerzen. Mein Mund fühlte sich pelzig an. Mühsam schleppte ich mich ins Bad. Aus dem Spiegel schaute mich ein graues Gesicht mit roten Augen und hängenden Tränensäcken an. Ich putzte mir zweimal die Zähne, aber der schlechte Geschmack wollte nicht verschwinden. Ich versuchte, auch die Zunge mit der Zahnbürste zu reinigen, mit dem Effekt, dass der latente Brechreiz übermächtig wurde und ich es kaum bis zur Toilette schaffte. Ein säuerlicher Geschmack in meinem Gaumen gesellte sich zu dem pelzigen hinzu. Frustriert schwang ich das dritte Mal die Bürste.

Erst nachdem ich mir unter der Dusche minutenlang abwechselnd kaltes und heißes Wasser über den Kopf laufen lassen hatte, ging es mir etwas besser. Die Übelkeit verschwand. Aber die Kopfschmerzen blieben.

Im Hotel wurde bereits für das Mittagessen eingedeckt, als ich den Speiseraum betrat. Hier bekam ich kein Frühstück mehr. Was für ein Scheisstag!

Ich kehrte auf mein Zimmer zurück, schnappte mir Lederjacke, Schal und Mütze und machte mich daran, im Café Kaminski einzukehren.

Der viertelstündige Spaziergang durch die kalte, klare Luft tat mir gut. Die Kopfschmerzen waren fast verflogen, als ich das Café betrat. Ich stärkte mich mit Orangensaft, Rührei mit Lachs, frischen Brötchen und etwas Kaffee und studierte ausgiebig die *Süddeutsche*, die ich unterwegs an einem Kiosk erworben hatte.

Es war fast zwei Uhr, als ich mein Fahrzeug startete, um vom Hotel zum Krankenhaus zu fahren. Mit Maurer würde ich mich später befassen.

Heute hatte ich mehr Glück. Claudia Taubenberg war von der Intensiv- auf eine Pflegestation verlegt worden und dort durfte ich sie besuchen.

»Aber bitte nicht länger als eine halbe Stunde. Und sie soll so wenig wie möglich sprechen«, warnte mich die Krankenschwester, als sie den Weg wies.

Claudia Taubenbergs Zimmer lag am Ende eines kurzen Ganges, der rechtwinklig vom Hauptflur abging und vom Eingang der Station nicht einsehbar war. Als wir um die Ecke bogen, fiel mein Blick auf einen uniformierten Polizisten, der, in einem Buch lesend, vor einer Tür saß.

Er legte den Schmöker zur Seite und stand auf. »Sie möchten zu der Patientin auf Zimmer zwölf?«

Ich sah fragend die Krankenschwester an, die zur Bestätigung nickte.

»Ihren Personalausweis bitte«, forderte der Beamte und übertrug meine Daten, nachdem ich ihm den Ausweis ausgehändigt hatte, in eine Liste. Anscheinend hatte Claudia Taubenberg bisher keinen Besuch erhalten, denn mein Name war der erste auf dem Blatt Papier.

»Maximal dreißig Minuten. Die Patientin braucht Ruhe«, erinnerte die Schwester den Polizisten, während sie mir die Tür öffnete. »Geben Sie mir den Blumenstrauß. Ich besorge eine Vase.«

Claudia Taubenberg hatte ein Zimmer für sich. Ein Lächeln spielte auf ihrem Gesicht, als sie mich erkannte. Sie öffnete den Mund, doch ich legte einen Zeigefinger auf meine Lippen.

»Warten Sie.« Dann zog ich einen Hocker näher an ihr Bett und ergriff zur Begrüßung ihre rechte Hand, in der eine Kanüle mit Leukoplast befestigt war. Der Schlauch führte zu einem Ständer, an dem drei verschieden große Behälter hingen. Nur einer von ihnen war angeschlossen. Ich konnte die Tropfen ausmachen, die langsam und gleichmäßig abgegeben wurden.

Die junge Frau sah schlecht aus. Ihre Augen lagen tief in den Höhlen, sie wirkte erschöpft.

»Sie sollen so wenig wie möglich sprechen, hat die Schwester angeordnet. Können Sie, ohne sich zu sehr anzustrengen, Ihre Finger bewegen?«

Sie nickte und hob zur Bestätigung den Daumen.

»Prima. Machen wir es so: Nicken und Kopfschütteln bedeutet natürlich Ja oder Nein. Das Heben des Daumens: Sie wissen es nicht. Und das des Zeigefingers: Vielleicht. Ballen Sie eine Faust, wollen Sie mir etwas sagen. Aber tun Sie das bitte nur, wenn es wirklich nötig ist. Sollen wir es so versuchen?«

Sie signalisierte Zustimmung.

»Haben Sie Schmerzen?«

Die Antwort war ein Kopfschütteln. Ich wertete das positiv.

»Gut. Sie haben Gianna und Alessia …«

Die Tür ging auf und die Krankenschwester brachte die Vase mit den Blumen. Sie warf einen prüfenden Blick auf die Kranke und verließ dann das Zimmer wieder.

»Okay. Sie haben die beiden gesehen. Ich vermute, das war während unseres Telefonats am Samstag?«

Nicken.

»War Gianna zu Fuß unterwegs?«

Der Daumen ging nach oben.

»Sie wissen es nicht?«

Sie drehte den Kopf, so als ob sie etwas abwägen wollte, ballte dann die Hand zur Faust. Ich beugte mich zu ihr hin. »Auf einem Parkplatz«, flüsterte sie mit heiserer Stimme. »Gianna stieg gerade aus.«

»Ah, ich verstehe. Wir sollten unser Vokabular erweitern. Kopfdrehen, so wie eben, bedeutet: sowohl als auch.«

Nicken.

»Und dann haben Sie mit Gianna und Alessia gesprochen?«

Kopfschütteln.

»Nur mit Gianna?«

Erneutes Nicken.

»Lange?«

Kopfschütteln.

»Aber Sie haben Alessia gesehen?«

Nicken.

»Waren die beiden allein?«

Kopfschütteln.

Schritt für Schritt bekam ich aus ihr heraus, dass sie nur wenige Sätze mit Gianna gewechselt hatte. Sie sei erschrocken gewesen und habe darum gebeten, dass Claudia Taubenberg dieses Treffen geheim hielt. Dann war ein ihr unbekannter Mann aus dem Wagen gestiegen und hatte ihre Unterhaltung unterbrochen. Dieser Mann sei nicht Paolo gewesen. Claudia Taubenberg habe nicht den Eindruck gehabt, dass Gianna gegen ihren Willen festgehalten wurde. Allerdings wirkte sie ziemlich fahrig und nervös.

In was für einem Auto die drei unterwegs gewesen waren, wusste Claudia Taubenberg nicht. Darauf habe sie in ihrer Überraschung nicht geachtet. Sie könne sich lediglich daran erinnern, dass es sich um eine schwarze Limousine gehandelt habe.

Auch an den Anschlag selbst hatte sie kaum Erinnerungen. Ihr Vater sei zur Tür gegangen, als es schellte. Kurz darauf seien Schüsse gefallen. Sie sei in Richtung Tür gelaufen, als ein mit einer Skimütze Maskierter auch auf sie geschossen habe. Dann wisse sie nichts mehr. Ich zog es vor, nicht über das Schicksal Paul Taubenbergs zu sprechen.

»Sie können sich also auch nicht daran erinnern, dass ich Sie gefunden habe?«

Kopfschütteln. Dann die geballte Faust. »Die Polizei hat es mir erzählt. Vielen Dank. Sie haben mir vermutlich das Leben gerettet.«

»Dann sind Sie bereits vernommen worden?«

Die geballte Faust. »Heute Morgen.« Ihre Stimme war kaum noch zu verstehen.

»Hieß der Beamte Dobrott?«

Kopfdrehen. Faust ballen. Sie krächzte leise: »Jemand von der Staatsanwaltschaft. Er hat dafür gesorgt, dass ein Beamter vor der Tür sitzt. Kommissar Dobrott hielt das nicht für erforderlich. Er meinte …«

Die Krankenschwester unterbrach uns. »Ende der Besuchszeit. Verabschieden Sie sich bitte.«

»Nur noch ein paar Minuten«, bat ich.

»Keine Chance. Gleich ist Visite. Tut mir leid. Sie müssen jetzt gehen.«

Ich verabschiedete mich und folgte der Schwester ohne weiteren Widerspruch. Augenscheinlich konnte mir Claudia Taubenberg ohnehin nicht viel mehr mitteilen.

Als ich wieder im Wagen saß, vermisste ich zum ersten Mal seit Jahren eine Zigarette. Ich überlegte. Wenn Gianna gar nicht entführt und auch nicht unter Druck gesetzt worden war – und daran gab es ja nun eigentlich keinen Zweifel mehr –, warum war dann der Anschlag auf die Taubenbergs ausgeführt worden?

Hinter mir hupte jemand. Ich drehte mich um. Der Fahrer eines anderen Wagens gab mir durch aufgeregte Gestik zu verstehen, dass er schon seit Minuten darauf wartete, dass ich endlich den Parkplatz räumte. Ich hob entschuldigend beide Hände, startete den Motor und fuhr davon.

19

Wie sich herausstellte, lebte Josef Maurer in Reifenthal, einemOrtsteil Pettendorfs nordwestlich von Regensburg. Der Rehweg, in dem sein Haus stand, war eine kleine Sackgasse, die von der Hauptstraße, die Pettendorf mit

Regensburg verband, abging. Das Grundstück mit der Villa befand sich am Rand eines Waldes und war umgeben von einer hohen Hecke und einem Zaun. Von der Straßenseite aus war das Terrain nicht einsehbar. Deutlich sichtbar war lediglich eine Doppelgarage mit einem breiten Tor. Ein schweres Rolltor sicherte die Einfahrt. Videokameras überwachten den Eingangs- und Zufahrtsbereich. Zwischen den Spitzen der Laubbäume und Tannen ließ sich nur die obere Etage des Wohngebäudes ausmachen. Im Sommer war das Anwesen sicher komplett hinter einer Blätterwand verborgen. Unmittelbar hinter dem Grundstück Maurers endete der Rehweg. Parkende Autos am Straßenrand erschwerten das Wenden desWagens. Notgedrungen setzte ich den Audi rückwärts bis zur nächsten Gabelung und verließ die Stichstraße wieder.

Nachdenklich fuhr ich Richtung Pettendorf. Die Villa zu observieren, ohne aufzufallen, schien unmöglich.

Ich stoppte an einer Bushaltestelle und kramte den Stadtplan von Regensburg heraus. Auf den hinteren Seiten war eine Umgebungskarte abgedruckt. Die Straße in Richtung Pettendorf führte am Grundstück Maurers vorbei. Vielleicht fand ich von dort einen Zugang, der vom Haus aus weniger einsichtig war.

Tatsächlich ging ein kleiner Feldweg von der Straße ab. Leider war der Weg höchstens für Trecker passierbar, nicht aber für den Audi. Also stellte ich den Wagen nach einigen Metern am Straßenrand ab und machte mich daran, die Gegend zu Fuß zu erkunden.

Zu allem Übel hatte es wieder angefangen zu schneien. Ich zog den Schal fester. Nach etwa zweihundert Metern führte der Weg bergauf, einem Waldstück entgegen. Der Feldweg wurde schmaler und die weiß beladenen

Äste der Tannen auf beiden Seiten des Weges bildeten fast ein geschlossenes Dach. Wenn ich der Karte glauben durfte, näherte ich mich Maurers Villa von Norden her. Ich bedauerte, keinen Kompass dabeizuhaben. So musste ich mich auf meinen Orientierungssinn verlassen.

Ich war etwa eine Viertelstunde durch den Wald spaziert, als der Weg vor einem Holzstapel endete. Ich entschied mich dafür, die bisherige Richtung beizubehalten und mich durch das Unterholz zu schlagen. Irgendwann musste ich schließlich wieder auf bewohntes Gebiet stoßen. Tatsächlich sah ich weitere fünf Minuten später vor mir die Umrisse eines Hauses. Der Dachgiebel kam mir bekannt vor. Ich hatte die Rückseite der Villa Maurers erreicht.

Vorsichtig näherte ich mich dem etwa zwei Meter hohen Zaun, der das Grundstück begrenzte. Eine Hecke gab es auf dieser Seite nicht. In Deckung der Büsche blieb ich am Waldrand stehen. Wer den Waldsaum nicht gezielt beobachtete, würde auch bei hellem Licht nur schwer jemanden ausmachen können, der sich hier aufhielt. Doch heute herrschte Dämmerlicht und ich fühlte mich vor Entdeckung geschützt.

Gebückt schlich ich an dem Zaun entlang und achtete darauf, ob Videokameras das Gelände sicherten. Zu meiner Verwunderung fand ich trotz intensiver Suche keine solche Überwachungseinrichtung. Seltsam. Auf der anderen Seite glich das Grundstück einer Festung und hier ...? Der Zaun stellte kein unüberwindliches Hindernis dar. Mit einer Leiter wäre er leicht zu übersteigen. Auch die Anlage des Gartens käme jemandem, der sich der Villa unbemerkt nähern wollte, entgegen. In unregelmäßigen Abständen war die Rasenfläche mit

Büschen bepflanzt, die gute Deckung boten. Blieb nur die Frage, wie man in das Hausinnere gelangen konnte. Gab es eine Alarmanlage? Waren die Fenster vergittert? In der Dunkelheit konnte ich das nicht erkennen. An dieser Stelle meiner Überlegungen angekommen, schüttelte ich über michselbst den Kopf. Wollte ich wirklich in die Villa einbrechen? Was erwartete ich, dort zu finden?

Mich fröstelte. Es war noch kälter geworden. Es machte wenig Sinn, länger auszuharren und ein offensichtlich unbelebtes Haus zu beobachten. Gerade als ich mich zum Gehen wandte, hörte ich aus Richtung des Rehweges Motorengeräusche. Ein Auto näherte sich. Türen schlugen. Gesprächsfetzen drangen an mein Ohr. Dann ein Rumpeln. Es dauerte einen Moment, bis ich das Geräusch als das des sich öffnenden Rolltores identifizierte. Kurz darauf ging im Erdgeschoss der Villa das Licht an. Durch die großen Fenster fiel ein heller Schein in den Garten. Unwillkürlich bückte ich mich tiefer hinter den Busch. Dann musste ich über meine Vorsichtsmaßnahme grinsen. Wer sich in den erleuchteten Zimmern befand, konnte mich nun, hier draußen in der Dunkelheit, erst recht nicht erkennen. Schemenhaft machte ich hinter den Vorhängen Gestalten aus. Für einen Moment glaubte ich, auch die Silhouette eines Kindes zu sehen. Und eins wusste ich nun sicher: Vor den Fenster befanden sich keine Gitter. Ich hatte genug gesehen. Vorsichtig schlich ich zurück. Und tatsächlich fand ich ohne Probleme den Pfad, der mich zu meinem Wagen führte.

Eine Frage ging mir nicht aus dem Kopf. Warum hatte mir Gianna dieses Theater mit der Entführung vorgespielt? Der Mitschnitt meiner Mobilbox. Giannas plötzliches Verschwinden. Die Geldzuwendung an den Hausmeister Fiori. Und schließlich das Drama mit Alessia. Alles nur gespielt? Aber warum?

Ich zermarterte mir das Gehirn. Aber ich konnte die Fakten drehen und wenden, wie ich wollte, am Ende fand ich nur eine plausible Erklärung: Einige Zeit nach dem Coup im Museum wollten Gianna und Alessia wieder auftauchen. Bei der Polizei wollte Gianna vermutlich aussagen, dass sie von Unbekannten mit der Entführung ihrer Tochter zum Diebstahl der Himmelsscheibe erpresst worden sei. Als ich meine Ermittlungen aufgenommen hatte, sei sie auf den Gedanken gekommen, mich um Hilfe bei der Suche nach ihrer Tochter zu bitten. Das wiederum sei den Entführern zu Ohren gekommen, die nun ihrerseits auch sie selbst verschleppt hätten, um Zeit zu gewinnen. Natürlich wisse sie nicht, wo sie gefangen gehalten worden sei. Ebenso wenig könne sie einen der Entführer beschreiben. Später seien sie beide freigelassen worden.

Ich sollte diese Aussage bestätigen, ebenso wie Maria Rossi und Claudia Taubenberg. Auch die Geldzahlung an den Hausmeister passte in die Geschichte. Damit hätte Gianna als reines Opfer dagestanden, das zu der Tat genötigt worden war.

Paolo und Gianna hatten zunächst allerdings keine Ahnung gehabt, dass ihnen der italienische Inlandsgeheimdienst bereits auf der Spur war: Schreiber. Als sie das bemerkten, konnten sie ihren Plan nicht mehr ändern. Und sie wussten auch nicht, dass ich den Flyer in Giannas Wohnung gefunden hatte, der mich neben den anderen Hinweisen nach Regensburg geführt hatte. Als dann schließlich noch Claudia Taubenberg Gianna und Alessia erkannte, hatte das mühsam konstruierte Gebäude aus Lügen und Täuschungen vor dem Einsturz gestanden. Um zu retten, was eigentlich schon nicht mehr zu retten war, sollte Claudia Taubenberg sterben. Ihr Vater wurde vermutlich unbeabsichtigt ermordet. Er war einfach zur falschen Zeit am falschen Ort gewesen. So konnte es sich abgespielt haben.

20

In einem Fachgeschäft für Jagdausrüstung erstand ich am nächsten Morgen einen Feldstecher, eine Thermoskanne, einen zusammenlegbaren Klappstuhl, ein Paar beheizbare Handschuhe nebst den dafür erforderlichen Batterien und einen Rucksack, um diese Utensilien vernünftig verstauen zu können. Außerdem leistete ich mir noch einen dick gefütterten Outdoor-Parka. Für mein Vorhaben reichte eine Lederjacke als wärmende Oberbekleidung nicht aus. Dann kehrte ich ins Hotel zurück, um dort die Thermoskanne randvoll mit heißem Kaffee füllen zu lassen.

So ausgerüstet, bezog ich Posten im Waldstück bei Reifenthal. Stundenlang ereignete sich nichts. Ich saß auf dem Hocker, starrte auf die Villa, trank den immer kälter werdenden Kaffee, vertrat mir die Füße, lauschte und setzte mich wieder. Einmal näherte sich mir ein Kaninchen bis auf etwa einen Meter. Auch die Vögel, vorwiegend Spatzen, wurden immer zutraulicher. Einige Tage hier im Wald und ich würde mich zu einem profunden Kenner der einheimischen Fauna entwickelt haben.

Es fing bereits wieder an zu dämmern, als plötzlich im Haus das Licht anging. Ich hatte vorher keine Motorengeräusche oder Ähnliches wahrgenommen. Eine Terrassentür wurde geöffnet und ein Kind stürmte in den verschneiten Garten.

»Bleib in Hausnähe«, rief eine kleine Gestalt mit einer Stimme, die ich sofort erkannte. Es war die Josef Maurers alias Silvio Frattini.

Durch den Feldstecher verfolgte ich, wie knapp fünfzig Meter von mir entfernt Alessia Rossi damit begann, einen Schneemann zu bauen. Ich duckte mich tief hinter den Busch und wartete. Kurze Zeit später wurde die Kleine wieder ins Haus gerufen. Mit der Gewissheit, dass sich Alessia tatsächlich in der Villa aufhielt, begab ich mich zurück ins Hotel.

Mein Entschluss stand fest: Alessia musste zurück zu ihrer Großmutter. Egal ob Gianna unter Druck oder freiwillig bei der Sekte mitmachte, das Kind war in Bergamo besser aufgehoben. Das schien mir im Moment am wichtigsten. Die Himmelsscheibe konnte warten.

Die Polizei wollte ich nicht einschalten. Im besten Fall würde sie mich anhören und das Kind in der Obhut des Jugendamtes landen. Im wahrscheinlichen und schlechtesten Fall würden sie höflich bei Maurer anfragen und so ihn und seine Komplizen warnen.

Die Frage war nur, wie ich es anstellen sollte, das Mädchen da rauszuholen. Allein konnte ich das nicht leisten, das wurde mir schnell klar. Wen konnte ich um Hilfe bitten? Außer Claudia Taubenberg kannte ich niemanden in Regensburg, auf den ich mich verlassen konnte. Sollte ich die *Versicherung AG* einschalten? Das war keine gute Idee. Dermöller war nur an der Wiederbeschaffung der Himmelsscheibe interessiert, um die Versicherungssumme nicht auszahlen zu müssen. Das Schicksal eines kleinen Mädchens trieb seinen Blutdruck vermutlich nicht um einen Punkt nach oben.

Freunde oder Verwandte? Für einen Moment dachte ich an meinen Sohn Bastian, verwarf den Gedanken aber wieder. Das Vorhaben war zu gefährlich. Mit den Töchtern des Atlas war, wie ich hatte erleben müssen, nicht zu spaßen. Plötzlich hatte ich eine Idee. Ich griff zu meinem Handy und wählte Marcellos Nummer, des Taxifahrers, der mich noch vor einigen Tagen in Italien durch die Gegend kutschiert hatte.

»Ich rufe aus Deutschland an«, sagte ich, nachdem wir uns begrüßt hatten. »Ich habe, wenn Sie wollen, einen Auftrag für Sie. Aber ich muss Sie warnen. Der Job kann ziemlich gefährlich werden.«

»Worum geht es?«, erkundigte er sich.

Ich erzählte ihm, was er wissen musste.

»Eine kleine Bambina. Porca la miseria. Isse nicht so doll wichtig, aber was mit Geld?«, wollte Marcello wissen.

»Ich zahle Ihnen fünftausend und natürlich Ihre Auslagen. Egal ob es klappt oder nicht.«

»Bene. Was soll ich tun?«

»Nehmen Sie die nächste Maschine nach München. Mieten Sie sich dort einen schnellen Wagen mit einem Navigationssystem. Kommen Sie dann nach Regensburg.«

»Eine Moment. Ich müsse aufschreiben.« Ich hörte ihn im Hintergrund rumoren. Dann war er wieder am Apparat. »Habe ich.«

»Rufen Sie mich an, wenn Sie in München sind und das Auto gemietet haben. Ich werde Ihnen dann die weiteren Einzelheiten mitteilen.«

»Bene. Ich fahren gleich los. Müsse nur ein paar Sachen packen.«

Nachdem ich das Gespräch beendet hatte, startete ich das Internet, um den Flugplan Münchens abzurufen. Wenig später wusste ich, dass die letzte Maschine dieses Tages in zwanzig Minuten von Florenz nach München starten würde. Die konnte Marcello nicht mehr erreichen. Morgen früh landete der erste Flieger um halb elf. Mit Marcellos Anruf brauchte ich also nicht vor elf Uhr zu rechnen.

Befriedigt verließ ich mein Zimmer. Auch ich hatte noch Vorbereitungen zu treffen.

21

Nach dem Aufstehen joggte ich eine halbe Stunde an der Donau entlang und genoss anschließend ein ausgiebiges Frühstück.

Zurück auf meinem Zimmer wählte ich Maria Rossis Nummer. Fast sofort nahm sie den Hörer ab. Es schien, als habe sie neben dem Telefon auf meinen Anruf gewartet. »Herr Büsing! Wissen Sie, wo Alessia ist?«

»Ich habe eine Spur«, erwiderte ich zurückhaltend, um keine falschen Hoffnungen zu wecken. Noch wusste ich ja nicht, ob mein Vorhaben gelingen würde.

»Wo ist sie?« Als ich nicht gleich antwortete, bettelte sie: »Bitte. Sie müssen es mir sagen.«

»Das kann ich nicht.«

»Weshalb nicht?«

»Ich habe nur vage Informationen, mehr nicht«, log ich.

»Aber Alessia lebt doch, oder?«

»Ja. Sie lebt.«

Ihre Erleichterung war hörbar. »Bene. Wann kommt mein Mädchen wieder zu mir zurück?«

Ich zog es vor, nicht auf diese Frage zu antworten. »Frau Rossi, Sie müssen mir helfen. Ich muss mit Alessia Kontakt aufnehmen. Aber sie weiß nicht, wer ich bin. Gibt es etwas, was nur Sie und Alessia wissen und womit ich Ihre Enkelin überzeugen kann, dass ich quasi in Ihrem Auftrag handele?«

»Wie meinen Sie das?«

»Na, irgendein kleines Geheimnis, eine Lieblingsspeise, ein Lieblingskuscheltier, ein persönliches Geschenk – so was in der Art.«

»Ein Geschenk ... Da fällt mir nichts ein. Sie isst gerne Pommes frites mit Ketschup, aber das tun alle Kinder in ihrem Alter. Ich muss nachdenken.« Für eine halbe Minute war es ruhig im Hörer. Dann sprach sie wieder: »Doch, es gibt etwas. Ich singe ihr immer ein Einschlaflied vor. Als Erinnerung an ihren Großvater, den sie auf Deutsch Opa Jakob nennt, obwohl er Luigi hieß. Sie spricht Opa Jakob immer deutsch aus. Sicher kennen Sie das Kinderlied. Es heißt Bruder Jakob.« Sie begann leise zu singen: »Bruder Jakob, Bruder Jakob, schläfst du noch? Schläfst du noch? Hörst du nicht die Glocken? ... Das gibt es auch auf Italienisch: Frà Martino, campanaro, dormi tu? Dormi tu? Alessia schämt sich ein klein wenig, dass sie so an diesem Babylied, wie sie das nennt, hängt. Dabei geht es natürlich nicht um das Lied, sondern um das Andenken an ihren Opa. Trotzdem will sie nicht, dass ich irgendjemandem davon erzähle. Sie sind der Erste, der es erfährt. Können Sie damit etwas anfangen?«

»Sehr viel sogar. Danke.«

»Bene. Bitte, wann kommt mein Baby wieder?«

»Ich rufe Sie sofort an, wenn ich etwas Genaueres sagen kann.« Damit beendete ich das Gespräch, zog die Schuhe aus und ließ mich auf das Bett fallen. Es blieben mir noch fast drei Stunden, bis Marcello eintreffen konnte.

Wie erwartet, meldete er sich gegen elf Uhr.

»Geben Sie in das Navigationssystem als Ziel Regensburg Zentrum ein«, instruierte ich ihn.

»Okay.«

Ich hörte Piepstöne, dann die Frauenstimme, die anscheinend in allen Navigationssystemen Ansagen säuselt: »Die Route wird berechnet.«

»Isse erledigt.«

»Gut. Sehen Sie nach, ob Sie der Computer über die A 93 leitet.«

Wieder das Piepsen.

»Si.«

»Prima. Kurz vor Regensburg gibt es bei Pentling eine Raststätte. Dort treffen wir uns. Wenn Sie in keinen Stau geraten, müssten Sie in etwa einer Stunde da sein. Sollten wir uns verpassen, nehmen wir über die Handys Kontakt miteinander auf. Alles klar?«

»Si.«

»Gute Fahrt.«

Auch für mich wurde es langsam Zeit aufzubrechen. Ich zog wieder den Trainingsanzug und meine Laufschuhe an, den Parka nahm ich über den Arm.

Auf dem hoteleigenen Parkplatz stieg ich in einen Jeep mit Allradantrieb, den ich bei der Mietwagenfirma gegen den Audi eingetauscht hatte. Auf dem Rücksitz lagen eine Klappleiter, ein Akkuschrauber und anderes Werkzeug.

Dreißig Minuten später wartete ich vor der Raststätte Pentling auf Marcello. Ich hatte den Jeep so abgestellt, dass ich den Parkplatz und den Eingangsbereich der Raststätte im Auge behalten konnte.

Es war fast ein Uhr, als ein weißer Mercedes der S-Klasse ganz in meiner Nähe parkte und der Taxifahrer aus Florenz ausstieg. Marcello ging ohne Zögern Richtung Restaurantgebäude. Ich beobachtete zwei Fahrzeuge, die hinter Marcellos Mercedes die Autobahn verlassen hatten und auf den Rastplatz gerollt waren. In dem einen saß ein Paar mit drei Kindern, in dem anderen zwei ältere Damen. Sie machten nicht den Eindruck, als ob sie Marcello gefolgt wären.

Beruhigt stieg ich ebenfalls aus und betrat das Restaurant.

Mein italienischer Helfer hatte sich mit einem Kaffee in den hinteren Teil des Raums verzogen. Ich besorgte mir ein Mineralwasser und setzte mich zu ihm.

»Toller Wagen, den Sie sich da beschafft haben.«

»Fünfhunderter. Ganz neu. Auto ist Spitze.« Der Taxifahrer grinste. »Macht locker zweihundertfünfzig Sachen.«

»Das ist gut.« Ich trank einen Schluck und machte Marcello mit den Einzelheiten meines Planes vertraut: »Ich werde mich mit dem Jeep so weit wie möglich über den Feldweg dem Grundstück nähern. Dann beziehe ich Posten am Waldrand hinter der Villa. Sie haben die Aufgabe, von der Hauptstraße aus den Rehweg im Auge zu behalten. Vorher aber fahren Sie in die Straße hinein und sehen nach, ob das Rolltor vor der Garage geschlossen ist. Darüber informieren Sie mich über Handy. Gianna Rossi und Paolo Meozzi werden heute Abend mit Sicherheit nicht in Maurers Haus anwesend sein.« Von

Carmen Hubbel wusste ich ja, dass am heutigen Donnerstag im Internatsgebäude wieder dieser Mummenschanz stattfinden würde, bei dem der Bewahrer und die Priesterin neue Novizen in die Sekte aufnahmen. »Ich vermute, dass die beiden, wenn sie sich denn überhaupt in der Villa aufhalten, am späten Nachmittag das Gebäude verlassen werden. Sobald ich das Geräusch des sich öffnenden Tores höre, rufe ich Sie an. Kurz darauf muss eine vermutlich dunkle Limousine aus dem Rehweg kommen. Das ist das Startzeichen für unseren Einsatz.«

»Was ist, wenn keine Tor zu hören ist oder Auto nicht wegfährt?«

»Dann waren Gianna und Paolo nicht im Haus. In diesem Fall warten wir bis sieben Uhr und legen dann los.«

Marcello nickte verstehend.

»Sie gehen zur Villa und klingeln. Wenn niemand öffnet, melden Sie mir das. Ich werde versuchen, Alessia aus dem Haus zu holen.«

»Sie wollen einbrechen?« Er hörte sich nicht sehr überrascht an.

»Wenn es sich vermeiden lässt, nicht.«

»Wie wollen Sie ins Haus kommen?«

»Ich habe, wenn ich ehrlich bin, keinen bestimmten Plan.« Notfalls mit einem Hammer, dachte ich.

»Gibt es Alarmanlage?«

Das war ein Punkt, der mir immer noch Kopfschmerzen bereitete. Ich nahm aber an, dass vom Auslösen des Alarms bis zum Auftauchen der Polizei oder einer Sicherheitsfirma einige Minuten vergehen würden. Wenn keine Komplikationen eintraten, müsste mir die Zeit eigentlich reichen.

»Sie glauben, Bambina ist allein im Haus?«

»Ich hoffe es.«

»Keine Wächter?«

Ich zuckte nur mit den Schultern. Das war eine der Komplikationen, die ich mir nicht vorstellen wollte.

»Und wenn aber jemand aufmacht? Was soll ich sagen?«

»Erkundigen Sie sich danach, ob Müller oder Meier in der Straße wohnen.«

»Und dann?«

»Verschieben wir alles auf einen anderen Tag.« Das war die Schwachstelle des Plans. Ein zweites Mal konnte ich Marcello nicht zur Tür der Villa schicken. Maurer, oder wer immer auch öffnete, würde ihn wiedererkennen. Es war ohnehin fraglich, ob die Sektenmitglieder nicht Marcello schon in Florenz beobachtet hatten. Aber es gab keine Alternative. Außerdem musste es ja nicht so weit kommen. »Vielleicht kommt das Kind ja wieder in den Garten. Wenn das der Fall ist, sage ich Bescheid. Sie klingeln trotzdem und lenken denjenigen, der öffnet, ab. Ich werde versuchen, mit der Kleinen Kontakt aufzunehmen und sie dann zum Jeep zu schaffen. Anschließend fahre ich Richtung Pettendorf. Sie folgen mir so schnell wie möglich. Ich übergebe Ihnen das Kind und Sie sehen zu, dass Sie nach Bergamo kommen und Alessia bei ihrer Großmuter abliefern.«

»Und Sie?«

»Ich fahre zurück zu meinem Hotel.«

Sein Blick sagte mir, dass ihn mein Plan nicht wirklich überzeugte. Wenn ich ehrlich war, ging es mir genauso.

Aber Marcello sagte nur: »Bene.«

Ich gab ihm einen Zettel, auf dem ich Josef Maurers Anschrift und den unseres Treffpunkts am Ende des

Feldweges notiert hatte. »Schalten Sie Ihr Handy auf Vibrationsalarm, damit es Sie nicht in einem unpassenden Moment verrät. Alles klar?«

»Si«, war seine einzige Antwort.

Der Jeep bewältigte mit Leichtigkeit den Feldweg. An dessen Ende parkte ich den Wagen so, dass er in Richtung Hauptstraße stand. Möglicherweise drängte die Zeit, wenn ich mit Alessia zurückkehrte. Deshalb ließ ich auch den Autoschlüssel stecken und die Türen weit offen stehen. Mitten im Wald würde keiner den Wagen stehlen, da war ich mir sicher.

Bepackt mit Rucksack und Werkzeug stapfte ich auf direktem Weg zum Grundstückszaun. Das Erdgeschoss der Villa war unbeleuchtet und die Vorhänge waren zugezogen. Als ich auch die Leiter aus dem Wagen an den Zaun geschafft hatte, vibrierte mein Telefon. Marcello teilte mir mit, dass das Rolltor geschlossen sei. Ich setzte mich auf den Klapphocker hinter die Büsche und zog mir die Pudelmütze über die Ohren. Jetzt hieß es warten.

Nach zwei Stunden bereute ich, dass ich dieses Mal vergessen hatte, Kaffee mitzunehmen. Es war eiskalt. Zu allem Überfluss schneite es mal wieder. Trotz Parka und beheizten Handschuhen fror ich wie ein Schneider. Marcello war zu beneiden. Er saß im Warmen und Trockenen.

Es wurde langsam dunkel. Um mir die Zeit zu vertreiben, stapelte ich Schneebälle zu immer größer werdenden Pyramiden. Plötzlich hörte ich das Rolltor. Kurz darauf ging im Haus das Licht an. Fast zeitgleich wurde ein Vorhang beiseite gezogen, die Terrassentür öffnete sich und Alessia lief in den Garten. Ich informierte Marcello, der mir seinerseits fünf Minuten später mitteilte, dass soeben ein schwarzer Lancia an ihm vorbeigefahren war.

Ich atmete tief durch. »Dann los!«

Marcello würde vermutlich nicht mehr als drei oder vier Minuten bis zum Hauseingang benötigen. Quälend langsam bewegte sich der Sekundenzeiger.

Alessia baute weiter an ihrem Schneemann, rund fünfzig Meter von mir entfernt. Als sie sich anscheinend auf der Suche nach möglichen Augen für den weißen Mann meinem Versteck näherte, nahm ich einen Schneeball und warf ihn in ihre Richtung. Sie bemerkte ihn nicht. Ich versuchte es mit einem zweiten. Wieder kein Erfolg. Mit dem dritten Ball dann traf ich ihren Rücken. Alessia drehte sich in meine Richtung. Ihre Augen suchten das Gestrüpp ab. Ich trat aus der Deckung der Büsche und winkte ihr zu. Neugierig kam sie näher. Als ich glaubte, dass sie meine Stimme hören konnte, ohne dass ich schreien musste, begann ich zu singen: »Bruder Jakob, Bruder Jakob, schläfst du noch?«

Erstaunt riss sie die Augen auf.

»Deine Oma schickt mich«, sagte ich hastig. »Ich soll dich nach Hause bringen.« Alessia machte ein paar Schritte auf mich zu. Der Schnee knirschte unter ihren kleinen Füßen. Dann blieb sie unsicher stehen.

»Willst du deine Oma wieder in die Arme nehmen?«

Die Kleine nickte zögernd. »Si.« Aber sie ging keinen Schritt weiter.

»Deine Oma hat mir erzählt, dass du deinen Opa nie gesehen hast. Stimmt das?«

Wieder das zögernde Nicken.

»Du nennst ihn immer Opa Jakob. Und das, obwohl er Luigi hieß. Ich finde das toll, dass du deinen Opa so lieb hast.«

»Woher weißt du das?«, fragte sie mit leiser Stimme.

»Das hat mir deine Oma erzählt. Sie vermisst es, dir vor dem Einschlafen dieses Lied vorzusingen. Willst du zurück zu deiner Oma?«

»Si.«

»Dann komm. Ich bringe dich zu ihr.«

Sie lief los. Eilig schob ich die Leiter über den Zaun. Aus dem Haus hörte ich jemanden rufen: »Alessia, bleib stehen. Sofort!«

Das Mädchen drehte sich um. Die Kleine hatte Angst, das war deutlich zu erkennen. Es war Maurer, der mit eiligen Schritten die Terrasse verlassen und mittlerweile den Schneemann erreicht hatte. Nun musste er auch mich sehen. Einen Moment wirkte er wie erstarrt. Dann rannte er los.

»Schnell. Komm. Da rüber.«

Alessia kletterte hoch. Ich breitete die Arme aus. »Spring«, rief ich.

Sie verharrte für einen Moment unschlüssig oben auf der Leiter, einen Fuß auf der Spitze des Zauns, einen noch auf der letzten Sprosse. Dann sprang sie.

Ich zog die Leiter zurück über den Zaun, griff Alessias Hand und wir liefen durch den verschneiten Wald dem Auto entgegen.

Maurer fluchte. Ich sah kurz über die Schulter. Der Kerl mühte sich ab, über den Metallzaun zu klettern. Aber er rutschte immer wieder an den glatten Stäben ab. Hoffentlich erreichten wir rechtzeitig den Jeep! Vielleicht noch hundert Meter, dann fünfzig. Wir waren am Wagen.

Ich stieß Alessia in das Fahrzeug und spurtete zur Fahrerseite. Doch als ich meinen rechten Fuß ins Fahrzeuginnere schwingen wollte, traf mich ein harter Schlag an der linken Schulter. Unmittelbar darauf hörte ich einen Knall. Für einen Moment wusste ich nicht, wie mir geschah. Dann spürte ich den Schmerz. Alessia kreischte. Und ich sah Maurer, der knapp fünfzehn Meter entfernt aus dem Wald trat, eine Pistole in der rechten Hand.

»Bleiben Sie vom Fahrzeug weg«, sagte er kalt. »Es macht mir nichts aus, Sie zu erschießen.«

Ich gehorchte und ging langsam rückwärts. Der Schmerz in meiner Schulter war unerträglich.

»Noch weiter. Das reicht.«

Josef Maurer zielte mit der Waffe weiter auf mich und näherte sich dem Jeep.

Dann ging erneut alles sehr schnell. Eine schemenhafte Gestalt sprang aus dem Dunkel und stürzte sich auf Maurer. Der schrie überrascht auf, ein dumpfer Schlag folgte. Maurer ging zu Boden. Marcello beugte sich über ihn. Als er sich wieder aufrichtete, hielt er die Pistole in der linken, einen Totschläger in der rechten Hand.

Beruhigend sprach er etwas auf Italienisch und Alessia antwortete. Dann fragte er mich: »Sind Sie schwer verletzt?«

Ich biss die Zähne zusammen. »Ist nur ein Kratzer.«

Marcello deponierte die Pistole einige Meter entfernt auf einem Baumstumpf. »Für Polizei.« Den Totschläger warf er in den Jeep. Dann befasste er sich erneut mit Maurer. Er legte den Bewusstlosen auf den Bauch, fesselte ihm mit Plastikkabelbinden erst die Hände, dann die Füße. Anschließend verschnürte er Hand- und Fußfesseln so, dass Maurer mit angezogenen Beinen im Schnee lag, unfähig, sich zu bewegen.

Dann befahl der Italiener: »Einsteigen! Ich fahre!«

Ich kroch auf den Rücksitz und Marcello startete den Motor. »Plan hat doch prima geklappt«, grinste er, während der Jeep über den Feldweg rappelte.

»Sie waren aber eigentlich darin so nicht vorgesehen«, stöhnte ich dankbar und zuckte bei jeder Bodenwelle zusammen. Kalter Schweiß stand mir auf der Stirn. »Wieso sind Sie hier? Und weshalb haben Sie einen Schlagstock und Fesseln dabei?«

»Sie wissen doch: Ich Italiener. Alle Italiener sind schrecklich undiszipliniert. Wollte gucken, was Sie so machen. Hatte doch meine Job erledigt, oder?« Sein Grinsen wurde noch breiter. »Und alle Italiener sind Mafiosi. Deshalb ich habe Waffe. Capice?«

Mir wurde übel. »Und jetzt?«, fragte ich mit matter Stimme.

»Weiter im Plan. Fast.« Marcello bog auf die asphaltierte Hauptstraße ein. »Da vorne stehen Mercedes.«

Er sprach Alessia wieder auf Italienisch an. Sie antwortete, wirkte aber völlig eingeschüchtert. Marcello sagte: »Alessia und ich fahren jetzt nach Italia. Sie bleiben in Jeep. Geben Sie uns zehn Minute. Dann rufen Sie Krankenwagen.« Er öffnete die Fahrertür und beide stiegen aus. Marcello wandte sich noch einmal an mich. »Machen Sie sich keine Sorge. Ich bringe die Bambina sicher nach Bergamo. Ciao.«

Ich wartete zwanzig Minuten. Dann drückte ich 110 und gab meinen Standort durch. Unmittelbar danach wurde mir schwarz vor Augen und ich fiel in Ohnmacht.

22

Ich musste erneut eingeschlafen sein. Vermutlich die Auswirkungen des Schmerzmittels, das durch einen kleinen Schlauch in meine Adern tropfte. Ich versuchte, mich zu konzentrieren und einen klaren Gedanken zu fassen.

Die Operation war gut verlaufen. Die Ärzte hatten mich nur lokal betäubt und das Projektil aus der Schulter geholt. Schon in zwei oder drei Tagen würde ich mit einem dicken Verband das Krankenhaus verlassen können. Keine große Sache.

Ich war mir nicht bewusst, etwas Unrechtes getan zu haben. Wie mir Alessia zu verstehen gegeben hatte, hatte sie so schnell wie möglich zurück zu ihrer Großmutter gewollt. Sonst wäre sie ja nicht mitgekommen, oder? Natürlich war unser Vorgehen nicht ganz legal gewesen. Im engeren juristischen Sinn könnte man es sogar als Entführung bezeichnen. Aber ich befürchtete keine ernsthaften rechtlichen Konsequenzen, da ich mir nicht vorstellen konnte, dass Meozzi oder Gianna Anzeige gegen mich erstatten würden.Selbstverständlich, bei Entführung handelt es sich um ein Offizialdelikt. Die Staatsanwaltschaft würde Anfangsermittlungen einleiten und möglicherweise käme es sogar zu einem Strafverfahren. Doch ein Prozess würde wie das berühmte Hornberger Schießen ausgehen. Einstellung oder Freispruch, je nach Tagesform des Richters.

Die Tür öffnete sich und der Arzt, der mich operiert hatte, betrat das Zimmer.

»Was macht die Schulter?«, erkundigte er sich.

»Sie tut etwas weh.«

»Das wird mit jedem Tag besser. Ich sagte Ihnen ja bereits, dass Sie ziemliches Glück gehabt haben. Kein Knochen verletzt, sondern ein Steckschuss ins Muskelgewebe. Das heilt schnell. In zwei Wochen spielen Sie wieder Handball.«

»Glaube ich nicht. Ich mache mir nichts aus diesem Sport.«

Der Arzt lachte. »Was auch immer.« Er zog den Hocker an mein Bett und setzte sich. »Die Kriminalpolizei hat sich nach Ihrem Zustand erkundigt. Sie möchte Sie verhören.«

Das konnte ich mir denken.

»Ich habe den Beamten gesagt, dass Sie heute noch nicht vernehmungsfähig sind. Morgen müssen Sie sich den Fragen der Kripo aber stellen. Ihr Kreislauf ist stabil, Sie sind, von der Schussverletzung abgesehen, in einem Ihrem Alter entsprechenden körperlich guten Zustand. Es dürften also keine Komplikationen auftreten. Trotzdem werde ich dafür sorgen, dass Sie die Polizei nicht zu lange in Anspruch nimmt. Der ermittelnde Beamte wird am Nachmittag hier sein.« Der Arzt stand auf. »Trauen Sie sich das zu?«

»Kein Problem.«

»Gut. Dann bis morgen.« Er ging.

Ich schob mich etwas seitwärts, sodass ich auf meine Uhr sehen konnte. Es war zwei Uhr nachmittags. Seit den Ereignissen in der Villa waren fast zwanzig Stunden vergangen. Langsam wurde ich unruhig. Marcello müsste längst in Bergamo angekommen sein und die Kleine bei ihrer Großmutter abgegeben haben. Sein Anruf war überfällig.

Mit meinem gesunden Arm tastete ich nach meinem Handy, um ihn anzurufen. Ich hatte das Teil trotz energischer Interventionen der Krankenschwestern nicht ausgeschaltet. Marcello meldete sich nicht. Ich hinterließ eine Nachricht auf seiner Mailbox und griff zur Fernsehzeitung, um mich über das Programm zu informieren und abzulenken. Ich entschied mich für einen alten Spielfilm mit Heinz Rühmann in der Hauptrolle. Glücklicherweise lag ich allein in dem Zimmer. Mich jetzt mit einem anderen Kranken über die Wahl des richtigen Programms auseinander zu setzen hätte mein ohnehin schwaches Nervenkostüm trotz Beruhigungs- und Schmerzmittel über Gebühr strapaziert.

Mein Handy klingelte. Ich schaltete das Fernsehgerät wieder aus und griff zu dem Telefon.

Eine weibliche Stimme antwortete, nachdem ich mich gemeldet hatte, auf Englisch: »Hier spricht Luisa Meozzi.«

Für einen Moment musste ich nachdenken. Luisa Meozzi? Dann hatte ich es. Paolos Schwester, die ebenfalls im Archäologischen Museum arbeitete. Was wollte sie von mir? »Ja?« Und dann setzte ich sofort hinzu: »Woher haben Sie meine Telefonnummer?«

»Maria Rossi hat sie mir gegeben. Sie hat mich gebeten, Sie anzurufen. Vielen Dank, dass Sie Alessia haben zurückbringen lassen.«

»Das hatte ich Frau Rossi versprochen.«

»Wissen Sie, ich liebe das Kind. Fast wie eine eigene Tochter. Maria hat mir erzählt, dass Alessia entführt wurde. War es wirklich so?«

»Was lässt Sie daran zweifeln?«, fragte ich zurück.

Luisa Meozzi zögerte mit der Antwort. Dann sagte sie: »Alessia. Sie hat ihrer Oma erzählt, dass Gianna sie in dem Haus, in dem sie untergebracht war, manchmal besucht hat. Auch Paolo hat sie dort gesehen. Das finde ich etwas seltsam.«

Es hatte keinen Sinn, ihr etwas vorzumachen. »Sie haben Recht. Es gab keine Entführung. Sie war nur vorgetäuscht.«

»Haben Sie mit Gianna oder Paolo gesprochen?«

»Nein.«

»Wissen Sie, wo die beiden sich aufhalten?«

»Leider nicht.«

Einige Sekunden lang war nur Luisas schwerer Atem zu hören. Dann sprach sie weiter: »Ich habe anfangs nicht verstanden, warum Gianna die Kleine zu ihrer Mutter gegeben hat. Heute weiß ich es. Es hing nur zum Teil mit den beruflichen Belastungen und ihrem Wunsch, Karriere zu machen, zusammen. Viel stärker war Paolos Einfluss.«

»Wie meinen Sie das?«

»Er wollte, dass Gianna das Kind abgibt.«

»Warum?«

»Wissen Sie das nicht längst?«

»Ich habe eine Vermutung, nicht mehr.«

»Der Grund ist diese Sekte.«

»Sie wissen davon?«

»Ja.«

»Wie lange schon?«

»Seit fast drei Jahren. Paolo hatte mich angesprochen. Er wollte, dass ich ihm beim Aufbau seiner Gemeinschaft helfe. Aber ich habe abgelehnt.«

»Weshalb?«

»Wir sind katholisch.«

»Aha.« Mit drei Worten war alles gesagt.

»Seit wann ist Paolo Mitglied?«

»Ich weiß es nicht genau. Vier, vielleicht fünf Jahre. Er hat mir gesagt, dass er von einem Landsmann auf die Sekte aufmerksam gemacht wurde.«

»Hat er Ihnen von den Zielen der Töchter des Atlas erzählt?«

»Ja. Er sagte, dass seine Gemeinschaft den spirituellen Gleichklang von Natur und Religion anstrebe. Sie seien auf der Suche nach den Wurzeln des Glaubens. Und sie meinten, diese in einer Art Pantheismus gefunden zu haben. Gott müsse nicht als Person definiert werden, sondern sei als übergeordneter göttlicher Wille überall existent. In den Menschen, in den Tieren, in den Steinen, in den Naturgesetzen. Gott habe die Natur nicht erschaffen, sondern sei Natur. Es gebe bei ihnen keine schriftlichen Rituale, kein überliefertes Glaubensbekenntnis, sondern lediglich eine Art Philosophie des Glaubens.«

Mir kam in den Sinn, was ich auf der DVD gesehen hatte. Das war nichts anderes als ein Initiationsritus vergleichbar der christlichen Taufe gewesen und widersprach dem letzten Satz von Luisas Aussage. Wahrscheinlich wusste sie nichts von den tatsächlichen Praktiken der Sekte. Im Übrigen habe ich Zweifel an jeder Art von religiösem Dogma. Personifiziert oder nicht.

»Diese Auffassungen widersprechen allem, was ich für richtig halte. Deshalb habe ich sein Anliegen zurückgewiesen. Daraufhin hat er sich bemüht, Gianna für seine Idee zu gewinnen.«

»Lebten die beiden da schon getrennt?«

»Ja. Aber Gianna hatte schon immer eine ganz besondere Affinität für Mystik. Sie schwärmte für Nymphen, Waldgötter und so etwas. Daher war es einfach, sie zu überzeugen. Ihre Ehe war zwar gescheitert, aber der gemeinsame Glaube an diese Sekte brachte sie erneut zusammen.«

»Sie sind wieder ein Paar?«

»Keine Liebesbeziehung, wenn Sie das meinen. Sie verbindet ihr gemeinsames Engagement für diese Sekte.« Unvermittelt wechselte sie das Thema. »Herr Büsing, suchen Sie eigentlich immer noch die Himmelsscheibe?«

Ihre Frage überraschte mich. »Sicher.«

»Ich weiß, wo sie ist.«

»Ich auch.«

»Das Original, nicht die Kopie.«

Ein Außenstehender hätte meinen Gesichtsausdruck in diesem Moment vermutlich beschrieben mit: Büsing lag in seinem Krankenbett wie vom Schlag getroffen. Offener Mund, aufgerissene Augen, unfähig, etwas zu sagen.

Nach langen Sekunden fand ich meine Fassung wieder. »Wie meinen Sie das?«

»Gianna hat lediglich eine Kopie der Himmelsscheibe gestohlen. Das Original habe ich vorher in Sicherheit gebracht.«

Meine Stimme war nur ein Krächzen. »Das müssen Sie mir genau erklären.«

»Sie wissen vermutlich, dass ich als Sekretärin in dem Museum arbeite.«

»Ja.«

»In Bezug auf die Ausstellung der Himmelsscheibe bin ich für alles Administrative zuständig.«

Gianna hatte etwas in dieser Art bei unserer ersten Begegnung erwähnt.

»Gianna und Paolo haben sich häufiger bei mir nach den Sicherheitsmaßnahmen erkundigt, die für den

Transport und die Unterbringung der Scheibe bei uns im Haus vorgesehen waren. Anfangs erschien mir das als gerechtfertigtes Interesse. Schließlich waren die beiden ja verantwortlich für die Ausstellung. Im Laufe der Zeit habe ich jedoch einige Gesprächsfetzen aufgeschnappt, die mich misstrauisch werden ließen. Eines Tages wurde ich zufällig Zeugin, wie Paolo, der früher nie irgendwelche Geheimnisse vor mir hatte, in seinem Büro einen Zettel mit handschriftlichen Notizen verbrannte. Er reagierte äußerst verlegen, später gereizt, als ich ihn nach dem Grund für sein Tun fragte und auf die Brandgefahr im Museum hinwies. Das ginge mich nichts an, entgegnete er. Ich solle mich um meine eigenen Angelegenheiten kümmern. So hatte er noch nie mit mir gesprochen. Und mein Verdacht wuchs. Schließlich habe ich mich überwunden und sie bewusst belauscht. Und ich bekam mit, wie sie sich darauf verständigten, die Himmelsscheibe am nächsten Donnerstag in ihren Besitz zu bringen. Ich war wie vor den Kopf gestoßen. Nur noch vier Tage! Was sollte ich tun?«

»Die Polizei verständigen«, antwortete ich automatisch.

»Und meine engsten Familienmitglieder ans Messer liefern? Außerdem: Hätten die Beamten mir geglaubt? Was hatte ich für Beweise?«

Das klang einleuchtend. »Was haben Sie getan?«

»Am nächsten Tag habe ich mich krankgemeldet und bin nach Halle gereist. Aus Veröffentlichungen wusste ich, dass dort detailgetreue Kopien der Himmelsscheibe verkauft werden. Eine habe ich erworben. Zwei Tage später habe ich Gianna kurzzeitig Paolos Schlüssel entwendet, mir so Zugang zum Lagerraum verschafft und die Scheiben ausgetauscht.«

»Befürchteten Sie nicht, dass Gianna oder Paolo den Trick bemerken würden?«

»Doch, schon. Aber sie hatten kaum Zeit, die Scheibe genau zu begutachten. Sie kannten sie ja nur von Fotos.«

»Sagen Sie, was haben Sie denn mit den Überwachungskameras gemacht?«

»Sie wurden an diesem Abend für eine Sicherheitsüberprüfung ausgeschaltet. Die Versicherung bestand auf einer zweiten Überprüfung.«

»Richtig, Rotolo erwähnte so etwas.«

»Ich hatte davon Kenntnis. Schließlich war es meine Aufgabe, die Wartungsfirma zu bestellen.«

»Und das ist der Polizei nicht seltsam vorgekommen?«

»Nein. Im Gegenteil. Es ist das Normalste der Welt, die Systeme gründlich zu überprüfen, wenn eine solche Kostbarkeit im Haus aufbewahrt wird. Außerdem: Die Polizei wird misstrauisch, wenn etwas Ungewöhnliches passiert. Eine Sicherheitskontrolle technischer Systeme gehört nicht dazu.«

Im Stillen bewunderte ich die Vorausschau Luisas.

»Und wo ist die echte Himmelsscheibe nun?«

»Wo soll sie schon sein? Im Museum natürlich.«

»Im Museum?«, echote ich.

»Ja. Kennen Sie den Gang, der die beiden Kellergeschosse miteinander verbindet?«

»Gianna hat ihn mir gezeigt.«

»Dann erinnern Sie sich vielleicht, dass es einen toten Stollen gibt, der ursprünglich zum Nachbargebäude führen sollte. Der Gang endet nach etwa fünfzehn Metern. Dort steht ein alter Koffer. In ihm ist die Scheibe.«

Es fiel mir schwer, die Fassung zu bewahren. Gianna, ich und vermutlich auch Paolo und die Polizei waren

völlig ahnungslos nur wenige Meter an der Himmelsscheibe von Nebra vorbeigelaufen, ohne zu ahnen, wie
nah wir dem Schatz waren.

»Und warum erzählen Sie mir das jetzt?«, wollte ich
wissen.

»Sie haben Alessia zurück zu ihrer Großmutter gebracht«, antwortete sie. »Marcello hat uns alles erzählt.
Warum sollte ich nun nicht auch Ihnen helfen. Außerdem sind Gianna und Paolo nicht mehr hier und werden
ohnehin verdächtigt. Was macht es für einen Sinn, noch
länger zu schweigen?«

»Juristisch haben Sie Diebstahl begangen, wenn auch
in bester Absicht«, dozierte ich.

»Mag sein. Aber muss das jemand erfahren?«, erwiderte
sie.

Ich dachte einen Moment nach. »Nein, das muss niemand erfahren. Machen Sie sich keine Sorgen.«

Als wir uns verabschiedet hatten, lag ich für einige Minuten wie paralysiert in meinem Krankenbett. Ich überlegte, Dermöller sofort anzurufen, entschied mich dann
dagegen. Die ganze Geschichte war völlig grotesk. Zwei
Tote und zwei Verletzte für eine Scheibe, die nie aus dem
Museum entfernt worden war!

23

Dermöllers Rückruf erfolgte prompt.

»Wir haben Ihre Angaben überprüft und in dem alten
Gang die Himmelsscheibe tatsächlich gefunden. Es ist
das Original, das ist sicher. Glückwunsch, Herr Büsing.
Wie sind Sie darauf gekommen?«

»Geschäftsgeheimnis.«

Dermöller räusperte sich. »Gut. Ich akzeptiere das. In Italien würde ich mich an Ihrer Stelle in der nächsten Zeit nicht sehen lassen. Die Beamten dort sind nicht sehr gut auf Sie zu sprechen. Schicken Sie mir Ihre Abrechnung?«

»Nicht nur das.«

»Wie soll ich diese Bemerkung verstehen?«

»Wir hatten vereinbart, dass ich bis zu einem Betrag von zwei Millionen Lösegeld Handlungsvollmacht hatte. Sollte ich die Entführer herunterhandeln, stünde mir von dem eingesparten Betrag zehn Prozent zu.«

»Aber die Scheibe ist doch nie aus dem Museum entfernt worden«, maulte der Direktor der *Versicherung AG*. »Es wurde kein Lösegeld gezahlt. Es gab kein Artnapping und folglich haben Sie keinen Anspruch …«

»Wollen Sie es auf eine juristische Auseinandersetzung ankommen lassen?«

Dermöller bellte ein Lachen. »Natürlich nicht. Sie sind ein harter Brocken, Büsing.«

»Danke für das Kompliment. Also, zehn Prozent von zweiMillionen sind zweihunderttausend. Als Provision waren weitere fünf Prozent vereinbart. Macht schlappe hunderttausend. Dann kommt mein Fixum hinzu. Achtzehn Tage für je dreihundert Euro. Wenn ich richtig gerechnet habe, schulden Sie mir 305.400 Euro. Die Ausgaben für Hotelkosten, Essen, Getränke und Sonstiges stelle ich Ihnen gesondert in Rechnung. Dürfte aber nicht sehr viel mehr als fünf- oder sechstausend werden.« Ich gähnte. Die Schmerzmittel machten müde.

»Sie ruinieren unser Unternehmen. Man darf die Kuh, die man melken möchte, nicht schlachten.«

Jetzt war es an mir zu spotten. »Wer sagt Ihnen denn, dass ich Sie weiterhin melken will?«

Seine Bestürzung war ihm anzumerken. »Enttäuschen Sie mich nicht. Ich brauche Sie bestimmt wieder. Sie sind der Beste.«

»Das glaube ich gar nicht. Machen Sie es gut, Herr Dermöller.«

Ich unterbrach die Verbindung. Dreihunderttausend Euro. Brutto. Damit und mit meinen Rücklagen könnte ich mich für einige Jahre aus dem Geschäft zurückziehen. Um dann später etwas anderes zu machen. Vielleicht gemeinsam mit Marlene. Ein tröstlicher Gedanke in einer beschissenen Welt. Mit einem traurigen Lächeln schlief ich ein.

Hauptkommissar Lutz Dobrott besuchte mich wie angekündigt am Nachmittag des nächsten Tages. Er begrüßte mich und warf seine Jacke auf einen Stuhl.

»Ziemlich warm in diesem Zimmer, wenn man aus der Kälte kommt«, bemerkte er.

»Das mag wohl so sein.«

»Okay. Kommen wir zur Sache. Sie haben mir vorgestern erzählt, dass Sie ...«

»Ich habe mit Ihnen gesprochen?«, unterbrach ich Dobrott erstaunt. »Wann soll das gewesen sein?«

»Wir haben Sie ohnmächtig in einem Fahrzeug in der Nähe von Pettendorf gefunden. Im Krankenwagen sind Sie kurz zu sich gekommen und konnten sogar einige Fragen beantworten. Einiges von dem, was Sie erzählt haben, klang ziemlich wirr. Wir haben das auf Ihren Zustand nach der Schussverletzung zurückgeführt. Aber inzwischen haben wir einige Ihrer Angaben überprüft.«

Ich konnte mich beim besten Willen nicht an ein Gespräch erinnern und das sagte ich dem Polizisten auch.

»So was kommt vor. Schocksituation. Fragen Sie den Arzt«erwiderte er nur lakonisch. »Also, Sie wollen ein kleines Mädchen aus dem Haus geholt haben, das gegen ihren Willen in der Villa Maurers festgehalten wurde. Ist das so richtig?«

»Wenn Sie den zweifelnden Ton bei Ihren Worten weglassen würden, ja. Ich habe Alessia befreit.« Ich betonte das letzte Wort.

»Aha.« Er machte sich eine Notiz in einer kleinen Kladde. »Dummerweise behauptet nun aber Herr Maurer, dass sich in dem Haus nie ein Kind aufgehalten habe. Was sagen Sie dazu?«

»Er lügt.«

»Gleiches behauptet er von Ihnen. Er hat ausgesagt, dass er Sie bei einem Einbruchversuch in die Villa ertappt hätte und in Notwehr auf Sie geschossen habe. Trotzdem sei es Ihnen gelungen, ihn mit einem harten Gegenstand niederzuschlagen und zu fesseln. Dann seien Sie geflohen.« Er sah mich aufmerksam an. »Dafür sprechen einige Indizien und Spuren: eine Leiter, diverses Werkzeug und ein Klapphocker an dem Platz, von dem aus Sie die Villa beobachtet haben. Reifenabdrücke des Jeeps. Und überall Ihre Fingerabdrücke.«

»Es war völlig anders.« Ich erzählte ihm, wie Marcello und ich Alessia aus der Villa geholt hatten.

»Wie heißt dieser Taxifahrer?«

»Marcello.«

»Und weiter?«

»Keine Ahnung. Ich habe ihn immer nur beim Vornamen genannt. Ich habe seine Nummer in meinem Handy gespeichert.« Ich tastete nach dem Telefon.

Dobrott stand auf, um mir zu Hilfe zu kommen. Er nahm das Gerät in die Hand und fragte: »Darf ich?«

Ich nickte. »Er steht unter Marcello.«

Dobrott drückte die entsprechenden Tasten. »So einen Eintrag gibt es nicht.« Er reichte mir das Handy.

»Das ist doch nicht möglich. Ich habe ihn doch noch am Donnerstag angerufen. Ich ...«

Verblüfft starrte ich auf das Display des Telefons. Ich fand Luzert, meinen Zahnarzt, und dann Marlene. Dazwischen hätte Marcellos Name stehen müssen. Da stand aber nichts.

»Das ... Ich kann mir das nicht erklären.« Mein gesunder Arm zitterte vor Aufregung. Dann hatte ich mich wieder in der Gewalt. »Fragen Sie Maria Rossi. Dort hat Marcello die Kleine abgeliefert.«

»Diesen Namen haben Sie uns am Abend Ihres Einbruchversuchs schon genannt.«

»Ich bin nicht eingebrochen. Ich habe Maurers Grundstück nicht betreten.«

»Sagen Sie. Aber belassen wir es zunächst dabei. Wir haben versucht, über unsere Kollegen in Bergamo Kontakt zu Frau Rossi aufzunehmen. Es gibt mehrere Personen dieses Namens in der Stadt. Die Überprüfung ist noch nicht abgeschlossen, aber keine der Maria Rossis, die bisher befragt wurden, kennt Sie.«

»Dann haben Sie die richtige eben noch nicht gefunden«, beharrte ich. »Ich habe ihre Anschrift in meinen Unterlagen im Hotel.«

»Da haben wir nichts gefunden.«

»Sie haben mein Zimmer durchsucht?« Ich versuchte, meinen Gedanken zu sortieren. Wieso hatte die Polizei Maria Rossis Adresse nicht entdeckt?

»Natürlich. Wie wäre es, wenn Sie mir jetzt die ganze Geschichte erzählten?« Er blätterte in seinen Notizen.

Ich holte tief Luft. »Gut.« Und ich berichtete fast alles. Nur dass Luisa Meozzi die Scheiben ausgetauscht und mir den Tipp gegeben hatte, ließ ich weg. Das hatte ich ihr versprochen. Stattdessen behauptete ich, einen anonymen Anruf erhalten zu haben.

Dobrott unterbrach mich nicht und hörte sich meine Geschichte geduldig an. Als ich geendet hatte, meinte er: »Wirklich beeindruckend. Und diese Zeremonie, die Sie auf dem Film gesehen haben wollen, wurde in dem Internat, welches die *Sozietät Stelade* betreibt, abgehalten?«

»Ja.«

»Und diese Carmen Hubbel hat Ihnen den Film gezeigt und sich dafür verkleidet?«

»So war es.«

Er sah mich mitleidig an. »Sie haben Frau Hubbel schon im Krankenwagen erwähnt. Auch wir haben mit ihr gesprochen. Sie konnte sich an Sie erinnern. Sie hätten sie dezidiert über Josef Maurer ausgefragt. Insbesondere wollten Sie wissen, wo er wohnt.«

»Natürlich. Das habe ich ja eben selbst zugegeben.«

»Nur ist das leider alles, was Frau Hubbel von Ihnen weiß. Sie behauptet, nie einen solchen Film besessen zu haben. Vor allem sei sie kein Mitglied einer Sekte oder wollte eines werden.«

»Dann lügt sie.«

»Finden Sie Ihre Geschichte nicht auch ein wenig seltsam, Herr Büsing? Alle Personen, mit denen wir geredet haben, haben nach Ihrer Meinung gelogen. Und andere sind unauffindbar.«

»Was ist mit Paolo Meozzi und Gianna Rossi?«

»Beide haben bei ihrem Arbeitgeber Urlaub eingereicht.«

»Beim Archäologischen Museum?«

»In Florenz, ganz richtig. Sie haben nach Auskunft der Museumsleitung einen längeren Studienaufenthalt in Venezuela geplant.«

»Wo?«, fragte ich entgeistert.

»Venezuela. Südamerika.«

»Ich weiß, wo dieses Land liegt«, blaffte ich ungehalten.

Dobrott war durch nichts aus der Ruhe zu bringen. »Herr Meozzi und Frau Rossi waren seit Anfang der Woche in Frankfurt, um an einer Tagung teilzunehmen. Am Donnerstag dann sind sie von dort nach Südamerika gestartet.«

Schweiß perlte auf meiner Stirn. Langsam fand auch ich es ziemlich warm.

»Herr Büsing, wissen Sie, was mein Eindruck ist? Sie haben sich da in etwas verrannt und hecheln einer fixen Idee nach. Wie ich Ihnen bei unserem ersten Treffen schon geraten habe: Vergessen Sie diese Sekte und vor allem die Vorwürfe gegen Josef Maurer. Dem Mann tut es sogar leid, dass er auf Sie geschossen hat. Er hat bereits mit dem Staatsanwalt telefoniert und ihn gebeten, das Ermittlungsverfahren gegen Sie einzustellen. So wie es aussieht, wird er mit seiner Bitte Erfolg haben. Maurer erwartet allerdings im Gegenzug von Ihnen, dass Sie diese Unterstellungen, er sei Mitglied einer Sekte und in illegale Geschäfte verwickelt, zukünftig unterlassen.«

Ich schnappte nach Luft.

»Ihre Verletzung ist nicht so schwer. Fahren Sie nach Hause und vergessen Sie die ganze Sache. Das ist mein Rat an Sie.«

Eine Schwester schob ein Bett in das Zimmer. »Entschuldigen Sie die Störung. Aber Sie bekommen später einen Zimmernachbarn, Herr Büsing. Dieser Stuhl stört hier. Dürfte ich ...« Ehe Lutz Dobrott reagieren konnte, hatte sich die Schwester seine Jacke gegriffen, um sie ihm zu geben. Dabei fiel ein Schlüsselbund klimpernd zu Boden. Die Schwester bückte sich, hob ihn auf und wollte ihn Dobrott reichen.

»Ach, das ist aber nett«, sagte sie lächelnd und stockte in der Bewegung. »Ein wirklich schöner Anhänger.« Als ob sie mir eine Freude machen wollte, hielt sie mir das Teil entgegen. »Sehen Sie, Herr Büsing.«

Und ich sah mir Dobrotts Schlüsselbund genau an. An einer kurzen Gliederkette hing eine silberne Atlasfigur, die eine Erdkugel auf dem Rücken trug.

Nachbemerkung

Natürlich sind die Geschichte, die verwendeten Namen und alle Personen frei erfunden. Aber einige der Örtlichkeiten gibt es tatsächlich. Mit folgenden Einschränkungen:

Die Beschreibung der Räumlichkeiten im Untergeschoss des Archäologischen Museums Florenz und seiner Nebengebäude entspringt meiner Fantasie.

In dem Haus in der Weiße-Hahnen-Gasse 1 in Regensburg leben und arbeiten wahrscheinlich nur rechtschaffende Menschen. Auf jeden Fall aber hat keine Unternehmensberatung mit dem Namen Stelade ihren Sitz in dem Gebäude.

Die Villa im Rehweg im wirklich existierenden Ort Reifenthal ist ebenfalls Fiktion, genau wie die Umgebung der Villa und die Bewohner.

Es gibt keinen Artikel über die Töchter des Atlas in einem Nachrichtenmagazin oder im Internet. Den Namen und die Sekte selbst habe ich mir ausgedacht. Und natürlich steht in der *Mittelbayerischen Zeitung* von 2001 auch kein Artikel über den Firmeninhaber der Unternehmensberatung Stelade.

Richtig ist, dass sich im Internet zahlreiche Seiten über Anagramme finden. Auch der Anagrammgenerator existiert.

Besonders hilfreich war für mich der Artikel *Die vergrabene Welt* von Ulf von Rauchhaupt, der am 10. Oktober 2004 in der *Frankfurter Allgemeinen Sonntagszeitung* erschienen ist. Er hat die wissenschaftlichen Erkenntnisse über die Himmelsscheibe von Nebra dort so aufbereitet, dass ich sie verstanden habe und Gianna

Rossi und Claudia Taubenberg in den Mund legen konnte.

Schließlich habe ich mich beim *Westfälischen Museum für Archäologie* in Herne zu bedanken. Von dort habe ich Informationen über den Transport und die Versicherung von ausgeliehenen Ausstellungsstücken erhalten.

Jan Zweyer, im Herbst 2005